Biblioteca Universale Rizzoli

Achille Campanile in BUR

ACHILLE CAMPANILE

Manuale di conversazione

BUR

NARRATIVA

ISBN 978-88-17-68042-4

Introduzione di Carlo Bo

Prima edizione Rizzoli 1973
Prima edizione BUR 1976
Prima edizione Opere Achille Campanile 1999
Prima edizione BUR Narrativa novembre 2004
Seconda edizione BUR Narrativa giugno 2007

Per conoscere il mondo BUR visita il sito **www.bur.eu**

Il manuale senza regole

Ci sono scrittori avari, gelosi fino alla mania del proprio capitale e ci sono scrittori prodighi o addirittura incuranti del proprio tesoro e disposti ad aiutare il tempo nella sua impietosa opera di distruzione. Achille Campanile appartiene all'ultima famiglia e anche oggi, nel pieno della maturità, non ha perduto nulla della sua prima e lontana grazia d'invenzione libera con cui era riuscito a imporsi all'attenzione di giudici difficili con il teatro e il romanzo. Ne sono passate delle stagioni, ne sono stati fatti dei tentativi in tutti i sensi, lo spettatore disinteressato è stato sottoposto a delle vere e proprie battaglie per stabilire e consolidare delle fame ma nei fogli di questo enorme registro legato dalla moda e dall'industria il nome di Campanile non appare mai. Così come non lo trovereste nelle tante storie della letteratura, e qui la cosa sorprende e stupisce perché Campanile è stato uno dei rarissimi inventori di un nuovo genere letterario e soprattutto perché è – a suo modo – un classico del Novecento, uno dei pochissimi scrittori del nostro tempo a cui una definizione del genere si addica senza suscitare dubbi e perplessità. Campanile forse ha giuocato sul tempo, sicuro come dev'essere del proprio lavoro e cosciente con grande chiarezza dei suoi limiti e quindi sostenuto dall'idea di aver svolto liberamente il suo compito, restando fedele alla sua natura.

Questo volume di racconti riflette molto bene questo suo respiro doppio: da una parte lo scrittore si presenta ancora una volta con in mano un certo numero di storie che non dipendono né dalla ricerca artificiosa né da un atto di presunzione, si presenta, cioè, nella sua solita maniera di conversatore, dall'altra parte – senza darlo a vedere – vi sottopone un *test*, un'ulteriore prova della sua particolarissima natura di inventore. Una definizione unica che lo colga in tutti questi aspetti è impossibile, c'è soltanto una scappatoia ed è quella di cominciare a considerarlo nel suo aspetto più immediato e semplice, quello del narratore al di fuori dei canoni tradizionali. Un po' come se fosse uno che vi si mette vicino e prende a raccontarvi delle storie che non potrebbero mai diventare esemplari o – tanto meno – rappresentative di un certo mondo. Qui tocchiamo uno dei punti a suo vantaggio: Campanile non ha un suo "mondo", così come non ha una sua visione letteraria delle cose. È invece uno spettatore libero, un uomo di passaggio guidato soltanto dagli umori della sua fantasia, uno con cui ci si può accompagnare senza che vi chieda garanzie o esiga speciali attenzioni. Con la stessa grazia con cui vi è venuto vicino e è rimasto un po' di tempo con voi, se ne va, ed è soltanto allora che cominciate a capire qualcosa e che sotto il velo del divertimento puro sentite muoversi qualcosa di più autentico e diverso. A questo punto il giuoco è fatto, l'operazione è riuscita e avete la certezza di essere stati in compagnia di un inventore d'eccezione. Ma di quale eccezione si tratta? Qui sta il secondo punto della novità, l'eccezionalità della pagina di Campanile è di non essere nata come eccezione, come effrazione a una regola ma come la più paradossale delle investigazioni che siano mai state condotte sulla realtà.

Campanile non aggredisce mai nulla, non si propone né come antagonista né come un mago prodigioso che vanti i suoi metodi segreti di rovesciamento e di scoperta, no, si presenta nella maniera più anonima e in apparenza completamente consegnato alle minuscole vicende che vuole raccontare. Il suo lavoro di guastatore è quasi impercettibile, limitato a particolari minimi ma tali da consentirgli di mettere in dubbio la credibilità del fatto. Il suo "guastare" è concentrato su degli intoppi minuscoli, una parola, un aggettivo, un'inezia che però mettono in crisi la solida costruzione apparente della norma. A un certo punto blocca il corso delle soluzioni e si distacca da tutto il resto: il fatto va per conto suo e lo scrittore vi introduce in un mondo del tutto nuovo che è poi il mondo del rigore segreto, della logica spietata che per ragioni di comodo viene sempre scartata e dimenticata. Tutto questo gli viene dall'abitudine naturale, dal suo abito intellettuale delle rivoluzioni minime del linguaggio, è a volte l'errore casuale di pronuncia o di lettura a spingerlo a una contrapposizione inarrestabile che – alla fine – gli consente di alzare il sipario su un altro mondo, ipotetico quanto si vuole ma per lo meno logico e così strettamente legato al rispetto delle conseguenze. Lo scrittore famoso di teatro preferiva il rapporto fulminante di queste scoperte, poché battute, due battute o addirittura una battuta gli erano sufficienti per portare alla luce una situazione drammatica e creare un mondo assolutamente libero che – a suo modo – dipendeva dalla poesia. Ma poesia è un termine inadeguato, a Campanile non interessano categorie del genere, non conta la bellezza, non conta il gusto o il piacere, per lui ha valore l'intervento miracoloso del caso. Ma anche qui stiamo attenti, i miracoli non hanno per Campanile nulla di misterioso o di segreto, al contrario sono sempre degli interventi a sorpresa nella realtà comune. Se il narratore di professione crede di dover offrire al proprio lettore un mondo circoscritto, dandogli tutte le informazioni necessarie al fine di ottenere uno spettacolo, per Campanile lo spettacolo comincia dal momento in cui la definizione dell'argomento viene messa improvvisamente in crisi. Allo stesso modo il suo personaggio-tipo cammina senza saperlo su un terreno minato, lo vediamo partire per la sua brava rappresentazione ed ecco che di colpo qualcosa della macchina illustrativa si inceppa e non si può più andare avanti. Sono queste sue invenzioni, piuttosto delle scoperte involontarie del granello di sabbia che va a bloccare il punto più delicato del congegno e, a loro volta, diventano il nuovo tema, il nuovo soggetto.

L'assurdo però che pure è una categoria riscoperta prima dal Campanile e in seguito adoperata da scrittori che ebbero fortuna e fama mondiali, in lui resta come un momento astratto: non vi si fonda sopra nessuna teoria. Come c'era grazia e libertà nel momento iniziale del racconto, grazia e libertà si ritrovano puntualmente al momento delle conclusioni che – oltre tutto – non sono mai definitive, conservando il loro rapporto di colloquio. Ed è proprio questo senso di vita che continua a dispensare il Campanile dal diventare o dall'atteggiarsi a maestro di qualcosa. Se ha un compito è soltanto questo di insinuare un dubbio, in modo da invalidare la rappresentazione formale della realtà. Da notare ancora che per mettere in crisi certe situazioni lo scrittore non adopera soltanto i normali conflitti di sentimenti, al contrario si serve di contrattempi, di qualcosa che viene dal di fuori e ci si era dimenticati di tenere in considerazione. È allora che un improvviso disturbo, l'intervento di un'altra voce, l'inserimento di un semplice animale nel discorso umano mandano all'aria i drammi di natura psicologica e i protagonisti si ritrovano di colpo disarmati, immersi in una realtà che non consente più il proseguimento della recita. Che è poi un accorgimento da regista, se per regista accettiamo uno che voglia tener conto dell'imprevedibile. La realtà involontariamente ricostruita dal Campanile per un secondo intervento miracoloso finisce per mantenere una sorta di nuova unità e compattezza: sia pure nell'assurdo, sia pure nella scomposizione casuale dei vari motivi la rappresentazione trova un nuovo teatro che – a sua volta – è destinato a scomparire non appena si riaffacci alla superficie l'antico scenario. È per questo che anche i suoi personaggi hanno qualcosa della grazia e della libertà intellettuali del loro inventore, sono ospiti temporanei ma dotati di una straordinaria incisività e si muovono davanti a noi portati da un piccolo vento di follia. Una follia – si badi bene – di non lunga durata perché Campanile vi fa trovare immediatamente a vostro agio e i suoi racconti non sono mai frutto di calcoli al millimetro, al contrario sono quasi sempre delle umili restituzioni nel senso del racconto. Le rare volte che lo scrittore non si attiene a questo modo spontaneo di restituzione cade in soluzioni e riferimenti letterari, come per esempio una certa disposizione crepuscolare, che non sono suoi. Il racconto secondo delle precise norme letterarie finisce per rispettare delle convenzioni, quello che fa Campanile, anche nel regno dell'inverosimile, è – caso mai – legato a un processo di scollature, di piccole rotture. In questo senso i suoi personaggi adottano per forza di cose un guardaroba di necessità e l'abilità dello scrittore è di costringerli a continuare la rappresentazione anche in quelle condizioni. Ecco perché riesce assai difficile parlare di "eccezione", di "raro", due categorie che Campanile priva di qualsiasi residuo di veleno letterario e di artificio. Le sue contravvenzioni alla realtà apparente sono, sì, degli strappi nel grande sipario che divide il mondo dalla sua rappresentazione ma che nello stesso momento in cui si registrano aprono altri orizzonti. In altri termini quando ci si mette in viaggio con Campanile non si sa mai dove si finirà né in che condizioni. Non solo ma l'alternativa proposta involontariamente è molte volte assai più allettante, certamente più nuova e costituisce un caso, un piccolo problema del tutto diverso dal libro dei codici quotidiani. A mettere in dubbio la credibilità del mondo apparente – lo ripetiamo – basta un errore da nulla ma un errore che illumina improvvisamente la straordinaria ricchezza del mondo segreto e invisibile, dell'altra parte del mondo che sfiora perennemente il mondo della realtà quotidiana.

È lecito parlare di un surrealismo di Campanile? L'accostamento non sembra positivo, anche perché nel surrealismo c'è sempre un dato di provocazione e di eccesso che in Campanile manca. Nel surrealismo predomina la volontà della sorpresa che deve toccare, scatenare delle reazioni; nei racconti di Campanile c'è soltanto un piccolissimo cedimento, il più delle volte non avvertibile allo sguardo semplice, al gusto della beffa. Comunque, la cosa non si svolge mai fra uomo e uomo o fra uomo e la società ma fra il personaggio e una quantità variabile di mistero e questo senza bisogno di insistere o di alzare il tono della voce o caricare le tinte. Anzi, si ha l'impressione che Campanile con il tempo abbia saputo perfezionare talmente questo suo atteggiamento di distacco e di libertà da dare quasi la sensazione fisica di un mondo totalmente disancorato. Quasi fosse il risultato di un giuoco straordinario di trasposizione gratuita. Trasposizione dell'insieme e non di un particolare o di un atto della vita, ecco perché se qualche volta il suo tessuto narrativo sembra punteggiato di atti gratuiti, in effetti la formula non tiene. L'atto gratuito – così come lo configuriamo sulla memoria di Gide – è soprattutto un atto di volontà mascherata o magari un modo per contestare il rapporto logico della nostra vita. Campanile insegue – caso mai – un altro obbiettivo: operare una sostituzione della logica. Cioè, se per noi è logico ciò che rientra nel quadro di una filosofia, per Campanile l'unica logica è quella completamente svincolata dal controllo delle nostre idee.

Alla fine, il lettore si accorge di possedere uno strumento nuovo di individuazione psicologica e di godere – proprio come i personaggi di Campanile – di una nuova situazione nel mondo dell'abitudine e mentre la vita macina per conto suo i giorni nella più desolata delle malinconie, il regime del caso inatteso adottato da Campanile ci si presenta in tutta la sua luce di libertà, di disponibilità e soprattutto di separazione dalle leggi fisiche. È un'idea di levitazione, quella che a poco a poco si insinua nello spirito del lettore, il quale è portato a dimenticare le leggi di gravità che regolano la narrativa tradizionale. Naturalmente anche Campanile ha avuto i suoi maestri ma sarebbe errato volerli individuare esclusivamente nel libro della letteratura comica e questo perché il suo senso del comico non solo è involontario ma gli è stato dato, è un dono. Si ha una conferma di tutto questo dall'uomo: chi ha avuto la fortuna di incontrare Campanile e di passare qualche ora con lui, sa benissimo che fra lo scrittore e lo spettatore casuale c'è sempre di mezzo un altro interlocutore, una specie di diavolo benigno che gli suggerisce in continuazione quei tali accenti di distorsione della realtà che costituiscono il trampolino per le sue variazioni. Si sa che di fronte a uno scrittore vero, nell'attimo in cui certe sue ricognizioni toccano un segno diverso da quello che ci è consentito, siamo costretti a dire: ecco, c'è una cosa che era sfuggita ai miei occhi e di solito spieghiamo il fenomeno con il dato della pazienza e dell'arte. Per Campanile valgono le stesse impressioni di sorpresa ma con una piccola differenza e, cioè, che il risultato non è dovuto né all'arte né all'insistenza dello sguardo ma a un dono, alla grazia, alla carica che ha Campanile di rendere la realtà monotona e grigia suscettibile di improvvise scintille. È chiaro che un sistema di tanta libertà lo sottrae allo scotto normale dei segni di fatica, dello sforzo: nulla di tutto questo e allora o la cosa va per conto suo o cade, fallisce. Campanile non conosce vie di mezzo, anche come scrittore segue il ritmo e la norma dell'invenzione libera. Non sarebbe possibile infatti riportarlo nel quadro delle esperienze di questo secolo: è vissuto da isolato e ha avuto la fortuna di vincere senza troppe prove e senza tentennamenti. È stato subito lui e — cosa ancora più strana — lo è rimasto fino ad oggi, incurante del successo e sciolto da tutti i vincoli che ogni scrittore accetta pur di poter diventare ai propri occhi un monumento o una occasione di meditazioni compiaciute e di taciute esaltazioni delle proprie imprese. Forse è stato proprio questo regime a salvarlo dall'usura delle speculazioni letterarie e a metterlo naturalmente nel numero ristretto degli scrittori autentici che hanno vinto la loro partita. Come un giuocatore fortunato? No, direi piuttosto come un giuocatore che conosce il nome delle carte su cui puntare e ha sostituito i miraggi e le illusioni con il senso delle cose concrete.

CARLO BO

Manuale di conversazione

Le grammatiche su cui si studiano le lingue saranno utilissime per impararle, ma non altrettanto per la logica e il buon senso. Il che, tuttavia, non rappresenta un danno in ogni senso. Anzi potrebbe contribuire a dare ai rapporti fra le persone un carattere quanto mai spensierato e fantasioso che conferirebbe alla vita un aspetto dei più piacevoli.

Dalla grammatica inglese:

« Portaste il binocolo? ».

« No, ma portai il vostro ventaglio. »

Col che si imparano parecchi vocaboli, non c'è dubbio. Ma non è chi non veda un ventaglio esser tutt'altra cosa che un binocolo. Non c'è niente in comune fra i due oggetti. Come è possibile parlare di ventaglio a chi vi chiede notizie del binocolo?

Vediamo: dove, quando e perché si può domandare a qualcuno se ha portato il binocolo? In teatro, o in occasione di una gita in luoghi panoramici, o per esigenze belliche.

Ora, ammetto che in un teatro possa essere utile anche un

ventaglio, benché abbia tutt'altra funzione e non sarà certo esso che mi permetterà di apprezzare le bellezze d'un corpo di ballo. Ma su una montagna! Che ne faccio d'un ventaglio, se ho bisogno d'un binocolo?

Non parliamo poi d'una casamatta o della tolda d'una nave da guerra. Immaginate un generale nel suo osservatorio o un ammiraglio sul ponte di comando, che durante l'infuriare della battaglia, dovendo seguire le mosse del nemico, domandi all'aiutante di campo: « Portaste il binocolo? » e si senta rispondere: « No, ma portai il vostro ventaglio ». Anche ammesso che faccia molto caldo, in quel momento il comandante ha bisogno di guardare.

Forse gli autori degli esercizi di traduzione immaginano un mondo di stolidi. Ecco un altro dialogo della grammatica inglese:

« Mamma, comperasti la tovaglia? ».

« No, ma comperai il rasoio per tuo fratello. »

Una famiglia di pazzi, evidentemente. Pazza la madre, che forse immagina si possa apparecchiare la tavola col rasoio; e pazza la figlia, che dal manuale non risulta essersi minimamente turbata alle parole inconsulte della vecchia insensata.

Ancora:

« Vedeste il mio allacciabottoni? ».

« No, ma vidi il vostro colletto e polsini. »

Magari qui si può ravvisare un barlume di coerenza, in quanto siamo sempre in materia inerente al vestirsi. Ma c'è un abisso, tra la domanda e la risposta.

Uno dei torti degli esercizi di conversazione è per l'appunto di non dare quasi mai la terza battuta. S'imparerebbero molte altre parole, magari non delle più ortodosse. Come rispondereste a uno che vi parla di colletto e polsini, quando voi gli domandate notizie dell'allacciabottoni? È evidente:

« O sei un imbecille, o vuoi prendermi in giro. Come ti viene in mente di rispondermi così? ».

E giù una sequela di parolacce, che pure hanno la loro utilità nello studio d'una lingua.

In conclusione m'è più volte capitato, nell'esprimermi in una lingua straniera imparata di fresco su una grammatica, di essere quanto mai incoerente. Una volta, a un passante che mi domandava: « Sapreste dirmi dov'è la tale strada? » mi avvenne di rispondere sulla base di un dialoghetto studiato nella grammatica.

« No, ma so dirvi l'età del cugino di vostro padre. »

Il passante rispose con una frase che non capii, perché purtroppo, come dicevo, negli esercizi di conversazione manca sempre la terza replica.

Per tacere degli scorci di vita che si possono cogliere, attraverso quegli esercizi, specie se si diffondono in particolari.

« Eravate con vostro padre? »

« No, ero con l'amico di mio padre, ma le mie sorelle erano con vostra madre; siamo stati a vedere la cattedrale. »

Bella brigata di cretini, davvero. Tra l'altro c'è da scommettere che ognuno non capiva chi fossero gli altri, quanto a grado di parentela reciproca, durante questa famosa visita alla cattedrale. Perché è soprattutto sull'indicazione delle parentele che queste frasi risultano sibilline.

Doveva essere una mattina grigia in una città gotica del Nord-Europa, una pioggerella leggerissima punzecchiava appena i volti dei passanti. I nostri amici, usciti dall'albergo e avendo lasciato qua e là un certo numero d'imprecisati parenti, andavano in fretta verso la cattedrale con le guide in mano. Nella chiesa semibuia tra le navate, si sbirciavano sospettosi:

« Chi è quello? ».

« È l'amico di vostro padre, e io sono la madre di un tale che non c'è, perché io sto con le vostre sorelle. »

« E che rapporto di parentela c'è fra voi e l'amico di mio padre? »

« Egli è l'amico del padre delle ragazze che stanno con me e che sono vostre sorelle, mentre voi siete l'amico di mio figlio. »

È un groviglio.

« Ed io chi sono? »

« Voi siete il figlio dell'amico di quel signore e il fratello delle signorine che stanno con la madre di un altro vostro amico, che non è qui, e questa sarei io. »

Basta, basta, per carità, c'è da diventare pazzi.

E notate che queste frasi sono tutte rigorosamente dedotte da quella dell'esercizio, quanto a rapporti di parentela, amicizia e semplice compagnia, tra i partecipanti alla visita della cattedrale.

Durante la quale – è ovvio aggiungerlo – il cicerone avrà zittito:

« Signori, occupatevi della cattedrale, invece che di questi pasticci di famiglia; guardate i vetri istoriati ».

Dopo la visita, tornati all'aperto:

« Ed ora andiamo a far colazione? ».

« No, ma posdomani arriva il cognato di vostro figlio. »

E via in fretta, senza volti, senza cervello, mentre una pioggerella leggerissima fa viscido il selciato fra le basse arcate e i negozi di frutta della grigia città gotica. E si sente nell'aria un odorino di cavoli cotti e di birra, mentre il carillon dei pupazzi metallici suona mezzogiorno nella torre del palazzo di città.

Europa, Europa mia! Quando verremo a liberarti?

Il bicchiere infrangibile

Io e Teresa, voi lo sapete, siamo due tipi economi. Non avari, no, questo no. Ma ci piace non sperperare. Invece Marcello è tutt'altro tipo e non si direbbe mai nostro figlio, per quel che riguarda i bicchieri. È capace di prendere un bicchiere e lasciarlo cadere tranquillamente in terra. Proprio non fa nessun conto del denaro che costano. Forse col tempo si correggerà. Ma per ora – ha tre anni – i bicchieri immagina che servano unicamente per essere rotti. Abbiamo provato a dargli un bicchiere d'argento, ma non ha voluto saperne. Non beve se non ha un bicchiere come i nostri. E noi non possiamo bere tutti in bicchieri d'argento. Allora, dopo che egli ebbe rotto un intero servizio e che mia moglie ne ebbe comperato un altro per dodici, io ho avuto un'idea geniale: prendere per Marcello un bicchiere infrangibile. La cosa non è stata facile, perché occorreva un bicchiere come i nostri, altrimenti Marcello non beve. Ma dopo molte ricerche ho potuto trovarlo. L'ho portato a casa e ho fatto riusciti esperimenti davanti a familiari, prima di dir loro che era un bicchiere infrangibile.

Osservo di passaggio che il primo esperimento mi ha valso un litigio con mia moglie, che credeva mi fossi messo a giocare a palla con un comune bicchiere del servizio buono. Invece Marcello s'era divertito un mondo all'esperimento e in giornata, prima che qualcuno potesse impedirglielo, capitatogli a tiro un bicchiere del servizio buono, egli, che ignorava ch'io avevo operato con un bicchiere speciale, l'ha scaraventato a terra. Ma questo non c'entra, sebbene abbia ridotto il numero dei bicchieri da dodici a undici.

Insomma tutto è andato liscio, fino al giorno dopo. Fino a quando, cioè, la donna di servizio non è venuta a chiamarmi dicendo:

« Debbo apparecchiare la tavola. Per favore, qual è il bicchiere infrangibile? ».

Quell'imbecille l'aveva messo nella credenza, assieme con gli altri. E poiché erano tutti eguali, lascio a voi immaginare il suo ed il mio imbarazzo quando s'è trattato di scegliere il bicchiere da mettere davanti a Marcello.

« Razza di cretina, » ho gridato « prima lo confondete con gli altri e poi volete sapere da me qual è. »

È accorsa mia moglie, che per fortuna non è un tipo nervoso. L'ho scelta apposta così, dopo anni di ricerche.

« Via » ha detto « ora lo troveremo. »

Ci siamo messi a esaminare con la più grande attenzione tutti i bicchieri. Ma non c'era nessuna differenza. Ripeto: avevo cercato apposta un bicchiere infrangibile identico ai nostri del servizio. Alla fine mia moglie ha detto:

« Mi pare questo ».

« Uhm, » ho detto « a me pare piuttosto quest'altro. »

È questo, è quest'altro, è questo, è quest'altro, è andato a finire che mia moglie, convinta che il suo fosse quello infrangibile, l'ha lasciato cadere per dimostrarmelo. Ed è stata una vera soddisfazione, per me, vedere il bicchiere rompersi e trionfare la mia tesi.

« Ma non è nemmeno il tuo, » ha gridato mia moglie, che cominciava a irritarsi.

« Ah, non è questo? » ho gridato.

E giù, il bicchiere per terra. È seguito un grido di trionfo; non mio, ma di mia moglie, raggiante di vedere che il bicchiere era andato in mille pezzi, appena toccato il suolo.

« Oh, questa è bella » ho detto. « Allora non era nessuno dei due. »

« Pare di no » ha esclamato mia moglie perplessa.

La presenza d'un misterioso bicchiere infrangibile fra quelli frangibili del nostro servizio ci rendeva inquieti e nervosi. Quale dare a Marcello? Con lo scegliere a caso, c'era probabilità di indovinare quanto di sbagliare. E un errore significava un bicchiere rotto.

Stavamo appunto discutendo sul da farsi, quando un grido ci ha raggiunti dalla vicina stanza: la donna di servizio, provando per conto proprio, aveva rotto un bicchiere. Era il quarto del servizio buono. Benché la cosa fosse tutt'altro che piacevole, pure presentava il vantaggio di restringere notevolmente il campo delle ricerche; ormai il bicchiere infrangibile era uno degli otto rimasti; vale a dire che avevamo soltanto sette probabilità su otto di rompere un bicchiere. Probabilità che scesero a sei tosto che io, incoraggiato da questo calcolo, feci un nuovo esperimento, conclusosi con la quinta rottura. Al quale seguirono un esperimento di mia moglie e uno della domestica, altrettanto disgraziati.

Ormai ci eravamo accaniti nella ricerca. Andavamo afferrando bicchieri a caso e, al grido di: « È questo! », li scaraventavamo con rabbia per terra.

Rimasti due soli bicchieri, m'imposi.

« Ormai » dissi « è inutile continuare stupidamente a provare con tutti. È chiaro che il bicchiere infrangibile è uno di questi due. Proviamo a scaraventarne per terra uno solo: se non si rompe, vuol dire che è quello infrangibile; se si rompe, vuol dire che quello infrangibile è l'altro. »

Provammo.

Quello infrangibile era l'altro. Finalmente si sapeva. Proprio l'ultimo, purtroppo, ma ormai s'era assodato.

« Io » dissi, asciugandomi il freddo sudore che m'imperlava la fronte, « non ci credo ancora, che sia questo. »

« Proviamo, » disse mia moglie.

Alzai il bicchiere per lanciarlo a terra. Ma un presentimento mi trattenne.

« Non si sa mai, » dissi « se per caso non è nemmeno questo, si rompe. »

Con mille precauzioni andammo a mettere il bicchiere infrangibile al sicuro.

La passeggiata

Soltanto a rottura avvenuta Piero s'era accorto che, durante tutto il periodo del suo amore con Renata, non le aveva mai detto tante cose ch'egli aveva nel cuore e che ora volevano venir fuori. Non le aveva mai detto nemmeno apertamente: « Ti amo ». « Ma perché? » pensava; « che imbecille! perché, in tanto tempo, non ho parlato? perché questa inesplicabile reticenza? »

In realtà, che cosa gli sarebbe costato dire alla donna, avidissima di frasi appassionate o anche soltanto tenere, quello che in fondo egli sentiva per lei? Che gli sarebbe costato dirle di quando in quando una parola affettuosa? Non avrebbe dovuto nemmeno fingere, perché le voleva bene.

Ma parlare gli era stato sempre quasi impossibile. Era più forte di lui. E dire che lei tante volte gli aveva chiesto apertamente una parola, come si chiede un'elemosina, aveva mendicato da lui un'espressione d'amore, gli aveva rimproverato la sua taciturnità, quel tener chiusi i propri sentimenti, quel non concedersi spiritualmente, presagendo da tutto questo le più funeste conseguenze per il loro affetto. Ma niente. Avaro di parole, era stato in tutta la sua vita. E, come ella stessa tante volte gli aveva amaramente predetto, anche questo aveva contribuito a portare alla rottura; ed ora gli riempiva l'anima di rimorso, d'una disperazione senza l'eguale, come sempre capita a chi del proprio male deve incolpare soprattutto se stesso.

Ma non sapeva rassegnarsi. Forse non tutto era perduto, forse non era troppo tardi. Le avrebbe detto tutte le cose appassionate di cui si sentiva pieno. Per questo le aveva chiesto disperatamente un ultimo colloquio. E dirle tutto. Anche se non avesse potuto risuscitare un amore in lei finito, pure avrebbe liberato lui del rimorso d'aver sempre taciuto.

L'appuntamento Renata l'aveva dato un po' fuori di città.

« Ha paura che qualcuno la veda in mia compagnia » pensava Piero, che ormai sapeva di aver perduto il suo posto nel cuore della donna e che aveva la disgrazia d'indovinare subito il perché d'ogni atto di lei.

E crudelmente lo pungeva il pensiero che altri avesse ora acquistato quei diritti, che un tempo egli aveva avuto, o creduto di avere. Queste cose lo facevano diventare pazzo. Ma non conveniva mostrarsi geloso né furbo, oggi, se voleva tentar di riconquistare la donna, che proprio la furberia e la gelosia di lui avevano contribuito a stancare. Doveva fingersi ingenuo e soltanto affettuoso, in questo ultimo colloquio, che sarebbe durato quanto la strada del ritorno. E questo era l'unico vantaggio dell'appuntamento fuori città, oltre alle risorse del paesaggio, che un bel sole primaverile indorava.

Renata arrivò in ritardo, al solito. Non volle nemmeno sedersi, alla trattoria campestre, dov'era fissato l'appuntamento, disse ch'era tardi. Ma, presa la via del ritorno, appena fuori, disse subito, guardandosi in giro, ch'era stanca.

Per fortuna di Piero il tassì che l'aveva portata era già ripartito. Davanti alla trattoria non c'era che una carrozzella. Piero, il quale sperava in una lenta passeggiata a piedi, che avrebbe prolungato il colloquio, tentò una timida obiezione:

« Farà fresco ».

«Ma sarà molto romantico» osservò Renata con un riso crudele che le era consueto, salendo nella carrozzella.

Presero la via della città.

«Alle prime case,» pensava Piero con tristezza «sempre per non farsi vedere da qualcuno in mia compagnia, dirà: Adesso separiamoci.» E allora sarà tutto finito. Per sempre. Fortunatamente, il trotto del cavallo era lento e stracco. Piero cominciò a parlare a bassa voce, quasi piangendo e con toni caldi:

«Renata,» e la voce gli tremava «io riconosco di avere avuto un grande torto».

Renata aveva corrugato le ciglia, disposta a lasciarlo parlare.

«Il torto» proseguì Piero «di non averti mai aperto il mio cuore. Io...»

A questo punto il cavallo fece un rumore secco e lacerante. Voi sapete come si sta in una carrozzella. È come se il cavallo vi faccia una cosa simile sul viso. Piero rimase per un attimo disorientato, ma finse di non essersi accorto della cosa e, dopo una breve pausa, riprese:

«Io, per una stupida timidezza, chissà, per una specie di pudore, non ti ho mai parlato dei miei sentimenti, non ti ho mai detto parole affettuose, ma...».

Ci fu un secondo rumore spregevole da parte del cavallo. Renata, lo sguardo nel vuoto, non batté ciglio, ma certo nemmeno a lei doveva essere sfuggito il caso.

«... ti giuro» proseguì Piero, prendendole timidamente una mano inerte nella sua «che il mio affetto per te, la mia tenerezza, il mio amore...»

Il cavallo fece un doppio colpo secco e nitido. Piero s'interruppe trattenendo il respiro. Una piccola, quasi impercettibile piega di disgusto s'era disegnata sul labbro di Renata, ma la donna non mostrò di rilevare la cosa.

«... il mio amore,» riprese Piero «il mio appassionato sentimento sono stati sempre infiniti. Tante volte avrei voluto dirti: "bambina mia", e trattarti proprio come quella bambina che sei, ma...»

A questo punto la maledetta bestia cominciò a sgranare una specie di rosario ritmicamente cadenzato sul suo trotto. Ormai era impossibile ignorare del tutto quegli strepiti, che si rinnovavano a ogni passo tranquilli, regolari, inesauribili, per circa mezzo chilometro. I passeggeri non ne parlavano, ma era come se fra essi ci fosse un imbarazzante segreto. Quel che faceva rabbia a Piero era l'indifferenza, l'impassibilità del cocchiere. Evidentemente lui trovava la cosa naturalissima e per niente affatto riprovevole. Non gli passava neanche per la testa di domandare almeno scusa a nome del cavallo.

Tornato il silenzio sulla strada campestre fiancheggiata da siepi, Piero lasciò passare qualche istante perché si dissipasse l'atmosfera disgustosa suscitata dallo sgradevole concerto, poi strinse con tenerezza la mano inerte della donna.

«Io» riprese «ho avuto il torto d'essere poco affettuoso, lo so, ma devi credermi...»

Di nuovo l'ignobile quadrupede ricominciò il paradossale accompagnamento a ritmo di trotto stracco. Era umanamente impossibile fare non soltanto un discorso d'amore, ma un qualsiasi discorso, con un simile concerto. Piero tacque di nuovo, evitando di guardare Renata. Era come se un penoso segreto fosse fra loro due. Una cosa che non si poteva ignorare ma che bisognava ignorare. Quel che soprattutto offendeva Piero era quel ricevere quasi sul volto una cosa tanto sgradevole. D'altronde non era possibile ripararsi. Né i due potevano scendere nel luogo solitario, dove non si trovavano altri mezzi di trasporto. Piero avrebbe voluto protestare col cocchiere, ma anzitutto era inutile, perché non lo si poteva tenere che in parte responsabile delle pessime abitudini del suo quadrupede. Ma poi gli seccava di portare così apertamente il discorso su un tema ch'egli preferiva non fosse nemmeno sfiorato in presenza della donna amata. Tanto più che, in casi simili, certi tipi rozzi non si peritano di esprimersi dicendo pane al pane, con un candore da Paradiso Terrestre. Del resto il cocchiere gli avrebbe detto che il cavallo stava poco bene, che lo avrebbe fatto visitare; insomma, scuse non gli sarebbero mancate.

« Credimi, » riprese teneramente Piero, la mano sulla mano inerte di Renata « vorrei farti capire quello che tu sei per me. »

A un intensificarsi della sinfonia equina, la donna svincolò la mano, frugò in fretta nella borsetta e si portò un fazzoletto alle nari. Sentendo sopraggiungere un'automobile alle spalle, si voltò tutta protesa in fuori.

« Tassì! » gridò.

Il tassì si fermò strisciando, pochi metri davanti, e Renata saltò dalla carrozzella. Pagato il cocchiere, Piero la raggiunse nell'automobile, che partì veloce. In fondo alla strada apparvero le prime luci della città.

Dal medico

Il salotto che serviva da stanza d'aspetto per i clienti del dottor Pastone, deserto e luminoso, era immerso nel silenzio. S'aprì la porta e la cameriera introdusse un ometto pallido e tremulo, seguito da un donnone congestionato.

E si ritirò pianamente.

Nella stanza c'era un silenzio uggioso. Nessun rumore s'udiva di là dalla porta chiusa che immetteva nel gabinetto di consultazione, non il minimo segno di vita veniva dal resto della casa, ch'era anche abitazione. Forse i bambini dei medici, in casa, non si muovono, non fiatano. Forse la moglie è sempre fuori.

I nuovi venuti si misero a sedere, dettero un'occhiata distratta ai soliti quadri che sono appesi alle pareti di questi salotti. Sul tavolinetto c'erano le solite riviste vecchie che si trovano nelle anticamere dei medici. Il donnone ne prese una a caso e si mise a sfogliarla distrattamente.

« Ti sei segnato tutto quello che devi dirgli? » domandò piano all'ometto.

«Me lo ricordo, sta' tranquilla.»

«Quando si va dal medico, scompaiono i sintomi e capita magari di dimenticarsi di dire le cose più importanti.»

«Non c'è pericolo.»

L'ometto pallido si guardò intorno un po' intimidito. Su una scrivania si vedevano molti telegrammi aperti.

«Quanti telegrammi!» mormorò il donnone.

L'ometto si dié a scorrerne qualcuno.

«Che dicono?» domandò lei.

L'ometto cominciò a leggergliene qualcuno a mezza voce. Nel silenzio uggioso s'udiva il bisbiglio incolore, monotono:

«"Nostro caro che avevate in cura dipartitosi ieri per sempre stop. Segue lettera stop. Ossequi"».

«Poveretto» mormorò la donna.

L'ometto passò a un secondo dispaccio:

«"Morte strappatoci vostro cliente. Costernati dispensiamovi ulteriori visite, prosecuzione cura, salutiamo eccetera"».

«Siamo nati per soffrire» sospirò la donna, mentre l'ometto attaccava un terzo telegramma:

«"Vostro paziente spirato stanotte fra braccia suoi cari"».

«Pace all'anima sua», bisbigliò la donna.

«"Comunicovi decesso vostro ammalato"» proseguì l'ometto su un quarto telegramma.

Su un quinto:

«"Presente per comunicarvi improvviso aggravamento seguito catastrofe vostro paziente nostro amatissimo congiunto"».

Poi, di telegramma in telegramma:

«"Informiamovi straziati fine immatura nostro adorato padre affidato vostre cure"».

«"Partecipiamovi trapasso cliente. Ossequi."»

«"Vostro cliente cessato soffrire causa morte."»

«"Inutile veniate domattina perché cliente deceduto."»

«"Annunziamovi vostro cliente strappato nostro affetto tra sofferenze inenarrabili."»

«"Grati se vorrete partecipare esequie vostra cliente."»

« "Funerali vostro cliente svolgerannosi domani forma solenne." »

« "Subito dopo vostra visita nostro caro deceduto." »

« "Infermo da voi curato passato repentinamente miglior vita." »

A ogni telegramma, il donnone faceva nascostamente le corna. L'ometto proseguiva la lettura dei dispacci col suo tono uniforme, con la vocetta flebile:

« Diamovi ferale notizia perdita nostro caro che voi avevate in cura... Vostro cliente non est più stop una prece... Catastrofe avvenuta nottata stop astenetevi venire domani solita visita... ».

L'ometto s'interruppe, udendo aprirsi la porta. Sulla soglia apparve l'imponente figura del dottor Pastone, alto, grosso, florido, in camice bianco, con lo stetoscopio in mano e una piccola lampadina sulla fronte.

« Avanti a chi tocca », disse.

Ma l'ometto e sua moglie infilarono la porta d'uscita e se la batterono facendo scongiuri. Il medico richiuse la porta alle loro spalle e il salotto, deserto e luminoso, ripiombò nel tedioso silenzio.

La fuga

«Un momento» gridò Giulio alla bussata discreta, accostando precipitosamente la finestra sul parco tenebroso punteggiato di lucciole.

Fece scomparire un pezzo di corda rimasto sul pavimento, gettò la coperta sul letto disfatto e, mentre Teresa si rifugiava nel bagno, aprì la porta cercando di darsi un contegno indifferente.

Era il facchino di notte con la solita bottiglia di acqua minerale.

Parve a Piero che il lungo vecchio tremolante dagli occhi spiritati lo guardasse sbalordito. Come se gli leggesse nell'anima. Come se sapesse.

Ma, consegnato il vassoio con la bottiglia in ghiaccio e i due bicchieri di cristallo, il vecchio se ne andò tranquillo dopo aver augurato la buona notte come al solito.

Giulio tese l'orecchio per sentirlo allontanare.

«È andato via?» bisbigliò Teresa affacciandosi dal bagno.

« Sì. M'è sembrato che mi guardasse in un modo strano. »

« È una tua immaginazione. Guarda sempre così. Le prime sere mi pareva un fantasma. »

« Sì, ma facciamo presto. Lasciamo niente? »

« Speriamo di no. Del resto, pazienza. Il conto è pagato, nessuno può dirci nulla. »

« No, certo. Per questo possiamo. »

Piero riaprì la finestra. Dal parco buio salì un'ondata di fresco e un profumo acuto di tigli. Si vedevano le lucciole vagare a sciami.

« Il cielo ce la mandi buona » mormorò Teresa attaccandosi al collo del marito.

Che, scavalcando il davanzale si lasciò scivolare lungo i lenzuoli attorcigliati. Toccarono terra un po' bruscamente, graffiati dai rami di qualche albero che quasi arrivava alla finestra.

« Facemmo bene a scegliere una camera al primo piano » bisbigliò la donna rialzandosi.

Ma Piero la tirava via mormorando:

« Da questa parte. Scavalcheremo il muro di cinta ».

« Ahi. L'allarme. »

S'udiva un suono di campanella.

Per quanto avessero cercato di non far rumore, qualcuno aveva dato l'allarme.

Presto il parco suonò di passi precipitosi e di voci « per di qua, per di qua », mentre si vedevano muovere tra gli alberi fiaccole accese e lanterne.

Piero e Teresa tornarono indietro di corsa, avendo visto in fondo al viale la figura irreprensibile del maître in marsina che spiava attorno e poco mancò non cadessero nella frotta delle cameriere del piano. Si rifugiarono in un vialetto laterale, ma si trovarono quasi a faccia a faccia col facchino di notte dagli occhi spiritati. Per fortuna costui non li vide.

Braccati da ogni parte, i due s'internarono nel folto e s'acquattarono dietro un cespuglio. Due volte il grosso del personale passò loro accanto senza vederli.

« Eppure » diceva il portiere di giorno gelidamente « non possono essere usciti. Il cancello è guardato, la porta di servizio è chiusa, ho messo un valletto ogni dieci passi lungo il muro. »

Piero e Teresa trattenevano il respiro.

Si sentiva un profumo, intorno, uno zirlio. Vecchi si aggiravano e, alla luce giallastra delle lanterne, si vedevano foglie verdi mentre i due acquattati si sentivano vellicare il volto dagli sterpi. Le cetonie entravano pazientemente nel cuore delle rose e svolazzavano maggiolini. C'era un grande brulichio e odore di terra, di abeti e di mentuccia.

« Pazienza, » bisbigliò Piero quando sentì il gruppo che continuava a cercar lontano « bisogna rinunciare. »

A tentoni, inciampando in un lungo tubo di gomma steso sulla ghiaia fra attrezzi di giardiniere aggruppati, raggiunsero la vetrata posteriore dell'albergo e dopo qualche minuto erano di nuovo nella loro camera e tendevan l'orecchio al calpestio che s'udiva ancora nel parco. Ritirarono i lenzuoli prima che qualcuno li trovasse. Per maggior sicurezza e anche per crearsi un alibi, Piero telefonò in portineria domandando che cos'era tutto quel chiasso. La risposta fu: fallito tentativo di fuga, signore, senza che si potesse precisare da parte di chi.

I due respirarono. Non si sospettava nemmeno lontanamente di loro.

« Dunque, » disse Piero a sua moglie, come riprendendo un discorso interrotto da poco, « dicevamo cinquemila al maître. E cinquemila al cameriere di tavola che è molto gentile... »

« Molto gentile, ma le pretende » fece Teresa seccamente. « Ieri ha trovato modo di farci sapere, senza darsene l'aria, quando è il suo giorno di libertà. Evidentemente, perché ci regoliamo in caso di partenza. »

« E come aveva saputo? »

« Hanno la loro polizia segreta, forse. Poi c'è il secondo cameriere. Il cantiniere. E quello che ci porta il caffellatte. »

« È una sopraffazione. Questi serve anche a tavola. »

« Ma non alla nostra. »

« Lo faranno apposta. Perché si dia la mancia a tutti. Il cameriere che serve a tavola noi, porterà il caffellatte ad altri. Poi ci sono le cameriere. »

« Chi le ha mai viste? »

« E c'è il facchino che le aiuta. E quello che ci lucida le scarpe. »

« Non è il medesimo? »

« Sembra di no. »

« E bisogna dare la mancia a tutti e due? »

« Non hai visto che appaiono come fantasmi, ogni volta che percorriamo il corridoio? »

« E naturalmente nessuno dei due è il facchino che ci porterà giù le valige. »

« Il facchino? I facchini. Saranno almeno due, questi. »

« Al ragazzo dell'ascensore... »

« Non ci fa niente. Sta tutto il giorno seduto a leggere Proust accanto alla cabina dell'ascensore. Ogni volta che passa un cliente, s'alza e fa un inchino. Lo stesso cliente può passare dieci volte, dieci volte lui s'alza e s'inchina. Se uno passeggia avanti e indietro, deve avere l'inchino ogni volta che va in un senso e ogni volta che torna nell'altro. »

« E veniamo al più grosso: il portiere. »

« Fammi il piacere, è più ricco di noi. »

« Eppure bisogna dargli la mancia. E più che agli altri. »

« Ma che ci ha fatto? »

« Niente. E siccome lui non ci ha fatto niente, chi ha fatto qualche cosa è il secondo portiere e perciò dovremo dare la mancia anche al secondo portiere. »

« Allora ricapitolando: Maître, primo e secondo cameriere, cantiniere, caffellatte, prima e seconda cameriera, scopatore segreto, lustrascarpe, due portabagagli, ascensore, primo e secondo portiere, corriere... »

« Chi è?... »

« Quello in redingotta che va alla stazione. »

« Il chiamavetture? »

« Il chiamavetture è un altro. Hai fatto bene a ricordarmelo. Sta anche lui sulla porta e ce lo troveremo alla partenza. Sedici con quello che fa girare la bussola quando usciamo. »

« Potrebbe farne a meno. E con la guardarobiera diciassette. Brutto numero. »

« Non ti preoccupare, c'è il barman. »

« Anche lui è più ricco di noi. »

« È più ricco di noi, proprio perché noi gli diamo le mance e lui le intasca. »

« Che vuol dire? E poi c'è il cameriere del bar, quello che ci serve il caffè dopo mangiato. E la donnetta che sta al lavabo, se vogliamo darle qualcosa. »

« Ma sì, poveretta. Lei è l'unica che se lo merita. Ventuno, dunque. »

« La difficoltà non è tanto nel numero, quanto nella misura. Almeno ti dicessero: io voglio tanto. No. Ti lasciano nell'incertezza. Sarà poco? Sarà troppo? Si brancola nel buio. Dobbiamo indovinare; e poi capire dal tono del "grazie" se abbiamo avuto la mano felice. »

« Certe volte bisognerebbe tornare indietro a dire: Sa, ho scherzato, eccole altre cinquemila lire.

« Io credo che cinquemila al capo cameriere e cinquemila al primo portiere... »

« Non facciamo confusioni. Poi passeremo alla porta, adesso restiamo nella sala da pranzo. Non so se cinquemila bastino, al capocameriere. Gli inglesi, furbi, la mancia la nascondono sotto il piatto con la scusa di non voler offendere il personale, e ci mettono pochi scellini. Noi invece la diamo in mano, come un diploma d'onore. E io non voglio far brutte figure. Forse si aspetta di più. Diecimila... »

« Ma che cosa fa? »

« No lo so. Viene a domandarci se abbiamo mangiato bene. Ti pare poco? »

« Ma allora dovremmo dare di più al cameriere di tavola,

che ci ha favorito talvolta nelle porzioni. »

« Non si può dare al maître meno di quello che si dà al cameriere. »

« E non è giusto dare, a chi ci ha fatto mangiar bene, meno di quello che diamo a chi ci ha soltanto domandato se avevamo mangiato bene. Cinquemila per uno credi che basteranno? »

« Quanto hanno dato gli altri? »

« Non mi interessa. Sono dei cafoni arricchiti. Noi siamo dei signori, e i camerieri lo capiscono. »

« E perciò non dobbiamo deluderli, dando meno dei cafoni arricchiti. Che cosa sono oggi cinquemila lire? »

« E quante ne vuoi dare? Diecimila? C'è già il servizio. Tremila sono anche troppe. E non fare al solito che di nascosto dai di più. Se ti senti così generoso, dà a me i quattrini, che ho bisogno di tante cose. »

« Io vorrei essere invisibile al momento di uscir dalla porta. Mi sento prigioniero. Oppure restare eternamente qui, per non affrontare quel momento, quando si deve passare fra tutte quelle facce che ti guardano con ansia, speranza e ostilità. Ma prendetevi tutto! »

« Abbiamo dimenticato il portiere di notte. Poveretto, ci aspettava sempre. »

« È il suo mestiere. »

« Tutti fanno il proprio mestiere. Non vedo perché giusto col portiere di notte... E poi c'è il facchino di notte, quello che ci porta l'acqua minerale. E un certo numero di fattorini vari... »

« Taci. »

Dal parco tenebroso, insieme col fresco della notte e col profumo acuto dei fiori, veniva soltanto l'assiduo trillare dei grilli e a tratti il gorgheggio limpido d'un usignolo nel profondissimo silenzio.

« Dormono tutti. »

I due si guardarono pallidi. Con infinite precauzioni, lui srotolò nuovamente fuori dal davanzale il lenzuolo attorcigliato. Prese la moglie alla vita.

« Tieniti forte » mormorò.

La donna si fece il segno della croce e chiuse gli occhi mentre cominciavano a scivolare lentamente lungo il lenzuolo, graffiati dai rami che quasi toccavano la finestra.

La mestozia

In piedi in mezzo alla stanza, congestionato come stesse per venirgli un colpo apoplettico, Saverio si volse di scatto all'amico Egidio, che con lui divideva l'affitto dello studio, e annaspò boccheggiando, come chi non riesce ad articolar sillaba.

« Niente, » rantolò, quando riuscì a parlare, agitando con rabbia alcuni dattiloscritti e quasi ringhiando, « niente è meno imputabile alla volontà che l'idiozia. Eppure niente è più irritante di essa, quasi che all'idiota possa esser fatta colpa di esserlo. »

Posò sul tavolo i fogli che aveva già riletti, indicò la dattilografa, una ragazzetta di bassa statura, scialba e biondiccia, seduta davanti alla macchina da scrivere.

« Io la strozzerei » esplose. « A torto, lo riconosco. Ché non si può pretendere che il talento, o il semplice senso comune, nasca a volontà in chi ne è privo. E io non farei male a una mosca. Eppure, questa ragazza è capace di farmi concepire propositi omicidi. Ne fa di tutti i colori, sbaglia tutto, inventa parole, salta periodi. È inesauribile, nell'idiozia. È sorprendente. È piena di risorse. Potrei dire, se fossero leciti simili barocchismi, che è un genio, nel suo genere. Un genio dell'idiozia. Una stella di prima grandezza dell'imbecillità, un mostro del cretinismo. »

La cosa straordinaria era che la ragazzetta, un tipo che s'indovinava presuntuoso, sicuro di sé, lo stava a sentire con perfetta indifferenza, come se non si trattasse di lei. Saverio aveva ripreso a scorrere i dattiloscritti continuando a parlare, con la spuma alla bocca.

« E compie le sue malefatte » disse « con una tranquillità da fare impazzire. Come se questi disastri fossero la cosa più naturale del mondo, non umanamente evitabili. Eccone uno da mettersi le mani nei capelli. Avevo dettato: "Il bandito tornò inzaccherato". Sapete che cosa ha scritto questa disgraziata, questa criminale? "Il bandito tornò inzuccherato." Inzuccherato, signori miei. Inzuccherato! »

« Come una tazza di tè o di caffè » mormorò Egidio, pensoso.

« È uno scritto a tinte fosche » proseguì Saverio. « Descrivo il bandito, un essere abbietto e feroce che, compiuto il delitto, torna a casa inzaccherato, infangato, pesto, coperto di graffi e lividi. E questa cretina, questa perfetta incosciente, me lo fa tornare inzuccherato. L'ha preso per un candito. Il bandito cosparso di zucchero. Con lo zucchero sul cappelluccio, come neve! »

« E già » mormorò Egidio, sempre pensoso e come parlando a se stesso. « Bandito, candito; inzaccherato, inzuccherato; cappello a pan di zucchero, con lo zucchero sopra... Zucchero in polvere... »

Saverio aveva ripreso a scorrere i dattiloscritti. A un tratto esplose in un urlo che nulla aveva di umano.

« Ma guardate, » singhiozzò, letteralmente, « guardate! Avevo dettato: "Abbiamo al mare gare automobilistiche e nautiche. Per il pubblico balneare, naturalmente, le nautiche sono molto più interessanti delle automobilistiche. Può dirsi, senza tema di sbagliare, che il numeroso pubblico di questa ridente spiaggia sia qui unicamente per vedere le nautiche". Be', questa criminale, questa delinquente, quest'essere privo di ogni scrupolo, mi ha scritto tutte le 'nautiche' senza la "u". Tutte le nautiche sono diventate natiche, signori miei! »

Torvo, paonazzo, quasi stesse per scoppiargli una vena in petto, Saverio urlava, addirittura, agitando i fogli dattilografati.

« Udite, » disse « udite! »

Si mise a leggere:

« "Abbiamo al mare le gare automobilistiche e le natiche. Le natiche sono molto più interessanti delle automobilistiche." Capisci? Le natiche sono più interessanti. Lo credo. Ma aspetta: "Può dirsi, senza tema di sbagliare, che il numeroso pubblico di questa ridente spiaggia sia qui unicamente per vedere le natiche. C'è una lotta accanita per accaparrarsi i posti migliori per vedere le natiche". Roba da farsi sequestrare per offesa alla morale. Le è parso una volta di capire natiche, e tira avanti imperterrita, senza domandarsi se per caso non abbia inteso male. O, magari, crede che sia stato io a sbagliare. Perché è anche presuntuosa. Non la sfiora il minimo dubbio se sia o no verosimile che io le detti cose indecenti. Guarda qui. Avevo dettato: "Le gare automobilistiche hanno schiacciato le nautiche", e lei, tranquilla, serena: "hanno schiacciato le natiche". Ma basta. Questa è l'ultima che mi fa. Questa fa traboccare il vaso ».

Ansava. Cercò di dominarsi. Andò a un armadietto, mise poche gocce di calmante in un mezzo bicchier d'acqua, bevve.

« Signorina, » disse poi, affannoso, « lei da questo momento è licenziata. Avrà quanto le spetta. Ma fili. Fili e non si faccia più vedere. »

Passò nella stanza accanto, sbattendo l'uscio.

Impassibile come sempre, la ragazza si alzò, si tolse il grembiule come avesse terminato l'orario. Ma Egidio, che aveva assistito alla scena con crescente interesse, la fermò col gesto.

« Signorina, » disse « quanto le dava al mese il mio amico? »

« Centomila » fece la ragazza.

« Le raddoppio lo stipendio, » disse l'altro « l'assumo io. »

Impassibile, la ragazza si rimise il grembiule e sedé di nuovo alla macchina, aspettando ordini.

« Scriva » proseguì Egidio: « titolo: "La caduta di un regno". A capo: "Correva l'anno milletrecentocinquantuno dell'èra volgare...". ».

Cominciò a udirsi il caratteristico ticchettio veloce.

Egidio dié un'occhiata al foglio, dietro le spalle della ragazza.

« Alt » disse.

Il ticchettio della macchina tacque. La ragazza sfilò il foglio e lo consegnò ad Egidio, che lo prese quasi con religione. Vi si vedeva scritto, al posto del titolo: « La caduta di un ragno ». Egidio lesse, approvò.

« Per oggi basta » disse. « Grazie. Può andare. »

La ragazza si tolse il grembiule, si ravviò i capelli, si dié una ritoccatina al trucco e, con un piccolo cenno di saluto, uscì a testa alta, impettita, tranquilla, come chi sa di avere compiuto il proprio dovere e bene speso la giornata.

Salto di tempo.

Salutiamo, signori, in Egidio, scrittore fino ad allora noioso e banale quant'altri mai, l'artista che dalla critica unanime viene additato come un grande umorista, l'autore alla moda, i cui libri gli editori si contendono a colpi di milioni, i cui racconti vengono acquistati a peso d'oro dalle maggiori riviste, le cui opere si stampano a centinaia di migliaia di copie, e che il pubblico acclama.

Da che la metamorfosi?

La dattilografa.

Quella preziosa ragazza ha portato vita, splendore, smalto, scintillii, sprazzi di genialità nello stile e nell'opera già scialbi dello scrittore, il quale è divenuto brillantissimo, pieno di fantasia e di immaginazione, in una parola: sorprendente.

I suoi racconti, le scene e i dialoghi delle sue commedie, che prima avevano fatto sbadigliare intere platee, folle innumerevoli, sono diventati irresistibili, da che li batte a macchina la straordinaria dattilografa.

Ha aperto la serie il mirabile racconto « La caduta d'un ragno », in cui questo trascurabilissimo caso veniva narrato come un fatto storico, ambientato nel tardo Medioevo. E bisognava vedere di che effetto esilarante era la descrizione di questa caduta del ragno, in quei tempi cupi. Egidio non dovette nemmeno scervellarsi a trovare la minima situazione comica. Bastò che lasciasse il testo così come l'aveva scritto parlando della caduta d'un regno e si limitò a sostituire sempre la parola regno con ragno. Ne derivarono situazioni di schietta comicità e un testo quanto mai barboso diventò, con questo semplice artifizio, un fuoco, è il caso di dirlo, d'artifizio.

Si descriveva il ragno che stava solido sulle sue basi; la congiura a cui partecipavano, per farlo cadere, dignitari, guerrieri, personaggi importanti, frati incappucciati, dame intriganti. I congiurati si riunivano la notte in luoghi tenebrosi e studiavano i mezzi per far cadere il ragno. Qualcuno, figurarsi, proponeva di rivolgersi al Papa. Poi, giubilo! Riuscivano ad avere dalla loro gli ambasciatori, che procurarono l'appoggio di Stati vicini.

Emozionante, in senso comico, il capitolo intitolato: « Il ragno vacilla ». Ve lo immaginate il ragno che vacilla? Chi può emozionarsi per un fatto simile? Eppure i congiurati alla notizia esultavano. « Il ragno è colpito alla base. Il ragno crollerà. S'è circondato di potenti alleanze, ha teso una rete che arriva fino alla Danimarca, ma sapremo farlo cadere ». Be', che ci sarebbe voluto? (pensava il lettore.) Una mosca come esca, un passerotto, un insetticida. I congiurati non ci pensavano nemmeno. Affilavano nell'ombra le spade. Le spade, figurarsi. Per il ragno.

A tutto questo dava un sapore particolarmente comico l'ambiente: i Crociati, i barbari, gli ordini religiosi. Tutti coalizzati per far cadere il ragno. Ma che, era un ragno gigante? Anzi, un piccolo ragno (era un piccolo regno). E, per far cadere un piccolo ragno, mobilitati i potenti della terra? Che risate.

E, finalmente, la caduta.

A questo punto sarebbe stato banale che l'autore dicesse: Nota bene, si tratta d'un errore della dattilografa; al posto di ragno bisogna leggere sempre regno.

Invece Egidio continuò il giuoco, ma a questo punto staccandosi dall'equivoco e parlando realmente di caduta d'un vero e proprio ragno. Descrisse il ragno che, con le sue otto zampe, usciva, per così dire, di casa, cioè dal proprio buco, dalla propria tana, un bucolino nel calcinaccio della città medievale, fra pietra e pietra. Lo mostrò mentre lentamente, con somma prudenza, in mezzo al traffico di palafrenieri, portantine e popolo minuto di mercatanti, donnette, madonne e cavalieri, traversava la strada bagnata a causa d'una di quelle piogge che nel Medioevo solevano raggiungere una particolare intensità, anche a causa della mancanza di ombrelli.

La critica trovò in tutto questo delle allusioni satiriche, dei significati simbolici, che divertirono un mondo il pubblico e dettero una particolare autorità al bizzarro racconto.

Specialmente allusive furono trovate le pagine in cui, proseguendo il racconto della caduta, Egidio descriveva il ragno che, nel traversare la strada, avanzava a stento, tra gli edifici gotici e le misteriose cattedrali, e a un certo punto metteva una delle sue otto zampe in una pozzanghera e là! pigliava uno scivolone e cadeva. Particolarmente comica era la descrizione del ragno mezzo sciancato, che arrancava a fatica e poi finiva bocconi.

Seguì un romanzo in cui si parlava per pagine e pagine di cozze felici. Chi avrebbe potuto immaginare quei molluschi felici? Egidio aveva pensato e dettato « nozze felici », un caso banalissimo da cui si possono trarre, sì, situazioni e spunti molto comici e umoristici, ma lui non aveva saputo trarne che dei luoghi comuni. I quali, tuttavia, erano diventati di una comicità irresistibile, applicati al mondo delle cozze, del quale la brava incapace dattilografa gli aveva involontariamente suggerito l'idea.

In altra occasione, di una briciola d'amore costei fece una braciola d'amore. Diventò il piatto di moda. Nelle liste di tutti i ristoranti à la page, figurava regolarmente la « braciola d'amore », in omaggio allo scrittore che aveva lanciato questa pietanza.

Sotto il ticchettio sbrigliato e spensierato della fanciulla, le forme procaci diventavano precoci e le precoci procaci; gli apologhi epiloghi, gli epiloghi apologhi, gl'innamorati passeggiavano sotto le stalle e nei film si vedevano le stalle del cinema.

Ella dava ad Egidio anche delle idee commerciali. Un giorno, in un racconto concernente una soave e timida fanciulla, Egidio dettò: « il suo viso era soffuso d'una dolce mestizia ». Venne fuori « dolce mestozia ». Egidio ebbe da questo l'idea di lanciare sul mercato una pretesa « mestozia dolce », crema per la pelle, da soffondere sul viso, prodotto di bellezza, che aveva anche il vantaggio d'essere molto gradevole di sapore, sicché « invitava ai baci », com'era scritto nell'etichetta; « dopo averla assaggiata una volta, » diceva lo slogan pubblicitario « vostro marito vorrà baciarvi sempre... tutti vorranno baciarvi, se sapranno che usate "mestozia dolce"; usate tutte "mestozia dolce"; ricordate: "mestozia dolce"! In vendita in tutte le profumerie e istituti di bellezza ». Figurarsi, le donne andavano matte per comperarla e gli uomini per assaggiarla. Egidio ci fece i milioni.

Purtroppo la ragazza, da lui coperta d'oro, sentì rimordersi la coscienza, per i molti errori che commetteva scrivendo a macchina, e dei quali finì per rendersi conto. E un giorno non resisté più. « Voglio » disse a se stessa « fortissimamente voglio meritare questo eccellente trattamento del mio buon principale, che non mi fa mai un rimprovero per i miei strafalcioni! »

Si mise a studiare bene dattilografia, s'esercitò, pose attenzione nel lavoro, diventò impeccabile.

Fu il crollo.

L'uomo dalla faccia di ladro

« Sono un ladro, sì » disse il vecchietto amaramente « ma ho rubato una sola volta nella mia vita. E fu il più bizzarro furto che sia mai stato commesso: si trattava d'un portafogli pieno di danaro... »

« Non mi pare una cosa molto strana » osservai.

« Lasciatemi dire: e quando lo ebbi in tasca, quel danaro non accrebbe d'un centesimo la somma che avevo prima di compiere il furto. Quanto al derubato, egli non perse nulla del proprio danaro. »

« È molto strano quel che mi dite » replicai. Ma è mai possibile rubare e intascare un portafogli pieno di quattrini senza con questo accrescer la somma che s'aveva già in tasca? »

« Nemmeno d'un centesimo, » ripeté quasi macchinalmente il vecchietto.

E rimase con gli occhi fissi nel vuoto, come se non s'accorgesse della folla ch'era seduta agli altri tavoli della fumosa bettola, vociando confusamente.

«Nemmeno d'un centesimo.»

Senza aspettare che lo interrogassi, mi fissò a un tratto.

«Voglio raccontarvi questa storia» disse. «Ascoltatemi, signore, ma alla condizione di non disprezzarmi poi, come fanno tutti gli altri.»

Il vecchietto avvicinò la sua alla mia sedia, perché, essendo scoppiata una nuova rissa in fondo alla bettola, mi sarebbe stato impossibile udirlo dall'altro capo della tavola. Poi si soffiò il naso con uno sconfinato fazzoletto a colori; e, mentre ripiegava questo accuratamente, cominciò il racconto.

«Non avevo mai rubato prima di quel giorno» disse «e non ho più rubato dopo. Il furto avvenne su quella piccola e lenta ferrovia a scartamento ridotto che da Smirne va a Sciabìn Karà Hissàr attraverso selvagge montagne infestate da briganti. Avevo preso posto in uno scompartimento di terza classe dove non c'era che un altro viaggiatore; una specie di straccione che dormiva con una mano sugli occhi e che non parve nemmeno accorgersi della mia presenza. Ma, appena il treno si fu mosso, costui aperse gli occhi e mi guardò.

«Allora, sotto la luce rossastra della lampada a petrolio, apparvero i lineamenti volgari d'una faccia equivoca, losca e pallidissima, che una squallida barba di sei o sette giorni rendeva ancor più sinistra e su cui si leggevano a chiare lettere la fame e la sfacciataggine. Osservandolo con maggior attenzione, m'accorsi che una lunga cicatrice gli deturpava la guancia sinistra e dopo qualche minuto, alla vacillante luce della lampada che faceva danzare esageratamente le ombre, dovetti constatare con terrore che la faccia del mio compagno di viaggio, che prima m'era parsa solo poco rassicurante, fosse addirittura spaventosa.

«Avrei voluto cambiare scompartimento ma, non essendo il treno intercomunicante, fino alla prossima stazione era inutile pensarci. Il che significava che avrei dovuto passare tre ore col sinistro individuo; tempo sufficiente per consumare il più efferato dei delitti, su una linea dove un grido sarebbe stato lanciato al deserto e dove era un giuoco da ragazzi far scomparire un cadavere, gettandolo nel burrone.

« Il treno saliva su per i monti e le gallerie si succedevano l'una all'altra. Fuori, le tenebre inghiottivano l'aspro paesaggio e tutto era favorevole alla mia silenziosa uccisione. Inchiodato al sedile, sentendomi crescere di minuto in minuto la paura, io non staccavo lo sguardo dalla faccia del losco figuro che mi sedeva dirimpetto, e ne sorvegliavo ogni movimento, mentre con la coda dell'occhio badavo al campanello d'allarme, pronto a balzare in piedi e afferrarlo, appena il mio compagno di viaggio avesse accennato ad attuare il piano dell'aggressione, che certo andava studiando, a giudicare dal modo come mi osservava. M'ero ben guardato dal deporre la mia sacca, che tenevo sulle ginocchia, nascosta dalla coperta di lana. Come estremo espediente, di quando in quando mi frugavo nella tasca dei pantaloni fingendo di volermi assicurare che la rivoltella fosse al suo posto. Ma in realtà non avevo né rivoltella né altre armi; grave imprudenza su quella linea.

« A un tratto lo sconosciuto s'alzò fissandomi. Balzai in piedi con un grido per attaccarmi al campanello d'allarme, ma l'altro mi fermò guardandomi con occhi supplichevoli e, accortosi che avevo paura, mi rassicurò: "Signore" mi disse "voi credete che io sia un ladro. Tranquillizzatevi. Tutti lo credono, vedendomi, ma io non sono un ladro". "Vi pare?" esclamai, lieto di questa leale dichiarazione che mi toglieva da un incubo "io non credo affatto che siate un ladro." Così dicendo gli feci posto accanto a me. "Io non sono un ladro" ripeté il brutto ceffo. E aggiunse: "Purtroppo". Rimasi di stucco. Ma il brutto ceffo proseguì: "Avrei dovuto essere un ladro e avrei voluto esserlo. Perché negare? La mia natura, la mia educazione, l'ambiente nel quale sono nato e vissuto, cospiravano a fare di me quello ch'era la mia vocazione e addirittura la mia passione: un ladro. Ma, purtroppo, una cosa m'ha impedito e m'impedisce di rubare". "Forse" domandai "non sapete rubare?" "Non so fare altro" disse l'enigmatico personaggio; "non è che non so. Non posso rubare." "Spiegatevi," feci "che cos'è che ve lo impedisce?". Il mio compagno di scompartimento sollevò il volto verso la lampada e si mise bene in luce. "Guarda-temi," disse "che cosa notate?" Avrei voluto rispondere: "Una gran faccia di mascalzone", ma me ne astenni per evitare storie, e risposi semplicemente: "Non so; non vedo nulla di anormale". "Ah," fece il figuro "non vedete nulla? Allora ve lo dirò io." Mi guardò fisso negli occhi e aggiunse, con voce strozzata: "Io, signore, ho la faccia di ladro".

« Rimasi come fulminato. Non gli si poteva dare torto ma avevo anche paura a dargli ragione. "Come si può rubare, con una faccia simile?", proseguì dopo un attimo il brutto ceffo, con la voce divenuta stridula e beffarda. "Se circolo tra la folla, tutti al mio passaggio portano istintivamente la mano al portafogli e alla catena dell'orologio. Le donne, vedendomi, sorvegliano le loro collane e le loro spille preziose. I miei compagni di viaggio non cessano di tener d'occhio i propri bagagli e palpeggiarsi le tasche per assicurarsi che nulla manchi, i gendarmi, quando m'incontrano, mi fissano attentamente e, se avviene un borseggio tra la folla, il primo ad essere sospettato sono io." »

Il vecchietto si soffiò nuovamente il naso con una strombettata che per un attimo sopraffece il vocio della bettola affollata, e riprese il racconto.

« Ora » disse « debbo farvi una penosa confessione: mentre il brutto ceffo parlava, un'idea diabolica s'era fatta strada nel mio cervello: se derubassi quest'uomo dalla faccia di ladro? questo ladro che non può rubare? Era una cosa crudele ma tentatrice. Basta, agilità ed astuzia non mi fanno difetto. Dopo qualche minuto, il rigonfio portafogli del brutto ceffo era passato nella mia tasca destra. E, il treno essendosi fermato, non dovetti nemmeno darmi la pena di cambiare scompartimento, perché il sinistro figuro s'alzò. "Io sono arrivato, signore," disse "addio." Scese. Attesi che il treno si movesse. Attesi di veder scomparire il figuro. Lo vidi scavalcare la staccionata della stazione, col suo fagotto e il suo bastone in mano. Vidi le misere spalle allontanarsi nei campi. E poi non lo vidi più, povero ladro mancato, povero straccione derubato da me.

Appena il treno si fu rimesso in moto, volli esaminare il bottino. Tirai fuori il portafogli rubato e, colpo di scena!, m'accorsi che era il mio. »

« Il vostro? » domandai sorpreso per l'inattesa conclusione.

« Il mio. Mentre raccontava la sua disgrazia, mentre mi dava a intendere di non poter rubare perché aveva la faccia di ladro, quel mascalzone m'aveva borseggiato. »

Il vecchietto si soffiò di nuovo il naso, rumorosamente.

« Fortuna che io, senza saperlo, » concluse « avevo immediatamente recuperato la refurtiva, credendo di derubare costui. E questa, signore, è la storia di quando rubai il mio portafogli. Come vedete, non dicevo una bugia. »

Appena il vecchietto ebbe finito il suo strano racconto, pagai, mi alzai e, salutandolo, uscii in fretta dalla bettola, ormai quasi deserta.

C'era la ragione di questa fretta: mentre costui raccontava la storia del suo furto, io, lavorando con mani lievi, ero riuscito ad alleggerirlo del suo portafogli ed ero impaziente di vedere quanto conteneva. Tanto più che non correvo il rischio, come era capitato a lui, di rubare il mio portafogli per il fatto, doloroso ma molto semplice, che non possedevo un portafogli.

Appena ebbi svoltato l'angolo della strada, fermatomi sotto un lampione, mi frugai nella tasca destra, dove avevo fatto scomparire la refurtiva.

Ma la tasca era vuota, e vuote erano anche le altre tasche.

Ahimè, signori, il portafogli non c'era più, il bottino aveva preso il volo.

Insomma, non tardai a rendermi conto di quel che era avvenuto. Mentre mi faceva il suo racconto, il diabolico vecchietto, credendo di derubarmi, aveva, per la seconda volta in vita sua, rubato il suo portafogli.

Per la seconda volta, che sappia io. Ché chi sa quante altre volte s'era derubato.

Un commercio ideale

« Ho trovato » mi disse lo sconosciuto mentre scendevamo dal tram al capolinea « il commercio ideale: sbarco il lunario vendendo un mio oggetto personale. »

Il discorso non m'interessava molto. M'ero accompagnato con costui per fare assieme il tratto a piedi fino a casa poiché la notte, di questi tempi, non è prudente girar da soli per certe strade deserte o mal frequentate. Tuttavia non potei fare a meno di osservare:

« Come, vendendo un suo oggetto personale? Lei vuol dire: vendendo dei suoi oggetti personali ».

« No, » fece lui « ripeto: un mio oggetto personale. L'oggetto che vendo è uno soltanto ed è sempre quello. »

« L'avrà venduto una volta e col ricavato... »

« No. Lo vendo continuamente. »

« Ne ha molti uguali? »

« Ne ho uno solo. »

« E come fa a venderlo più volte? »

« Non riesco io stesso a spiegarmelo. Fatto si è che lo offro, mi viene subito pagato e nessuno lo ritira. »

« È curioso » feci « e volentieri ne saprei qualcosa di più. Che oggetto è? »

« La mia rivoltella. Dovunque mi presento per venderla, tutti appena la mostro, me la pagano quasi senza lasciarmi parlare e, quel che è più strano, senza ritirarla. Invano talvolta li inseguo per consegnar loro l'oggetto. S'allontanano in fretta e spesso addirittura correndo. »

« Senti, senti. Ma forse lei avrà la parlantina sciolta, saprà fare, come suol dirsi, l'articolo; ne decanterà il funzionamento perfetto, la maneggevolezza, la precisione? »

« Non faccio in tempo. Di solito mi limito a spiegare che non sono un commerciante di professione (il che è la verità; perché non voglio ingannare nessuno), ma che il bisogno mi costringe a privarmi di quest'oggetto. Comincio presentando la rivoltella: "Sono in miseria, mi occorrono un po' di quattrini...". Non faccio in tempo a finire: il cliente paga e via di corsa: io l'inseguo per consegnargli la merce, grido: "Senta... Aspetti!": ma sì! Hanno le ali ai piedi quei dannati. »

Il mio interlocutore riprese fiato.

« Certo » continuò « mi attengo scrupolosamente alle regole fondamentali degli scambi economici, e forse debbo a questo il mio successo. »

« Come sarebbe a dire? »

« Per esempio, buona norma commerciale è offrire in vendita un oggetto dove e quando è più necessario. Dove e quando è più necessaria una rivoltella? Dove occorra difendersi quando si è minacciati, senza che altri possa difenderci. E dove può capitare d'esser minacciati, senza che altri possa difenderci? Nelle strade solitarie o mal frequentate, di notte. E chi è che, in questo caso, ha più bisogno d'una rivoltella? Chi ne è senza, chi è solo e indifeso e teme aggressioni, eccetera eccetera. Certo, sarebbe assurdo offrirla a chi ha già, per esempio, un mitra. »

« Evidentemente. »

« Perciò, io cominciai per l'appunto con l'andare di notte

nelle strade solitarie e malfamate e, quando vedevo un passante solo, timido, indifeso e pavido, gli presentavo la rivoltella. Per invogliarlo all'acquisto, qualche volta, alle frasi già dette, ne aggiungevo qualcuna d'imbonimento, del genere di: "Guardi, è carica, basta premere il grilletto... provoca morte istantanea...". »

« E il passante? »

« Cosa strana: me la pagava più di quel che vale, in danaro o in natura. Qualcuno, dopo avermi consegnato il portafogli e prima che potessi parlare s'affrettava a lasciarmi anche il cappotto e rinunziando all'oggetto comperato, se la dava a gambe. »

Il mio interlocutore riprese fiato.

« Non mi sono fermato a questo » disse. « Ho pensato (segua il mio ragionamento): chi altro può avere bisogno d'una rivoltella? È chiaro: chi, per esempio, ha ritirato una forte somma alla banca e deve trasferirla altrove. Naturalmente, non ne ha bisogno nelle strade frequentate, in mezzo alla gente; sa benissimo che in questi casi basta un grido, un allarme, per mettere in fuga un rapinatore. Altro avviene nelle strade solitarie. Così, io mi metto nelle banche e, quando vedo uscire uno che ha riscosso una forte somma, lo seguo alla lontana. Soltanto se e quando lo vedo giunto in zone deserte, mi faccio avanti e gli presento la mia merce col solito preambolo. »

Il mio interlocutore mi fissò come chi si prepara a dir cosa incredibile.

« Ebbene, » disse « anche in questo caso il più delle volte il presunto cliente, invece di profittare della rara occasione che gli si presenta, di fornirsi con poca spesa di un'arma con cui potrebbe difendersi da eventuali rapinatori, non mi lascia nemmeno il tempo di dirgli il prezzo. Mi consegna la borsa contenente il pacco delle banconote, prezzo sproporzionato alla modestia dell'oggetto da me offerto, e che del resto costui non ritira nemmeno, affrettandosi a svignarsela. »

Nuovamente l'interlocutore s'interruppe per riprender fiato.

« Incuriosito da così strano contegno » disse « volli vederci chiaro. Un giorno entrai perciò da un armaiuolo e mostrandogli l'arma stavo per domandargli se essa non avesse per caso un qualche pregio a me ignoto. Naturalmente, per non fargli perder tempo, non ci andai nelle ore in cui c'è gente nel negozio. Scelsi le cosiddette ore morte, quando il negoziante s'appisola seduto dietro il banco nella bottega deserta. Ebbene, feci appena in tempo a dirgli con la rivoltella tesa: "Sono in miseria..." (volevo fargli un po' la storia del mio caso fin dalle origini); l'armaiuolo, un vecchietto che sonnecchiava dietro la cassa, aperse gli occhi al suono delle mie parole e, vista l'arma, s'affrettò a consegnarmi l'incasso, riparando nel retrobottega. Idem avvenne con altri competenti. Provai anche con passanti. Andavo dicendo: "Ps! Senta!" e mostravo l'arma. L'interpellato mi gettava quanto aveva in tasca e via di corsa. »

Superate le ultime case della via deserta, eravamo arrivati quasi in campagna, all'imboccatura del ponte sotto la ferrovia. Qui lo sconosciuto si fermò.

« In conclusione » disse fissandomi « non sono riuscito a scoprire quali occulte virtù possegga quest'arma e ancor oggi la cosa è per me un mistero. Guardi se ci capisce lei qualche cosa. »

Tirò fuori la rivoltella.

« È normale » disse: « Premendo il grilletto... ».

« Ho capito, ho capito! » gridai.

Gli consegnai il portafogli e me la diedi a gambe sotto il ponte della ferrovia, mentr'egli continuava a farmi cenni di richiamo. Di lontano lo vidi poi allontanarsi con fare sconsolato, dopo aver messo in tasca il portafogli e l'arma di cui non riusciva a disfarsi.

Direte che ero stato un po' precipitoso a consegnargli il portafogli e che m'ero messo in un bell'impiccio, non avendo altro danaro. No. Per la semplice ragione che contavo di rifarmi con lo stesso sistema dello sconosciuto.

In fondo, anch'io potevo benissimo "vendere" come faceva lui, un mio oggetto personale, facendomelo pagare senza che fosse ritirato. Non avevo una rivoltella — non ho mai portato addosso simili aggeggi — ma questo non voleva dire; avrei potuto tentare con qualche altro oggetto, magari anche di maggior valore. L'orologio, per esempio.

Avevo per l'appunto un magnifico orologio svizzero di marca, d'oro, che poteva invogliare molto qualche passante che ne fosse sprovvisto. Perché, come giustamente aveva detto il mio compagno di strada, questa è sempre buona norma commerciale: offrire la merce a chi ne ha bisogno.

Difatti, mentre stavo appostato all'uscita del ponte, vidi arrivare un tale piuttosto male in arnese. Quello, certo, l'orologio non doveva averlo. E, poi, d'oro! Mi feci coraggio. Lo affrontai, porgendogli il prezioso oggetto:

« Le farebbe comodo » gli dissi « questo orologio? È d'oro, di marca, con le frazioni di secondo e il contasecondi, diciotto rubini... »

Non mi fece finire.

Invece di pagarmi e darsi alla fuga senza ritirare l'oggetto, come capitava all'altro, e come mi aspettavo, costui ritirò l'oggetto e si dié alla fuga, senza pagarmi.

Misteri del commercio!

Idillio

Antonio s'affacciò alla porta del negozio, vide che c'era soltanto Alina, che stava leggendo un libro seduta dietro il banco.

« Alina! » chiamò a bassa voce.

La ragazza alzò il capo dal libro che stava leggendo.

Impallidì, poi si fece di bragia.

« Oh, » balbettò, smarrita, « Antonio... »

« Facevi tanti misteri, » disse il giovanotto, entrando « non volevi nemmeno presentarmi a tuo padre e allora, siccome ho intenzioni oneste, ti ho seguita. »

Improvvisamente, Alina si mise a piangere.

« Alina! » esclamò Antonio, sbalordito, « che è successo? »

La ragazza continuava a piangere a capo basso. Antonio si guardò attorno ed ebbe un piccolo moto di sorpresa. Non s'era ancora accorto del genere di mercanzia che si vendeva nel negozio. Le pareti erano coperte di scaffali in cui s'allineavano file e file di vasi da notte, bianchi, rosa, celesti, a fiorami, d'ogni dimensione. Pile di vasi da notte si drizzavano negli angoli, ai lati della porta e perfino sul banco di vendita. Ce n'era qualcuno di campione presso la cassa. Altri pendevano dal soffitto.

« È per questo? » fece Antonio, sorridendo; « be'? e che male c'è? che c'è di straordinario? È un articolo come un altro. »

Alina continuava a piangere cheta, a capo basso. Antonio le sollevò il volto, carezzandole il mento. Apparvero le guance di lei rosse, rigate di lagrime.

« Non puoi capire... » balbettò la ragazza, scossa dai singhiozzi, evitando di guardarlo.

« Ma, Alina, allora è per questo che non volevi presentarmi a tuo padre? »

« Per tutto l'insieme e anzitutto per questo. »

« Ma è il commercio di tuo padre. »

« La sua industria. Li fabbrichiamo. »

« Tanto meglio. È un'industria più che rispettabile. »

« Sì, non c'è che dire. Ma devi capire il mio imbarazzo a vivere sempre fra queste cose e a farti sapere che vivo fra queste cose. »

« Sono cose umane, Alina. E allora, quelli che fabbricano impianti sanitari? Ci son fior di negozi di questo genere, elegantissimi. Nessuno si sognerebbe di vergognarsene. Anzi. »

« Volesse il cielo, che questo fosse un negozio di impianti sanitari moderni! »

« E non è la stessa cosa? In fondo... »

« Vuoi fare il paragone? Quelli si fanno anche la pubblicità nelle riviste di lusso, con fotografie a pagina intera. Sono belli, desiderabili, da mostrarli con orgoglio. Ma guarda se a qualcuno viene in mente di pubblicare le fotografie d'uno di questi oggetti qui. Quelli si fanno vedere ai visitatori, in una casa, con orgoglio. Questi si tengono nascosti. Di essi ci si vergogna. »

« Male, molto male. Io non trovo che ci sia tanta differenza. In fondo, siamo lì. Sono la stessa cosa. Servono alla stessa cosa. Via, via, Alina, non fare la bambina. Anzi devi esser contenta che io abbia saputo, e trovo, com'è giusto, che non c'è niente da vergognarsene. Così potrai finalmente presentarmi a tuo padre.»

« È un orso. Guai a parlargli d'un mio eventuale matrimonio. »

« Non vorrà che resti zitella. »

« Mi considera sempre una bambina e s'infuria al solo pensiero che qualcuno possa vedere in me qualcosa di diverso. Poi, da che è morta la mamma, gli sono rimasta soltanto io e gli sono sempre stata vicino. »

« E be'? Verrà a stare con noi, quando saremo sposati. Perché ci sposeremo, suo malgrado. »

« Povero papà, non avrei mai il cuore di dargli un simile dispiacere. È già tanto amareggiato per la nostra industria, che non va più come un tempo. »

« Ma io spero, col mio lavoro, di poterlo mettere in condizione di riposarsi. »

« Non si tratta di questo. Siamo abbastanza ricchi, potrebbe riposarsi. Ma non può fare a meno del suo lavoro. »

« Ebbene, lo modernizzeremo, lo orienteremo verso gli impianti sanitari moderni. »

« Per carità! Non vuole arrendersi ai tempi nuovi. È diventata per lui una forma morbosa. Odia tutti e tutto, perché quasi non s'usano più i suoi prodotti. »

« Immagino che ci sia molta crisi, infatti. »

« E come! L'avvento degli impianti idraulici e sanitari è stato un colpo mortale per la nostra industria. Oggi questo articolo è quasi scomparso. »

« Lo immagino. »

« Ormai restano soltanto gli ospedali e le case di cura, i paesi sottosviluppati e un po' d'esportazione verso i paesi africani emancipati, ma lì li usano per mangiarci dentro, come recipienti da tavola. »

« Be', questo non vuol dire, per voi. »

« Ah, sì, per noi è la stessa cosa. Anzi meglio, perché se

ne vendono di più. Invece di uno o due per famiglia, si vendono intieri servizi per dodici, per ventiquattro. Quanto ai nostri paesi, rimane appena in certe campagne dove ancora non è arrivato il progresso. Oppure per i bambini. Gli altri fabbricanti di esso si sono adeguati. »

« Naturalmente. Bisogna adeguarsi ai tempi. »

« Alcuni, per restare nel campo, si sono messi a fabbricare impianti di porcellana, e guadagnano milioni. Altri si sono dati alla produzione delle ceramiche artistiche. »

« Perché non fate anche voi la stessa cosa? »

« Te l'ho già detto, mio padre non vuol saperne. Per lui è un punto d'onore. Ha l'orgoglio d'un'azienda che vive da circa un secolo e che un tempo era rinomata in tutto il mondo. Un'industria che si trasmetteva di padre in figlio. Anche il nonno, anche il nonno del nonno, lavoravano in quest'articolo. Il prodotto della ditta Spezzetti fu un tempo rinomato dappertutto. Mio padre dice che ha ricevuto l'industria da suo padre e che gli sembrerebbe di tradirlo a cambiare genere di produzione. »

« Ma i tempi cambiano. Come può pensare che oggi qualcuno possa ancora preferire uno di questi oggetti ai moderni impianti? »

« Sai come sono i vecchi. Per darti un'idea della sua ostinazione, pretenderebbe, figurati, che ancora si usasse quel tipo alto, sai... »

« Il càntero... Si chiamava anche Zi' Peppe, una volta. Era sempre occultato dentro un sedile scoperchiabile. L'usarono il Re Sole e la Pompadour che, seduti su di esso, davano udienza ai cortigiani. »

« Ma oggi!... Per questo, mio padre è in rotta con la nostra epoca. Odia tutti. Non vuol sentir parlare di mio matrimonio... Zitto, eccolo! »

Entrò un vecchio dall'aria burbera e scontrosa, che guardò sospettosamente il giovanotto. Questi aveva assunto un'aria indifferente.

« Desidera? » gli domandò brusco il vecchio.

«Vorrei» fece Antonio in tono deferente «uno di quei recipienti stretti e lunghi, a forma di cappello a cilindro rovesciato...»

«Un càntero?» fece il vecchio, brusco sempre.

«Precisamente. Uno Zi' Peppe!, insomma.»

Il vecchio guardò con interesse il compratore.

«È per un film?» domandò subitamente interessato.

«No, no» fece Antonio; «è per uso domestico.»

Il vecchio andava sciogliendosi in uno sguardo di simpatia.

«Ne abbiamo di diversi tipi» cominciò, in tono professionale. «Se vuol vedere l'assortimento... S'accomodi, venga.»

Fece strada nel retrobottega. Antonio lo seguì, ammiccando alla ragazza.

Il cagnolino

Lorenzo era nero, per non aver concluso nessuno degli affari per cui era venuto a Roma. Affari, del resto, per modo di dire. Aveva letto delle inserzioni nel giornale ed era venuto di persona a trattare. In qualche caso era arrivato tardi, in qualche altro caso non era riuscito nemmeno a parlar per telefono. Così, un giorno perduto, e non s'era nemmeno rifatto delle cinquemila lire spese.

Poiché mancava qualche ora al treno del ritorno, volle tentare un'ultima telefonata. Entrò nel grande albergo e si diresse alle cabine. Spesso si serviva, per piccole occorrenze, di questo sontuoso caravanserraglio, dove chiunque entrava e usciva, o si tratteneva per delle ore nei saloni comodamente affondato in una poltrona, senza che nessuno si occupasse di lui.

Mentre ancora una volta aspettava invano che qualcuno rispondesse all'apparecchio, attraverso la parete imbottita gli giunse affiochita una voce femminile, dall'accento esotico, che telefonava nella cabina accanto:

« Pronto? L'ambulatorio veterinario?... Parlo col dottor Costante Palino?... Sono la contessa Mabel... ».

La voce pareva lontanissima, ma era squillante, fresca.

« Dev'esser giovane » pensava Lorenzo.

Tese l'orecchio. Ora la voce, sempre smorzata dalle imbottiture, aveva improvvisamente acquistato un tono angoscioso.

« Sì... Sta male.... No. Non è in grado di uscire, è grave, venga lei... Come?... Oh, no, domani sarebbe troppo tardi, deve venire oggi, subito... Veda se le è possibile, mi farebbe un gran favore... Oh, sì, grazie... Hotel Excelsior, appartamento centocinquanta. No, debbo saperlo con certezza, perché starò ad aspettarlo. Sa, sono sola. Non mi faccia aspettare inutilmente... Grazie, mi raccomando, l'aspetto. »

Lorenzo sentì riagganciare il telefono. Aprì uno spiraglino e vide aprirsi la porta della cabina accanto e uscirne, allontanandosi in fretta, una donna elegante, giovane, una di quelle maravigliose straniere piene di capricci, che si vedono nei grandi alberghi.

« Contessa Mabel, » pensò « appartamento centocinquanta... Sono sola... »

Con un tuffo al cuore, si mise a sfogliare in fretta l'elenco telefonico: Palini, Palini, Palini... Ecco la pagina ed ecco Palini. Ce ne sono parecchi... Ma ecco « Palini dottor Costante, specialista piccoli animali, ambulatorio veterinario, sala di toletta, pensionato per cani... » Doveva esser questo. Non c'erano altri Palini veterinari. Lorenzo fece il numero.

« Il dottor Palini? » disse piano nel microfono, badando che nessuno udisse dall'esterno della cabina.

« Sono io, dica » fece la voce nella cornetta.

« Qui Hotel Excelsior. Poco fa le ha telefonato la contessa Mabel per il suo cane. »

« Va bene, ho promesso di venire. Fra mezz'ora. Un po' di pazienza, signore mio, non posso fare miracoli. »

« No, guardi, è inutile che si disturbi, le telefono proprio per questo... »

« Perché? Il cane... »

« Purtroppo... Un collasso improvviso... Grazie, presenterò. »

Lorenzo riagganciò il ricevitore. Fece capolino cautamente dalla cabina e, accertatosi che la bella sconosciuta non fosse nei paraggi, uscì dandosi un'aria disinvolta e, a capo basso, in fretta, si diresse alla toletta. Una spolverata, una pettinata, si lavò le mani. Poi, sempre in fretta, a capo basso, uscì dall'albergo.

Rientrò dopo qualche minuto, si confuse tra la folla del vestibolo e, sempre con un'aria indifferente, s'infilò in un ascensore, dove dette qualche rapido ritocco alla propria toletta, davanti allo specchio, e si fece lasciare al piano. Fremeva. I più graditi imprevisti possono capitare quando si sta nella camera d'una bella e giovine donna, e un cagnolino, per di più infermo, è l'unico testimonio. Quanto alla malattia della bestiola, se la sarebbe cavata in qualche modo, con qualche bubbola.

Alla delicata picchiatina alla porta dell'appartamento numero centocinquanta, questa s'aprì e nel vano apparve un grosso uomo.

« Scusi, » mormorò Lorenzo, sgradevolmente sorpreso, « credo d'avere sbagliato. »

L'altro non gli diè tempo di ritirarsi.

« Il veterinario, immagino » fece, con voce baritonale e accento esotico. « S'accomodi. Mia moglie è uscita, l'aspettava fra mezz'ora. »

« Già, » balbettò Lorenzo « ho potuto anticipare. Allora... »

Di nuovo fece per ritirarsi, ma l'altro lo trattenne.

« Venga, venga, » disse « la bestia è qui. »

Richiusa la porta alle spalle del visitatore, il grosso uomo gl'indicò, su una poltrona del salottino in cui si trovavano, un mucchio di coperte e scialli, in mezzo a cui s'indovinava, più che non si vedesse, un cagnolino.

Contrariato per l'imprevista piega presa dagli avvenimenti, Lorenzo pensò che ormai la cosa più semplice era di simulare una rapida visita all'infermo e poi battersela, a scanso di complicazioni. Tanto più che ormai non c'era niente da sperare, nei riguardi della bella ignota.

Tanto per far qualcosa, finse di tastare il polso al cagnolino, tentò di fargli tirar fuori la lingua, ma subito desisté a causa d'un tentativo di morso, gli palpò il ventre con ripugnanza, lo auscultò, o per lo meno finse di auscultarlo.

« Ha un po' di febbre » mormorò a caso. « Per ora, riposo assoluto e dieta lattea. »

Era indeciso se prescrivere anche qualche osso, ma aveva fretta di andarsene. Vedendo che il grosso uomo metteva mano al portafogli, ebbe paura di mettersi nei pasticci e di trasformare in truffa un tentativo d'avventura galante.

« Non occorre » disse. « Tornerò a visitarlo domani. Faremo tutto un conto. Riverisco. »

S'avviò per uscire, ma il grosso uomo, che da qualche istante pareva in preda a una strana agitazione, gli sbarrò il passo.

« Senta » balbettò costui in fretta, a bassa voce, mentre, nella grossa faccia piena di borse, le guance, divenute a un tratto flosce e cascanti, gli ballavano goffamente e parevano impacciarlo, « è una vera fortuna che lei sia capitato in assenza di mia moglie, ma mia moglie può tornare da un momento all'altro e abbiamo poco tempo. Mi dovrebbe fare un grande favore, ma la supplico non mi dica di no. »

« Dica. »

« Sbarazzarmi di questa bestiaccia, per la quale mia moglie fa pazzie. Qui non si vive più. È lui, il padrone. Mia moglie le avrà certamente detto che è sola. »

« Non m'ha parlato di questo » mentì Lorenzo.

« Il fatto è che, a causa del cane, viviamo in camere separate, perché lei vuol tenerlo perfino sul letto, al posto che dovrei occupare io. »

« Ma, » balbettò Lorenzo « non saprei... »

« Un'iniezione » sibilò il gigante.

« Le pare... »

« Questa maledetta bestiaccia è la mia dannazione. Non ne posso più » proseguì l'altro, sempre più agitato. « È una continua processione di gente chiamata per lui: parrucchieri, infermiere, veterinari, specialisti, sarto, perfino il sarto! Per fargli il cappottino con le tasche! E non crepa mai! »

Torvo, affannoso, l'omaccione additò la borsa di Lorenzo. « Lei ha certo l'occorrente » ansò. « Una puntura, e tutto è risolto. »

Lorenzo era estremamente imbarazzato.

« Ma no, » disse « non ho l'occorrente. »

« Allora se lo porti via. »

« Ma le pare? Sua moglie ne chiederà conto. »

« Le dirà che è deceduto. Che ha avuto una crisi, che gli è venuto un accidente. »

« Lei mi chiede una cosa contraria alla mia coscienza. Al dovere professionale. »

« Pago. »

« Non si tratta di questo. Ma le pare che io mi presti a una cosa simile? »

« Sta bene » fece l'altro, freddamente. « In ogni caso, non può rifiutarsi di portarlo via. Di ricoverarlo. Lei ha una clinica, credo. »

« Una clinica? »

« Sì, un ambulatorio per cani. »

« Ah, sì, certamente, però, vede, siamo al completo. »

« Diamine, per un cagnolino! Non bado a spese. È anche una questione di umanità. Questa povera bestiola, qui, è sempre esposta al pericolo d'essere strangolata da me, capisce? Poverina. Pago bene, purché la salvi. Non mi dica di no. La salvi, dottore! »

L'omaccione aveva un viso implorante.

« Del resto, » aggiunse « è una bestia di valore, come vede. Lei potrà curarla e poi rivenderla. O buttarla a fiume. A mia moglie dirà che ha avuto una sincope. »

Lorenzo pensò che, tra l'altro, rifiutare era far nascere dei sospetti. E, poi, voleva ormai chiudere la faccenda al più presto, in un modo qualunque, e battersela.

« Va bene, » disse « manderò a prenderla. »

Fece per ritirarsi, ma ancora una volta il grosso signore gli sbarrò il passo.

« No, » gli disse « se mia moglie torna, si oppone. Queste sono cinquantamila lire per la cura e la degenza... E, possibilmente... Lei m'intende... »

Il grosso signore angosciato mise in mano a Lorenzo cinque banconote da diecimila, gli ficcò tra le braccia il cagnolino e lo spinse fuori della porta.

Ma qui impallidì. In fondo al corridoio, s'era aperta la porta dell'ascensore e ne era uscita la bella signora elegante, che Lorenzo aveva già intraveduta dalla cabina telefonica.

« Cosa c'è? » gridò costei di lontano, vedendo la scena.

« Mia moglie! » balbettò il gigante, terrorizzato. « Non mi tradisca. »

« Che succede? » strillò la donna, fissando con occhi di basilisco i due uomini. « Dove porta il mio Tippy? »

Il marito le fece un discorso in una lingua incomprensibile per Lorenzo, a cui ogni tanto la donna volgeva occhiate ostili e diffidenti. Alla fine costei gli si rivolse direttamente:

« È proprio necessario ricoverarlo? » disse.

Alle sue spalle, l'omaccione, con una faccia terrorizzata, implorò a gesti la complicità di Lorenzo, mostrandogli qualche altra banconota. Lorenzo aprì le braccia.

« Improrogabile » disse.

« Oh, povero Tippy! » esclamò la donna, quasi piangendo.

« Nell'interesse della bestiola » aggiunse Lorenzo.

L'omaccione intervenne:

« Ho insistito anch'io, per cercar di evitare il ricovero. Ma il professore è irremovibile. Bisogna farsi coraggio ».

« D'altronde » fece Lorenzo « se vuole che guarisca... »

« Capisco, capisco. »

La bella signora s'asciugò una lagrima.

« Un momento » disse.

Passò nel bagno. Lorenzo, che stava sempre più sulle spine, si volse all'omaccione.

« Signore, » sibilò « non è possibile... »

« La supplico, ora mi rovinerebbe... »

L'omaccione gli fece scivolare altre cinque banconote in mano.

« E va bene » fece Lorenzo.

Mentre la signora tornava dal bagno col cappottino del cane e un osso di gomma, il grosso signore si volse a Lorenzo.

« Faccia di tutto per salvarlo » gli disse. E sul suo volto floscio e inespressivo apparve fugacemente qualcosa che somigliava a un malriuscito tentativo d'espressione furbesca.

« Non dubiti » fece Lorenzo.

Accomodato il cappottino addosso alla bestiola, la bella signora la baciò.

« Addio, Tippy! » disse « guarisci presto. »

Lorenzo era già nel corridoio, quando s'udì richiamare dalla signora.

« Lo tratti bene » gli disse questa, raggiungendolo, in lagrime. « Verrò a visitarlo tutti i giorni. Non bado a spese. »

Gl'insinuò in mano cinque biglietti da diecimila lire.

« Sono per qualche particolare riguardo a Tippy, » disse « per le sue piccole spese. »

Si sottrasse alle proteste di Lorenzo, reprimendo un singhiozzo.

« Centocinquantamila lire, » pensò Lorenzo « con le altre già avute. »

Ma non c'era tempo di fermarsi a far conti. S'avviò, affrettando il passo, perché ormai l'ora del treno era vicina. E i suoi bambini, in campagna, da tempo desideravano un cagnolino.

Ciak

Di animali in casa, almeno limitatamente alla mia casa, il più importante, se permettete, sono io, anche se appartenente alla categoria dei ragionevoli (mica tanto, però). Ma voi volete sapere dei non ragionevoli. E allora, sorvolando sui molti cani, gatti, pesci, uccellini, fra cui tre quaglie, tartarughe, ecc., che volta a volta nel passato e per periodi di varia durata hanno coabitato con noi, concentrerò la presente trattazione su Ciak, il cane in carica.

Ciak è una barboncina nana. Si chiama così, perché proviene dalla famiglia d'un attore, il quale forse amava ricordare i propri successi cinematografici perfino quando chiamava il cane. Si sa che «Ciak» è la parola con cui viene dato il via alla ripresa di ogni singola scena d'un film in lavorazione. Ma, sia che a un certo punto questi ricordi fossero diventati molesti per lui, sia ch'egli non potesse più tenere la bestiola, ce l'ha regalata.

Ciak è piccolina, ma tutta fuoco. Un granello di pepe, nero come il carbone. L'attore ce la mandò a casa a Fregene, dov'eravamo in villeggiatura. Una sera, rincasando, trovammo questa specie di grosso sorcio nero, che già s'era perfettamente ambientato; nelle ombre del crepuscolo, correva qua e là, ficcandosi dappertutto, come avesse l'argento vivo addosso; e, dimentica dei vecchi padroni, cominciò subito a far le feste ai nuovi, specialmente a Cecilia, mia moglie, che non aveva mai vista prima d'allora.

Una sua specialità è il modo di saltare per far le feste. Non sulle quattro zampe, o prendendo lo slancio, con fare, diciamo, agonistico, spostandosi nel salto rispetto al suolo, come appunto saltano i campioni di atletica leggera, e come immagino saltino i leoni nel deserto per agguantare le gazzelle, o le gazzelle per sfuggire ai leoni. No. Il suo è un saltare sur place, in posizione di birillo.

S'alza sulle zampe di dietro e, senza fletterle nel salto, ma allungandole come fosse tirata su da un invisibile filo elastico, si solleva dal suolo quasi volando verticalmente, per un fenomeno di levitazione, o come un elicottero. Ricade al medesimo posto, in posizione verticale sulle sole zampe di dietro, per tosto risollevarsi nel vuoto, del tutto staccandosi dal suolo nuovamente, senza apparente sforzo, come fosse il suolo a spingerla in alto, e sempre ritta sulle zampe di dietro, mentre con le anteriori si limita ad annaspare, come suonando il pianoforte. Ciò per un'infinità di volte, rapidissimamente, senza interruzioni.

Pare un saltaleone, una di quelle molle che, premute, schizzano in alto. O, meglio, una pallina di gomma che, battuta in terra, salta, ricade e, al contatto col suolo, rimbalza di nuovo; e di nuovo, poi, toccando terra, torna a rimbalzare in alto. Ricorda quell'essere mitologico che, colpito a morte, appena a contatto con la terra riprendeva vita e forza e di nuovo saltava su.

Insomma, vola, direi quasi, con un frullar d'ali, come l'allodola che frullando s'alza verticalmente al cielo. E, si licet parva componere magnis, vi dirò che somiglia a un missile spaziale impazzito che parta e ricada, parta e ricada, rapidissimamente e infinite volte, sempre allo stesso posto.

Il suo più gran piacere è d'esser condotta fuori, anche per poco, e s'accorge immediatamente quando qualcuno in casa si prepara ad uscire. Ma, per accorgersene, non ha bisogno di vederlo che si mette il soprabito o il cappello, o di sentirlo che apre la porta di casa, o anche soltanto che accenna al proposito di uscire. Basta molto meno, un indizio impercettibile: che uno, ad esempio, smuova appena la sedia su cui è seduto.

Capita cento, mille volte, che uno s'alzi non per uscir di casa, ma per passare da una stanza all'altra, o per attendere a qualche faccenda. In questi casi Ciak non se ne dà per intesa. Pare capisca che quelle alzate, pur non differendo in nulla dalle altre, non sono eseguite per uscire.

Quando, invece, uno s'alza per uscir di casa (e, ripeto, non c'è niente di speciale, rispetto alle altre alzate), anche se lei sta dormendo acciambellata sul nostro letto all'estremità opposta della casa, immediatamente scatta giù scodinzolando, accorre e non s'allontana più d'un passo da colui che ha smosso la sedia per alzarsi allo scopo di uscire, ma gli si mette davanti guardandolo dal sotto in su, con l'aria di dire: « Vengo anch'io ».

Ha un intuito formidabile. Certe volte non è nemmeno necessario che uno smuova la sedia, ma basta addirittura che pensi soltanto di smuovere la sedia allo scopo di uscire: come per un fluido magnetico, Ciak avverte l'intenzione non ancora esternata in alcun modo, forse ancora nemmeno chiaramente delineatasi nella mente di costui, e accorre.

La televisione non le fa nessun effetto, né minimamente ella s'interessa ai programmi, dei quali, anche se le capitano sott'occhio, sembra non accorgersi, nemmeno quando appare sul video qualche cane. Se ne sta acciambellata per tutta la durata del programma, senza degnarlo d'un'occhiata. Le imprese di Rintintin la lasciano indifferente. L'unica trasmissione che l'interessi è il telegiornale della notte. Non per le notizie, che anche non degna d'attenzione, ma perché sa che subito dopo verrà condotta fuori. Appena appare sul video il mappamondo finale, avvertita forse dalla sigla di chiusura, si sveglia, s'alza e si mette a guardarci fisso, scodinzolando, come per dirci: «Be', che aspettate? Andiamo, sì o no?».

Càpitano giorni in cui, magari, nessuno esce. Quando piove molto o fa molto freddo. In questi casi, a un certo punto, si mette bene in vista al centro d'una stanza, o in un punto di passaggio, seduta sulle zampe posteriori, con molta dignità, ma anche con una faccia rabbiosa, nera (anche in senso figurato) e con l'aria di dire: «Voglio vedere se oggi qui si esce oppure no. Voglio vedere quando vi deciderete». Poi dà un'occhiata alla finestra e, con una faccia amara: «Eh, già. Piove. Oggi non si fa pipì. Oggi si deve crepare».

Abbiamo cercato d'abituarla ad usare, in queste giornate, la toletta di servizio o la terrazza. Non c'è stato verso. Pare che in questi casi attui una specie di sciopero della fame a rovescio, per così dire.

Quando deve uscire, il problema è di metterle il guinzaglio. Perché, vedendo dar di piglio ad esso (noi cerchiamo di farlo di nascosto, ma al minimissimo fruscìo se ne occorge), viene presa da una tale frenesia e s'abbandona a una così sfrenata sarabanda di salti, capriole e capitomboli per la felicità dell'imminente uscita, che rende impossibile allacciarglielo al collarino.

Né vale che, saltando incontrollatamente, le capiti ogni tanto di dar tremende capocciate agli spigoli dei tavoli, a mensole, a maniglie e a tutto quello che sporge nel vuoto a una certa altezza. Non se ne accorge nemmeno. Continua a fare il saltaleone, frustrando tutti i tentativi di metterle il guinzaglio. E non perché voglia uscire senza guinzaglio, ma, al contrario, è felice che glielo si metta, sapendo che questo significa uscire.

Bisogna prenderla di sorpresa, circondarla in due o tre, improvvisando una specie di corrida, qualche volta gettarle un panno sul capo per afferrarla e immobilizzarla con la forza, e allacciare il guinzaglio mentre lei si divincola in convulsioni di felicità, senza capire, l'imbecille, che, con queste manifestazioni di gioia, ritarda proprio l'evento che le provoca.

E non è a dire che l'aspettino chi sa quali delizie, quali straordinarie avventure. Appena fuori, si mette a tirare con una forza da leone, e tutto il suo gusto è di andare annusando da un angolo all'altro e, quando ne trova uno particolarmente interessante per lei, di resistere a tutte le strappate, anche a costo d'essere strangolata.

Di carattere socievole, fa gran feste a tutti, anche, certe volte, a ignoti passanti. Ma ognuno crede che le faccia esclusivamente a lui.

« Sente l'odore del mio cane » dice qualcuno con orgoglio.

Noi zitti, per non deluderlo.

Ha però uno spiccato senso per l'eleganza mascolina e, malgrado la socievolezza, non sopporta le persone vestite male. Non già che pretenda il taglio inglese o l'ultimo grido della moda, ma la vista d'un uomo in abiti a brandelli, o in tuta da fatica, o con un sacco sulle spalle, la getta in una specie di furore. Anche da un marciapiede all'altro, avvistatolo, si ferma e si mette a ringhiare e abbaiargli contro con ferocia, mostrandogli i denti (e quello magari nemmeno s'accorge di lei), illudendosi di terrorizzare, cosa ben lontana dal vero, date le sue minuscole dimensioni.

Idem quando, per qualche lavoretto, capita in casa uno stagnino o un fumista, che non le sembri abbastanza elegante. Gli sbarra il passo in ogni modo, e bisogna penare per farlo passare. Se ci sono i pittori in casa, se la prende non solo con essi, ma anche col loro pennello in cima a una lunga pertica, ch'ella tenta di addentare, ringhiando ferocemente.

In qualsiasi ora senta suonare alla porta di casa, crede suo dovere mettersi ad abbaiare furiosa, in tono allarmistico.

La sua passione è di andare al bar sotto casa. Ma non per consumare, benché non disdegni all'occorrenza di addentare qualche pezzo di briosce o qualche pasticcino che, fra una carezza e l'altra, le capiti a tiro nelle innocenti mani d'un pargolo. Ci va unicamente perché lì c'è un gatto suo amico, col quale s'abbandona ai giuochi più sfrenati, mettendo sottosopra il locale.

È tutta nera come la pece, mi pare d'averlo già detto. Quando sta acciambellata, non si vede più niente, non si capisce dove comincia, né da che parte è la testa e da che parte la coda. Un giorno il mio bambino volle fotografarsi con Ciak stretta al petto. Ma aveva un impermeabile scuro e, sviluppata la foto, si vide che Ciak era addirittura scomparsa. Invisibile. Proprio come se non ci fosse.

Un giorno la facemmo tosare, d'estate, e allora ci accorgemmo con sorpresa che sotto la sua pelliccetta ricciuluta, che ne fa una tombolina, non c'è quasi niente. Una zanzara. Ma notai uno strano fatto: mentre, vedendola tosata, i nostri conoscenti si davano a far le matte risate, trovandola buffa o ridicola, e prorompendo in esclamazioni di sorpresa e qualcuno addirittura di protesta verso di noi che l'avevamo fatta tosare, ai suoi simili e a lei stessa la cosa non faceva il minimo effetto. Né lei, né gli altri cani, si sognavano di trovare minimamente buffa la tosatura. Lei continuava a scodinzolare, e i cani suoi amici a correrle incontro come nulla fosse mutato, né alcuno di essi mostrava il minimo segno di sorpresa o d'ilarità.

Le sue soste indispensabili le fa in mezzo alla strada, anche se sta arrivando un'auto o un tram, che sono costretti a fermarsi aspettando che lei, invano tirata dal guinzaglio, abbia finito. Dopo di che raspa l'asfalto per coprire il risultato della sosta, senza che s'alzi un granello di polvere; a parte il fatto che lei non tiene minimamente conto della direzione, e ha l'aria di compiere più che altro una mera formalità.

È di forme perfette e di razza purissima, e questo ci procurò molte preoccupazioni quando cominciò a essere in età da marito, soprattutto perché volevamo evitarle un matrimonio male assortito.

Eravamo in villeggiatura a Fregene e la notizia che c'era

un così buon partito quasi disponibile (l'età era invero ancora un po' acerba) si diffuse in un baleno nel mondo canino, sicché eravamo a tutte le ore assediati da una turba di cani e cagnacci d'ogni razza e dimensione, prevalentemente bastardi, tutti aspiranti a impalmarla. E sì che ce n'erano alcuni che avrebbero potuto farne un sol boccone, tanto erano più grandi e più grossi di lei. Qualcuno avrebbe potuto essere per lei una specie di arco sotto cui passare, e non capisco davvero come bestioni di quella fatta si perdessero dietro un simile scricciolino.

Erano tutti i cani della spiaggia e dell'intiera regione, accorsi come per un'adunata. Stazionavano a tutte le ore davanti al cancello del nostro villino. Qualcuno riusciva a infilarsi nel giardino e perfino, i più audaci, in casa. Più volte ci capitò di imbatterci in qualche cane ignoto, che stava in salotto aspettando Ciak, e dovemmo scacciarlo a colpi di scopa.

Né lei si occultava pudicamente, né faceva niente per rendersi preziosa. Al contrario, appena le riusciva di sgattaiolare fuori di casa, correva ad affacciarsi fra le sbarre del cancello, scodinzolando e protendendo il muso ai baci dei pretendenti. E bisognava stare attenti e tirarla via, perché, tosata, era un fuscello, che passava fra una sbarra e l'altra. Quando la portavamo fuori, ci si metteva dietro un codazzo di cani, tutti molto più grandi di lei.

Qualche volta riusciva a scappare. Allora, tutto il paese e l'intiera colonia villeggiante s'univano a noi nella ricerca affannosa, perché a tutti dispiaceva che una così bella cagnetta cadesse per inesperienza in un matrimonio sbagliato. Tutta la spiaggia, per chilometri e chilometri, era un grido solo:

« Ciak!... Ciak!... ».

Poiché a Fregene abita parecchia gente del cinema, ai gridi si spargeva fra essa la voce che si stesse girando un'infinità di film misteriosi.

I gitanti d'un giorno non sapevano niente della nostra cagnetta, ma sapevano tutto delle dive e degli attori abitanti in loco. Pensavano:

«Che bravi! Lavorano anche in villeggiatura. Non si prendono un giorno di vacanza».

A un certo punto, in fondo alla strada si vedeva apparire un puntolino nero, quasi microscopico, che s'avvicinava ingrandendo. Era Ciak che, spaventata, pentita, tornava all'ovile con la velocità d'una minuscola valanga precipitante a valle.

Allora, per noi cominciavano giorni d'angoscia: avrà contratto un matrimonio segreto? e con chi? o sarà ancora signorina?

Cercavamo di scoprire la risposta nel suo sguardo, scrutavamo i suoi occhi, per cogliere un'ombra fosca, rivelatrice. Ma nulla appariva cambiato nel suo aspetto. Essa continuava a saltare spensierata, ilare.

E nulla era cambiato. Era ancora signorina, come potemmo poi constatare.

Non riuscimmo mai a scoprire dove andava e che faceva in quelle fugaci assenze. Pare, a quanto potemmo ricostruire da riferimenti vaghi e incompleti, che si limitasse a correre per prati e brughiere, tirandosi dietro un codazzo di corteggiatori.

Fra questi ce n'era uno sentimentale, innamoratissimo. Stava sempre a sospirare davanti al cancello. A volte entrava in punta di piedi, per non disturbare, timido, esitante, spiando con occhi languidi verso l'interno della casa, senza osare di varcar la soglia. Scoperto, veniva scacciato a sassate. Il suo era un amore doppiamente contrastato, in quanto non soltanto da noi veniva preso a sassate ma anche dai suoi padroni. Era un barbone di dimensioni normali, leggermente pingue e molto dignitoso.

Se è vero che l'amore rende intelligenti gl'idioti e idioti gl'intelligenti, doveva essere intelligentissimo, perché, quando stava in adorazione sotto le finestre della bella, al minimo rumore faceva uno scarto per la paura e immancabilmente dava una capocciata nella nostra auto in sosta. Ce l'ammaccò tutta.

Un'altra specialità di Ciak è di voler dormire a ogni costo sul nostro letto. Ha una bellissima cuccia, ma non la degna d'un'occhiata. Costretta con la forza a coricarvisi, appena sola s'alza e salta sul nostro letto. Abbiamo un bel gridare, cacciarla. Improvvisamente diventa sorda e cieca. Immersa in un sonno pesantissimo, diventa lei stessa pesantissima, non si riesce a smuoverla coi piedi, bisogna alzarsi e tirarla via.

Ma anche questo è tutt'altro che facile. Inesplicabilmente, diventa all'improvviso lunghissima. Appiattita sul ventre, mentre la tiriamo per le zampe posteriori s'allunga, ma la testa resta dov'era. Se la tiriamo per le anteriori, è la parte posteriore che resta immobile dove si trovava, mentre lei s'allunga, diventando filiforme. Diventa una specie di donnola, o di lontra.

Appena le si presenta il destro, si ficca sotto le lenzuola, scomparendovi come una biscia nella tana, e addentrandosi fino in fondo, con la speranza di restarvi inosservata. Ma viene ignominiosamente tirata fuori (e che fatica!) e rimandata al suo posto. Dopo poco torna alla carica.

Evidentemente, dormirebbe molto meglio sul suo cuscino. Sul nostro letto passa notti agitate, quasi quanto quelle che fa passare a noi. Ogni tanto fa la fine di Sancio Pancia, quando i carrettieri lo lanciavano in alto mediante una coperta. Ma immediatamente torna.

Per lei è una questione di prestigio. Vuole essere trattata au pair. All'ora dei pasti, non degna d'attenzione la sua ciotola in cucina. Vorrebbe pranzare a tavola con noi e gli stessi bocconi che disprezza nella sua ciotola, li accetta se le sono porti in sala da pranzo. Fa eccezione per il bere, in quanto è convinta che per lei sia stato costruito, e sia riservato alle sue bevute il bidè. Quando ha sete, va a mettersi con le zampe anteriori appoggiate al bordo di questo accessorio, una zampa incrociata sull'altra, con molta eleganza, come stesse al bar, e aspetta, sapendo che dopo un po' qualcuno la vedrà e le aprirà il rubinetto. E lei berrà, mentre le lunghe orecchie galleggiano sull'acqua.

Una menzione particolare merita la sua coda. Un mozzicone di coda. Ma bisogna vedere quale vitalità è in esso. Non sta un momento fermo, specie se ella si vede guardata. Si sveglia la mattina e immediatamente comincia a muovere la coda, e va avanti tutto il giorno muovendola. Ha imparato a stare per qualche minuto ritta sulle zampe posteriori, e anche in questa posizione continua a muovere la coda. Sempre rapidissimamente, che quasi non si vede, per la rapidità, il mozzicone di coda, come certe elitre d'insetti rapidissime, o sembra diventato un ventaglietto. Si potrebbe utilizzare come pennello per la barba, se non fosse che la posizione dà un po' fastidio.

Infine, ha la passione della danza. Che però, presso i cani differisce un po' da quello che è presso gli uomini. Anzitutto i cani prescindono dalla musica. Ballano anche senza musica, anzi preferiscono ballare senza musica. In secondo luogo, prescindono dal sesso dei ballerini. Ciak intreccia passi di danza senza far questioni di sesso del partner. L'ho vista ballare indifferentemente con cani maschi, o femmine. Pare insomma che fra i cani la danza non sia riservata a coppie di sesso diverso.

Terzo, i cani non ricorrono a tutto quel cerimoniale, che del resto oggi va scomparendo anche presso gli uomini e che consiste in presentazione, riverenza, invito alla dama da parte del cavaliere, cenno di consenso della dama, ecc. Non fanno nemmeno questione se debba essere il cavaliere a prendere l'iniziativa, o la dama. Ciak balla con tutti. L'ho vista gettar le zampe al collo di cani sconosciuti, e spesso esser lei la prima a farlo, senza cerimonie, e subito iniziare le danze.

Insomma, due cani, anche se non si conoscono e si vedono per la prima volta, accettano volentieri di far quattro salti assieme, senza speciali formalità. Si vanno incontro. Se presentazione c'è, non avviene, come fra esseri della nostra specie, diciamo così, frontalmente. Dopo qualche breve preliminare di carattere olfattivo e qualche tentativo di novità più o meno audace, i due s'alzano sulle zampe posteriori, faccia a faccia, in posizione di danza, con le zampe anteriori l'uno sulle spalle dell'altro, e attaccano un balletto, subito interrotto e ostacolato da strappate di guinzaglio dei rispettivi padroni. Del resto, se gli uomini fossero condotti al guinzaglio da cani non credo si regolerebbero molto diversamente, volendo dedicarsi alla danza: un accenno di tango, un po' di rumba, e via, alla prima strappata di guinzaglio, salvo poi a farsi tirare guardandosi indietro l'un l'altro con occhi nostalgici, come appunto fanno i cani ai quali venga interrotta l'esibizione tersicorèa da padroni nemici della danza.

Certe volte, da un insolito movimento capisce che stiamo per uscire tutti, e che lei non sarà della partita. Allora va a mettersi di fazione davanti alla porta di casa, con l'aria di dire: «Dovrete passare sul mio corpo».

Le prime volte che restava sola, per tutta la durata della nostra assenza riempiva la casa d'alti strazianti guaiti, che s'udivano in tutto il caseggiato e provocavano parole d'esecrazione dei vicini per i barbari che facevano tanto soffrire una povera bestiola. Ciò perché, non conoscendo ancora le nostre abitudini, o le abitudini umane, essa credeva evidentemente d'essere stata abbandonata per sempre in una casa deserta.

Poi ha capito che torniamo, s'è abituata e non grida più. Anzi, quando capisce che tutti i suoi tentativi per essere della partita sono stati vani e si sente dire: «Tu no! Tu qui!», mentre le additiamo il pavimento, dignitosamente non si muove, ma, vedendoci uscire, i suoi occhi, abitualmente neri e vivacissimi, diventano all'improvviso trasparenti come due fragili cristalli.

Quando torniamo, dopo qualche ora, la troviamo al buio, che è andata a prendere tutte le scarpe di Cecilia che ha potuto trovare (per Cecilia ha una predilezione) e se ne è circondata, aspettandoci.

Più volte, rientrando, abbiamo scoperto una lagrima nei suoi occhi.

L'avventura

Dopo esser rimasto a lungo immobile sul fianco, con gli occhi chiusi, evitando di fare il minimo movimento, con la speranza di farsi venire rapidamente il sonno, Attilio, che s'era messo sul letto subito dopo mangiato per arrivar riposato, mise i piedi a terra, rinunziando a dormire. Era troppo nervoso. Troppo ansioso. Peccato. Un sonnellino nel pomeriggio, sia pure d'un quarto d'ora, era per lui la vita: digeriva, si risvegliava freschissimo. Se non dormiva, invece, gli restava un certo disagio fisico, una faccia stanca. Pazienza.

Benché mancassero circa due ore all'appuntamento, per abbreviar l'attesa si dié ai preparativi. Era come se cominciasse già la bella avventura e il giovine ripeteva a se stesso, provandone una leggera vertigine: Oggi.

Sapeva che sarebbe stato per oggi. Probabilmente lo sapeva anche Eloisa. Non s'eran detti niente di preciso su quest'argomento. Ma per due o tre giorni di seguito s'eran trovati assieme, avevan passeggiato e conversato a lungo, esplorandosi reciprocamente gli animi, e insomma s'eran sottoposti con disciplina alla preparazione spirituale e ormai erano arrivati al punto critico. Anche lei, si capiva, era traboccante di desiderio. Per prima cosa, Attilio fece il bagno. Poi si sbarbò. Di solito compiva quest'operazione la mattina appena alzato. Ma in casi di questo genere la rimandava al più tardi possibile, per presentarsi fresco. Ormai era giunto al massimo del tempo utile. Ancora un po' e avrebbe dovuto presentarsi con la barba non fatta, se non avesse voluto arrivare in ritardo. Si rase con cura, quasi ferocemente, come se dalla levigatezza delle guance dovesse dipendere il successo dell'avventura, già del resto assicurato, o la maggiore ammirazione e il più ardente desiderio della bella e spregiudicata professoressa Eloisa. Il risultato, in questi casi, era ch'egli si presentava al convegno con più d'una scorticatura sulle guance, e talvolta anche con qualche taglio. Anche perché, in questi casi, inaugurava una lametta nuova e la usava con vigore, per ottenere i massimi risultati. Certe volte gli capitava d'arrivare a un convegno particolarmente tenero, con una faccia lardellata, è la parola. La necessità di stagnare prontamente il sangue di qualche taglio più disgraziato, trasformava questo in una crosticina nerastra.

Si frizionò senza economia, si fregò i denti con impegno e cominciò a vestirsi da quota zero. Biancheria fresca, di bucato, tutto stirato, dalla camicia ai calzini. Fece e disfece più volte il nodo della cravatta, provandone diverse, e sperimentò anche varie combinazioni di giacca e pantaloni, fermandosi con molta incertezza su quella che gli parve meno peggiore delle altre.

Come sempre, quando aveva molto tempo a disposizione per i preparativi, rischiò di far tardi. Al momento d'uscire, s'accorse con orgasmo che mancava poco all'ora del convegno. Per fortuna aveva l'automobile davanti alla porta. Doveva andare a prendere la bella Eloisa sotto la casa di lei, all'altro capo della città. Dopo qualche metro si rammentò d'una cosa importante: le pastiglie per profumare l'alito. Scese di macchina ed entrò in una farmacia. Era la prima volta che le comperava e le chiese non senza imbarazzo al farmacista, pensando che costui avrebbe sospettato aver egli l'alito puzzolente.

Era questa una calamità che lo affliggeva qualche volta, specie nel pomeriggio, quando era atteso da una donna a cui faceva la corte, o quando si trovava a parlare da vicino con lei. Perché in questi casi, fosse l'emozione o la mancata siesta a causa dell'impazienza, gli s'interrompeva la digestione e questo influiva disastrosamente sul suo disturbo, aggravandolo. Se n'accorgeva egli stesso, con profondo accoramento, figurarsi la persona amata. E questa era la ragione per cui egli prediligeva i colloqui d'amore con lo sguardo perduto nel vuoto, o in lontananze confuse, quasi inseguendo invisibili fantasmi, voltato da un'altra parte.

Il farmacista non si turbò minimamente alla richiesta e nemmeno lo guardò in faccia. Attilio pagò, tornò al volante, mise in marcia. Dopo pochi passi si fermò di nuovo e, aperta la scatoletta, mise in bocca una delle pastiglie che dovevano eliminare il fastidioso inconveniente. Aveva fiducia come in un toccasana. Ma ad ogni buon fine contava di prenderne due o tre lungo la strada e magari tenerne segretamente una in bocca durante il convegno.

Il tardo pomeriggio estivo s'era un po' imbronciato, l'aria era diventata cinerea e come elettrica, non si capiva se per l'ora o per un po' di caligine. Nella grande via di circonvallazione, passavano fragorosi camion col rimorchio, immensi autotreni, furgoni con lunghe verghe metalliche che traballavano nella corsa, tram e un intrico d'automobili che correvano come inseguite. Attilio dirigeva l'auto nel traffico caotico, verso il luogo del convegno, senza fretta, lasciandosi sorpassare, perché c'era ancora qualche minuto di tempo ed egli voleva eliminare, se possibile, il tormento d'un'attesa, sia pure d'un minuto. E succhiava pastiglie.

Quando a un tratto, mentre stava per passare lungo i Mercati Generali, vide davanti a sé il cielo incrinarsi e spaccarsi tutto, come per uno strano lampo, s'udì uno schianto formidabile, la terra tremò, con boati e rombi il suolo, divenuto all'improvviso come friabilissimo, cominciò ad aprirsi, a squarciarsi da ogni parte, sembrò che tutto andasse in pezzi.

Da tutte le parti si vedevano i veicoli che traballavano sul posto, si rovesciavano, impossibilitati a proseguir la corsa. Tutto, intorno, cominciò a crollare, a fendersi, a rovinare e disperdersi, come per una forza centrifuga. Pareva, in proporzioni infinitamente maggiori, la scena del terremoto di San Francisco, nel film famoso. O quella degli ultimi giorni di Pompei. Si vedeva gente correre terrorizzata da tutte le parti, mentre tutto rovinava in un immenso polverìo. Crollavano logge con colonne, cornicioni liberty, i palazzi s'aprivano dal tetto al marciapiedi e s'adagiavano morbidamente a terra, su se stessi. Le forme architettoniche, come per un'improvvisa metamorfosi, si trasformavano e quasi si scioglievano e dileguavano in grossi mucchi di terriccio, che le cancellava mollemente.

Gli autotreni traballavano improvvisamente, si rivoltavano su se stessi con la leggerezza di giocattoli, e sprofondavano. Un vento secco, rabbiosissimo, risucchiava e faceva allungare mostruosamente le chiome scarmigliate di grandi alberi e poi strappava questi dal suolo e li faceva turbinare in alto, fino a perdersi fra le nubi, come fuscelli. I tram venivano ingoiati da voragini, mentre le auto s'impennavano su improvvise gobbe del terreno, e si rovesciavano all'indietro. Vortici d'aria turbinavano all'intorno. Si vedevano divani in mezzo alla strada, sfondati.

Poi, silenzio. Tutto questo non era durato che qualche istante. Al posto del mondo, dove pochi istanti prima c'era il grande, lucido e solido pianeta, rimase un vuoto nero, silenzioso, un deserto immemore di tutto, nessuno avrebbe immaginato che poco prima c'erano i tram, le edicole dei giornali, la musica, la gente. Più nulla. Uno spazio, nell'Universo, ingombro di sassi e pezzi di roccia neri, rottami minuti, frammenti di carta, stracci, gambe di tavolini, terriccio, chiodi divelti e storti, bulloni isolati, qua e là una testa di morto senza corpo, con gli occhi vitrei aperti nell'oscurità, qualche arto disperso, improvvisamente qualche cadavere rimasto intatto, un bicchiere salvatosi chi sa come, fuscelli, pezzetti di roba non identificabile, cocci, i quali tutti continuavano, come una tetra, buia processione, a viaggiare silenziosamente, conservando le distanze, lungo l'orbita fino a poco prima percorsa dalla Terra scomparsa.

Orator fit

« S'accomodi » disse la domestica a Luigi Vinelli « la lezione sta per cominciare. »

Il professore era il famoso Codaro, oratore. Uno di quegli
esseri privilegiati che hanno il dono di poter alzarsi in un momento qualsiasi e improvvisare un discorso in pubblico.

Quanti non hanno sognato o non sognano di possedere
questa facoltà? Quante volte, vedendo quei fortunati, voi stessi
non avete pensato: Oh, se anch'io potessi, se sapessi! E quante
volte, voi che non siete oratori, vi siete avvelenati un pranzo
pensando che alla fine avreste dovuto dire due parole, che
non potevate farne a meno, che a un certo punto da un capo
della tavola sarebbe suonato il vostro nome e tutti avrebbero
fatto coro, reclamando da voi un discorsetto; e a questo pensiero avreste preferito darvi alla fuga, piuttosto che affrontare
la prova per voi irta di difficoltà e di incognite?

Luigi Vinelli non aveva mai parlato in pubblico e l'impossibilità di farlo, perché sprovvisto di qualità oratorie, era
un suo cruccio. Ecco perché era accorso all'inserzione pubbli-

citaria che garantiva: tutti oratori in una sola lezione. E lui quella sera stessa doveva andare a un pranzo.

Il famoso Codaro entrò nell'aula già affollata di studenti: « L'incapacità di parlare in pubblico » disse incominciando la lezione « deriva da due ragioni: la timidezza e la mancanza di argomenti. Oserei affermare che le due ragioni si riducono a una, in quanto anche la timidezza deriva novanta volte su cento dal non saper che cosa dire o, meglio, dal credere di non saper che cosa dire. Un improvviso vuoto si fà nel vostro cervello, per quanto vi sforziate, non trovate un argomento, l'urgenza vi ottenebra la mente e così, anche se si tratta d'una circostanza in cui potreste dire mille cose, vi sembra di non poterne dire nemmeno una e rifiutate di alzarvi e parlare, oppure lo fate nello stato d'animo d'un vitellino condotto al macello, balbettate poche parole impacciate, accennando al fatto che non siete oratore, che siete commosso, e aggrappandovi disperatamente a dei banali "grazie di tutto cuore, a tutti, per tutto", nei quali l'unico vantaggio del vostro impaccio e del vostro terrore è che essi vengono scambiati per una esagerata commozione che può anche procurarvi degli applausi. Ma in entrambi i casi trasformate in un insuccesso quello che invece potreste con estrema facilità far diventare un successo clamoroso, in cui sareste subissato di applausi. Ebbene io vi darò il segreto per diventare di colpo oratori ».

La scolaresca era tutta orecchi.

« Non si tratta dei sassolini di Demostene » proseguì il maestro. « Immagino anzitutto che voi non siate balbuzienti; e, se anche lo foste, la padronanza dei temi e la disinvoltura con cui tratterete il vostro difetto (purché non sia molto pronunciato, ben inteso; nel qual caso occorrerebbero non meno di due lezioni) vi salveranno. Né, d'altra parte, il fatto di non essere balbuzienti vi gioverà se non avete argomenti. Anzi! Si tratta invece d'un segreto facilissimo. Una formula... »

« Magica? » interruppe Luigi.

« Quasi » disse Codaro. « Una formula la quale vi permetterà di parlare in ogni momento su qualsiasi tema. »

« Volesse il cielo! » esclamò più d'uno.

« Sarei proprio curioso di conoscere quest'abracadabra » fece un altro allievo, scettico.

« Niente di più semplice » disse Codaro. « Questa formula si riassume in tre parole sole: parlare del futuro. Beninteso, essa vi consentirà di parlare anche del passato, non foss'altro che per contrapporlo. Ma ricordatevi che il passato può commuovere, intenerire anche fino alle lagrime, ma soltanto i concetti imperniati sul futuro sono tali da suscitare quell'entusiasmo a cui ogni oratore degno di questo nome deve aspirare con tutte le forze. »

Poiché la scolaresca non pareva avere ancora afferrato il concetto, almeno nelle possibili applicazioni preannunziate come la cosa più facile di questo mondo, Codaro alzò il tono della voce.

« Scendendo ai particolari » aggiunse « vi dirò che dovete tener sempre presente questo concetto: che di qualsiasi cosa, situazione o avvenimento, in qualsivoglia istante e in tutte le possibili circostanze, con ogni immaginabile accidente, si può, anzi si deve, proclamare, con la certezza di suscitare l'entusiasmo degli ascoltatori:

« a) che il fatto di cui parlate è tale da permettervi di considerare con giustificata fiducia l'avvenire; guai se parlerete di fiducia ingiustificata o, peggio ancora, se accennerete all'impossibilità di guardare con fiducia all'avvenire o addirittura se alluderete a giustificata sfiducia (questo è il peggio di tutti); il gelo cadrà come una pesante coltre sull'uditorio, smorzandone ogni entusiasmo; tuttavia, il concetto della fiducia nell'avvenire sempre così come da me esposto, va riservato per la chiusura;

« b) che il fatto di cui parlate si deve considerare non un punto d'arrivo, ma un punto di partenza.

« Parentesi: una sola variante può essere concessa a questa messa a punto, diciamo così, topografica: messi in non cale l'arrivo e la partenza, considerarsi "a una svolta decisiva". Direte, per esempio: "Questo a cui siamo (o siete, o essi sono, o io sono, o egli è) giunti (o giunto) non deve essere considerato un punto d'arrivo, ma un punto di partenza. »

La scolaresca rimase male. Tutti speravano di più.

« E voi dite » esclamò Luigi « che questa formula... »

« Vi permetterà di parlare di qualsiasi cosa, in qualsivoglia pubblica circostanza » ripeté Codaro. « Beninteso » aggiunse subito « io suppongo che voi non siate del tutto imbecilli e che, una volta avuto in mano il bandolo d'un ragionamento, sappiate andare avanti un po'. Del resto in molti casi basterà pronunciare puramente e semplicemente la frase suddetta. Sarete considerati oratori concisi e vi si applaudirà lo stesso e magari di più. Tanto meglio se saprete condirla un po', il che non è difficile, col minimo indispensabile. Che so io, potrete dire: "Vi ringrazio d'avermi invitato a parlare, ma non sono certo io, ecc., specie dopo i precedenti oratori che hanno espresso così bene (o: prima di altri che assai meglio di me esprimeranno ecc.); tuttavia, colgo l'occasione per dirvi una cosa sola, poiché non ho né la voglia né il diritto di tediarvi; e la cosa è questa: vorrei che tutti, senza distinzione di grado o di mansioni (o che so io), tenessimo presente che questo a cui siamo giunti non deve essere considerato un punto di arrivo ma un punto di partenza, eccetera come sopra detto". »

Uno degli allievi chiese di parlare.

« Ammetto » disse « che la frase possa fare un certo effetto a un'assemblea, a un congresso, a un banchetto di industriali, insomma dovunque c'è gente che marcia (figuratamente o no), o s'illude di marciare verso una mèta. Ma ci sono mille altri casi. Per esempio, un pranzo di nozze. »

« Ebbene, » esclamò Codaro « quale migliore occasione per proclamare che una cerimonia nuziale è un punto di partenza? C'è da impiantare una famiglia, da mettere al mondo dei bambini, da dare alla patria e all'umanità nuove energie. Idem a un battesimo, a una inaugurazione, a una tappa del Giro d'Italia. »

« Benissimo, » esclamò l'obbiettore « ma, invece che a una tappa, provi a dirlo alla fine del Giro. Punto di partenza? »

« Perché no? Anzi. La frase diventa piena di significato e, nella peggiore ipotesi, spiritosa: questo non è un punto d'arrivo, ma un punto di partenza. Se gli ascoltatori restano seri, aggiungerete: il vincitore non deve arrestarsi, ma proseguire nel cammino delle vittorie, ecc.; oppure: l'organizzazione deve perfezionarsi sempre più, ecc. Se invece l'uditorio ride, aggiungerete: questo non è che il primo giro del circuito, bisogna farne un certo numero ecc. »

« Non mi arrendo ancora » fece l'interlocutore. « La frase calza, ve lo concedo, ed è uno spunto nelle occasioni che ella ha citato e in mille altre, perfino a nozze d'oro e di diamanti. Ma provi a dirla a un funerale. »

« Perché no? Tutti intorno sotto gli ombrelli gocciolanti davanti alla fossa aperta. L'oratore: "questa estrema stazione a cui il nostro indimenticabile amico è arrivato, per quanto perdentesi nelle nebbie di una misteriosa lontananza, non va considerata un punto di arrivo, ma un punto di partenza. Egli non è approdato alle buie porte del nulla per scomparire, fiammella fatua, nelle tenebre. No; al contrario, è oggi che comincia la sua seconda vita, la vera. Egli vivrà nella memoria di quanti lo conobbero. Nelle opere. Nei figli diletti. E vivrà per se stesso nei cieli luminosi. Finito il suo lungo peregrinare triste e faticoso, egli ha spiccato il volo, è partito... »

La scolaresca non poté trattenere un caloroso applauso subito represso dallo scampanellare del docente.

« E per la conclusione? » domandò un'allieva del primo banco.

« Per la conclusione » fece Codaro, asciugandosi il sudore che gli sgorgava dalla fronte in conseguenza del pistolotto « basterà la formula *a*: « Per tutte le ragioni sopra esposte, sono lieto di dirvi che si può guardare con giustificata fiducia l'avvenire ».

« E che c'entra coi funerali? » domandò un allievo.

« L'avvenire del mondo, in genere. La vita non s'arresta. »
Un altro allievo fe' cenno di voler parlare.

« Ma » obbiettò « dopo un po' tutti si accorgeranno che dite sempre la stessa cosa. »

« Ohibò! » fece il professore. « Non è il cibo, ma il condimento quello che fa la novità. Per questo ho parlato d'un concetto. È il concetto, quello che vi servirà, non le parole testuali. A voi presentare la braciola cucinata in mille modi. Non è difficile, sol che non precipitiate le cose. Comincerete col ringraziare, col lodare e poi girerete la frase in modi diversi. Un'altra volta, alzatovi, con aria di mistero, direte: "Signori, vedo laggiù la terra e alle mie spalle i flutti; questo non è un approdo ma un trampolino". Un'altra volta, invece di sottintendere mezzi nautici, vi appoggerete all'aviazione: "Questo," direte "non dev'essere uno scalo ma una pista di lancio. Una terza volta dopo aver detto: "Guardiamoci intorno, signori: questa è una stazione (tanto meglio se lo sarà realmente); vedo là i treni, le locomotive sbuffanti, i cartelli indicatori, i semafori. Ma ora vi dirò una cosa: Noi non siamo al lato *arrivi*, (pausa; poi, alzando il tono) siamo al lato *partenze*". (*Applausi scroscianti*). Oppure, con tono nostalgico e lo sguardo nel vuoto: "Noi non siamo i viaggiatori che arrivano, ma quelli che partono, quelli che vanno sempre, instancabili verso la meta" ecc. ecc. secondo le circostanze. »

La lezione era finita. La scolaresca si alzò e qualcuno disse a nome di tutti, ringraziando:

« Ora ci sentiamo veramente d'affrontare qualsiasi occasione. Saremo oratori. Siamo giunti alla meta desiderata, alla possibilità di parlare in pubblico ».

Codaro li guardò con un'espressione divenuta improvvisamente grave.

« Ne sono lieto » disse in tono raccolto « e ne sono anche orgoglioso per la piccola parte che posso aver avuto nella cosa. Tuttavia debbo dirvi che vi sbagliate, che siete in errore. » (*La scolaresca trattenne il fiato stupita.*) « Voi non siete giunti alla meta. Al contrario, molto si è fatto, ma ancora molto vi resta da fare per raffinarvi, per potenziare la vostra oratoria e io vorrei raccomandarvi questo: non vi adagiate sugli allori, giovani, non riposate. Ma vigilate e siate sempre pronti a far udire la vostra voce, a dire liberamente la vostra opinione, alto e forte. Perché» e Codaro alzò l'indice «quello a cui siete giunti oggi non va considerato un punto d'arrivo, ma un punto di partenza!»

La scolaresca applaudì a lungo. Tutti sentivano gonfiarsi il petto di grandi propositi.

«Comunque,» concluse Codaro «sono lieto di constatare il vostro zelo e la vostra certezza in voi stessi. Cose che ci permettono di guardare con giustificata fiducia l'avvenire.»

Un secondo applauso risuonò nell'aula, entusiastico. Lieti, convinti, accesi, gli allievi uscirono lentamente, commentando il discorso.

La «o» larga

« Che modi! » borbottò Beppe guardandosi attorno nei sontuosi locali del periodico mondano. « Prima t'invitano a fare una cosa e poi protestano se la fai. »

« Ma nessuno vi ha invitato a domandarmi certe cose! » strepitò la contessa Mara con le gote imporporate di sdegno e di pudico rossore.

« Come no? » fece Antonio. « Sono questi o non sono questi gli uffici del periodico d'arte, moda e mondanità "La vita in rosa"? »

« Sono questi » fece la contessa Mara. « E con ciò? »

« Un momento » continuò l'altro. « È lei o non è lei che scrive in questo periodico firmandosi Nirvana? »

« Sono io, » disse la contessa con fierezza « e me ne vanto. Si tratta d'un periodico di larga diffusione, che entra nelle migliori famiglie. »

« Questo non m'interessa » proseguì il visitatore, impassibile. « Mi dica piuttosto: è lei o non è lei la titolare della rubrica "Sono tutta per voi"? »

« Sissignore » esclamò la contessa. « Sono io e me ne dichiaro fiera e orgogliosa. È una rubrica seguita dal grande pubblico... »

« Questo non mi riguarda » interruppe l'altro.

« Mi lasci dire » gli dié sulla voce la contessa. « È una rubrica seguita dal grande pubblico e nella quale io rispondo ai quesiti che mi vengono rivolti. »

« E dunque? » esclamò il visitatore in tono di trionfo. « Che cosa ho fatto io se non rivolgerle un quesito? »

La illustre pubblicista lo incenerì con un'occhiata.

«Ah, sì, » gridò « le sembrano domande da farsi? »

« Ma... »

« Il fatto che io risponda non deve autorizzare nessuno a rivolgermi domande sconvenienti, come avete fatto voi... »

« Ma... »

« A certe domande non c'è che una risposta da dare: la porta! »

La illustre collaboratrice del periodico, con gli occhi sfavillanti di contenuto sdegno, indicò l'uscita al visitatore. Ma questi non si mosse.

« Un momento, » disse « un momento. Se lei mi lasciasse parlare, vedrebbe che non ho fatto altro che quanto ella desiderava. »

« Oh, sfacciato! » gridò la contessa, che stava perdendo il lume degli occhi.

« Quello che anzi lei ha esplicitamente invitato i lettori a fare » aggiunse l'altro con flemma.

Mise sotto gli occhi della dama un numero del periodico, indicando un trafiletto.

« È lei che ha scritto questo? » domandò.

« Sono io » disse la signora, sbirciando il giornale.

« E dunque! » esclamò l'altro con un tono che non ammetteva repliche. « Se so leggere, non ho sbagliato. Legga. »

« Che cosa? »

« Questo. »

« Ebbene? »

« Legga quello che lei ha scritto. »

La nobile dama lesse, rilesse, concentrandosi nell'attenzione, per cercar di capire in che consistesse quello che, secondo l'altro, aveva autorizzato la di lui sconveniente domanda. Alla fine si strinse nelle spalle.

« Io » mormorò « non ci trovo niente che possa giustificare... »

« Ah, non ci trova niente? » strepitò l'altro. « Non ci trova niente? E allora le leggerò io quello che lei ha scritto. Il suo trafiletto termina con le parole: "Se avete quesiti da porci, rivolgetevi a me che sono qui per soddisfarvi". »

« Ebbene? » balbettò la contessa.

« Quesiti da porci! » strepitò il visitatore.

La contessa impallidì.

« Ma no! » gemé. « Con la "o" stretta, e non con la "o" larga. »

« Come sarebbe a dire? » fece l'altro.

« Voce del verbo "porre" » spiegò la scrittrice con un fil di voce. « Se avete dei quesiti da porci, e non da pòrci. »

E cadde svenuta mentre il visitatore rileggeva la frase incriminata.

« Che posso sapere, » borbottava fra sé « che posso sapere io, leggendo, se una vocale è stretta o larga? Io credevo con la "o" larga! Ho letto: "una domanda da porci, e ho rivolto una domanda da porco". »

La contessa veniva intanto soccorsa dalle colleghe.

La quercia del Tasso

Quell'antico tronco d'albero che si vede ancor oggi sul Gianicolo a Roma, secco, morto, corroso e ormai quasi informe, tenuto su da un muricciolo dentro il quale è stato murato acciocché non cada o non possa farsene legna da ardere, si chiama la quercia del Tasso perché, come avverte una lapide, Torquato Tasso andava a sedervisi sotto, quand'essa era frondosa. Anche a quei tempi la chiamavano così. Fin qui niente di nuovo. Lo sanno tutti e lo dicono le guide.

Meno noto è che, poco lungi da essa, c'era, ai tempi del grande e infelice poeta, un'altra quercia fra le cui radici abitava uno di quegli animaletti del genere dei plantigradi, detti tassi. Un caso. Ma a cagione di esso si parlava della quercia del Tasso con la "t" maiuscola e della quercia del tasso con la "t" minuscola. In verità, c'era anche un tasso nella quercia del Tasso e questo animaletto, per distinguerlo dall'altro, lo chiamavano il tasso della quercia del Tasso. Alcuni credevano che appartenesse al poeta, perciò lo chiamavano il tasso del Tasso e l'albero era detto "la quercia del tasso del Tasso" da alcuni, e "la quercia del Tasso del tasso" da altri.

Siccome c'era un altro Tasso (Bernardo, padre di Torquato, e poeta anch'egli) il quale andava a mettersi sotto un olmo, il popolino diceva: «È il Tasso dell'olmo o il Tasso della quercia?».

Così, poi, quando si sentiva dire «il Tasso della quercia» qualcuno domandava: «Di quale quercia?».

«Della quercia del Tasso.»

E dell'animaletto di cui sopra, ch'era stato donato al poeta in omaggio al suo nome, si disse: «il tasso del Tasso della quercia del Tasso».

Poi c'era la guercia del Tasso: una poverina con un occhio storto, che s'era dedicata al poeta e perciò era detta la guercia del Tasso della quercia, per distinguerla da un'altra guercia che s'era dedicata al Tasso dell'olmo (perché c'era un grande antagonismo fra i due). Ella andava a sedersi sotto una quercia poco distante da quella del suo principale e perciò detta la quercia della guercia del Tasso; mentre quella del Tasso era detta la quercia del Tasso della guercia: qualche volta si vide anche la guercia del Tasso sotto la quercia del Tasso. Qualcuno più brevemente diceva: la quercia della guercia o la guercia della quercia. Poi, sapete com'è la gente, si parlò anche del Tasso della guercia della quercia e, quando lui si metteva sotto l'albero di lei, si alluse al Tasso della quercia della guercia.

Ora voi vorrete sapere se anche nella quercia della guercia vivesse uno di quegli animaletti detti tassi. Viveva. E lo chiamavano il tasso della quercia della guercia del Tasso, mentre l'albero era detto la quercia del tasso della guercia del Tasso e lei la guercia del Tasso della quercia del tasso.

Successivamente Torquato cambiò albero: si trasferì (capriccio di poeta) sotto un tasso (albero delle Alpi), che per un certo tempo fu detto il tasso del Tasso. Anche il piccolo quadrupede del genere degli orsi lo seguì fedelmente e, durante il tempo in cui essi stettero sotto il nuovo albero, l'animaletto venne indicato come il tasso del tasso del Tasso.

Quanto a Bernardo, non potendo trasferirsi all'ombra d'un tasso perché non ce n'erano a portata di mano, si spostò accanto a un tasso barbasso (nota pianta, detta pure verbasco), che fu chiamato da allora il tasso barbasso del Tasso; e Bernardo fu chiamato il Tasso del tasso barbasso, per distinguerlo dal Tasso del tasso. Quanto al piccolo tasso di Bernardo, questi lo volle con sé, quindi da allora l'animaletto fu indicato da alcuni come il tasso del Tasso del tasso barbasso, per distinguerlo dal tasso del Tasso del tasso; e da altri come il tasso del tasso barbasso del Tasso, per distinguerlo dal tasso del Tasso del Tasso.

Il Comune di Roma voleva che i due poeti pagassero qualcosa per la sosta delle bestiole sotto gli alberi, ma fu difficile stabilire il tasso da pagare; cioè il tasso del tasso del tasso del Tasso e il tasso del tasso del tasso barbasso del Tasso.

Povero Piero, perì a Pavia

« Vado a Pavia, signore » mi disse a bassa voce il viaggiatore taciturno, mentre il treno filava nella notte attraverso la campagna addormentata.

Sotto la luce livida della lampada blu, che faceva un poco spettrali i loro visi inclinati su un omero o volti verso l'alto, i compagni di scompartimento dormivano, con le bocche aperte nel sonno, taluno come se non respirasse.

« Per affari? » bisbigliai.

« Per completare le mie ricerche sul povero Piero. »

« Un suo parente? »

« No. »

« Amico? »

« Nemmeno. »

« Conoscente? »

« Neanche. »

« Ho capito. Un personaggio storico. »

« Ohibò. »

« E chi è? »

«Non so dirglielo. Non so quasi nulla di lui. Appunto per questo vado a Pavia.»

La cosa si presentava sotto i segni della stranezza. Fuori continuava a piovere sulla campagna allagata.

«Volentieri,» dissi «udrei qualche particolare su questa storia, che mi pare piuttosto curiosa.»

«Molto,» disse il viaggiatore taciturno «molto.»

Si guardò intorno e, visto che gli altri continuavano a dormire, cominciò il racconto, abbassando ancora la voce.

«La prima notizia» disse «che ebbi del povero Piero fu ch'egli perì a Pavia. Quanto stentai a decifrare questa notizia! La trovai molti anni fa nel mio primo libro di lettura, un sillabario, dove, nella pagina della "p", era detto testualmente: "Povero Piero, perì a Pavia". Nella pagina seguente, ancor essa destinata alla "p", si leggeva che Piero potava i pomi. C'era anche una vignetta raffigurante un uomo, evidentemente Piero in persona, che, in abito di contadino, in cima a una scala, tagliava i rami d'un albero che ritengo fosse una pianta di pomi.»

Il viaggiatore taciturno riprese fiato. Il suo racconto m'interessava enormemente. Per qualche minuto s'udì, nel fragor del convoglio, il ticchettìo della pioggia sui vetri del finestrino.

«Per parecchio tempo» riprese quegli «non seppi altro di Piero. Comunque, ritengo che potasse i pomi prima di perire. Nei testi delle classi successive ebbi molte notizie relative a un Pierino non meglio indicato. Non so dirle se egli fosse lo stesso Piero quand'era ragazzo. Mi pare poco probabile, perché Pierino disubbidiva, è vero, ma faceva anche profitto degli studi e non è possibile che un giovinetto di città si sia poi ridotto a potare i pomi in veste di rozzo contadino. Potrebbe benissimo essere perito a Pavia. Ma occorre sapere se si tratta d'una sola persona o di due; e, in questo caso, quale dei due è quello perito a Pavia. Questo è il punto.»

«È chiaro.»

«In conclusione, la storia di Piero si può così ricostruire: nulla si sa circa il suo luogo di nascita e il casato; potò pomi, perì a Pavia.»

« Che bella epigrafe sarebbe! "Potò, perì", però... »
« No, "però" non c'entra. »
« Volevo dire: però è poco, per ricostruire la storia del povero Piero. »
« Per questo vado sui luoghi. »
Il treno era arrivato a Pavia. Il viaggiatore salutò, discese.
« Mi tenga informato! » gli gridai dal finestrino.
« Le scriverò, non dubiti » strillò di lontano.
Lo vidi scomparire tra la folla.

Fu soltanto dopo molto tempo che m'arrivò un plico sigillato proveniente da Pavia. Lo aprii nervosamente. Non conteneva che una lettera e alcuni documenti. La lettera era del viaggiatore taciturno e diceva testualmente:
« Egregio signore,
memore del suo interessamento per le mie indagini intorno al povero Piero, mi faccio premura di spedirle tutto quello che son riuscito a trovare sull'argomento, scavando negli archivi di Pavia. Come vedrà, si tratta di due fotografie e d'un bigliettino ingiallito dal tempo. La prima fotografia rappresenta un poppante e reca la scritta: *"Il piccolo Piero poppa"*; nella seconda fotografia si vedono tre uomini e una signora a tavola, con l'indicazione: *"Piero, Pippo e Peppe pappano con Peppa"*; il bigliettino, documento prezioso, reca questa semplice frase in una scrittura quasi cancellata dagli anni: *"Povero Piero, pappava poco"*. Ritengo che, per l'appunto in conseguenza di questo pappare poco, il povero Piero sia perito a Pavia. Nulla sono riuscito a sapere circa quei Pippo e Peppe che pappavano con Piero e con Peppa. Distinti saluti.
« *Post scriptum*. Riapro la lettera per dirle che proprio in questo momento m'arriva un documento d'importanza eccezionale. Si tratta della fotografia di due uomini a bordo d'una nave. La fotografia reca la scritta: *"Pippo e Peppe a poppa pappano"*. Ecco come ho potuto ricostruire il dramma: i due hanno voluto estromettere il Piero, per restare soli a poppa. Molto probabilmente fu in conseguenza di questa estromissio-

ne che il povero Piero perì a Pavia, di dolore e, ritengo, di rabbia.

« *Post post scriptum*. Riapro nuovamente la lettera, per accludervi un quinto documento caduto nelle mie mani, mercé la potenza dell'oro. Come vede, si tratta anche questa volta d'una fotografia. Essa reca l'effigie di Piero adulto, impegnato in un duello alla sciabola; il paesaggio è tipicamente peruviano; il nostro Piero è stato colto dall'obiettivo mentre para felicemente un colpo dell'avversario. E, se anche questo non si capisse dal documento fotografico, risulterebbe chiaro dalla dicitura che è sotto l'effigie. »

Con l'aiuto d'una lente, potei infatti decifrare sull'ingiallito cartoncino la seguente scritta in versi:

« *Non pomi sol, pur peri Pier potò,*
(patì, perì, però al Perù parò) ».

Nello sfondo del paesaggio, la fotografia mostrava chiaramente alcuni alberi di pero.

Ritengo che l'incidente che dié origine allo scontro cavalleresco sia nato appunto dal fatto che, oltre i pomi, Piero volle potare anche dei peri, forse abusivamente.

Quanto a me, mi ricordavo anch'io di quel famoso sillabario. Anch'io l'avevo avuto da ragazzo. Anzi, ne avevo avuto varie copie successivamente, perché lo riducevo sempre in condizioni pietose. Chiamavo addirittura l'aureo libretto: « *Povero Piero perì a Pavia* ». Chi m'avesse detto che un giorno, eh? Com'è strana la vita!

Dimenticavo. Nella lettera c'era anche un

« *Post post post scriptum*. Riapro per la terza volta la presente per dirle di non tenere il minimo conto dei documenti acclusi e delle deduzioni da essi tratte, in quanto, come ho potuto assodare in questo momento, documenti e fotografie sono tutti falsificati da abili contraffattori. »

Rimasi male. Ormai non mi restava che mettermi in cerca ₁o stesso di notizie sul povero Piero. Fu appunto in conseguenza di tutti questi fatti, che mi decisi a condurre indagini in merito. Ebbene, debbo dire che non trovai niente, assolutamente niente. Finché un giorno, quando meno me l'aspettavo, quando anzi non ci pensavo più, ebbi notizie del povero Piero in modo da poter ricostruire vari episodi della sua vita, nonché le circostanze che seguirono alla sua morte, le disgrazie del povero Piero non essendosi esaurite con la sua dipartita da questo mondo. Come potrà vedere chiunque voglia leggere il mio romanzo *Povero Piero*.

E per prima cosa posso dire d'aver appurato che il povero Piero non perì affatto a Pavia e non è affatto la persona a cui alludeva il mio compagno di viaggio, ma un altro con cui questa persona non aveva nulla a che fare. Come si vedrà appunto nel libro suddetto.

Licenza liceale

Oggi, Enrico, tu dài l'esame di licenza liceale. Sei nel cortile della scuola ad ora inconsueta insieme con i tuoi compagni, le tue compagne e gli allievi delle altre sezioni, tutti raggruppati in vari assembramenti aspettando le rispettive chiamate.

Il cortile a forma di chiostro che per mesi e mesi suonò ad ore fisse dell'assordante cinguettìo delle scolaresche dei vari corsi – dai piccini ai grandi – nella mattina caldissima ha un aspetto particolare. Sotto le arcate si vedono anche chiare toilette estive di giovani signore, grandi cappelli di paglia. Quasi tutti oggi siete accompagnati.

I rispettivi parenti – molti dei quali si sono conosciuti stamane per la prima volta – seguono con occhi trepidanti i gruppi dei ragazzi e fanno crocchi, affratellati dalle ansie più che dalle speranze; speranze ce ne furono fino a ieri, ma oggi sembrano inesplicabilmente svanite per far posto alla quasi certezza del disastro. Questo signore alto e serio con la barbetta e le lenti, sono io, tuo padre, e voglio farti delle raccomandazioni che ti serviranno per l'avvenire.

Ricordati dunque che questo è l'esame più importante e difficile della vita. Più che quelli dell'Università. Alla licenza liceale si fa veramente l'inventario del bagaglio che ci accompagnerà sempre, nelle vicende buone e nelle cattive, e che abbiamo raccolto in tanti anni di studio, di fatica e di sofferenza. Ricordi? Cominciasti bambino con l'asilo e le elementari. La buona maestra, i geloni, le pozzanghere della strada, le scarpe che facevano male, la tonsillite, il dottore accanto al letto, pensieroso.

Poi il ginnasio, il liceo, le prime trecce su un grembiule nero che ti fecero palpitare. Cominciasti a diventare spavaldo e litigioso. Poi alle partite di calcio, o ai concerti, la domenica. Parevano una cosa importantissima. E poi la vita, gli occhi d'una ragazzina (spesso una compagna di classe); per lei cercasti di emergere, per lei studiasti la lezione. Ed ora la licenza liceale. Domani sarà finita. L'università è un'altra cosa. Lì ognuno ha scelto la materia ch'egli crede più adatta a sé e di tutto il resto dello scibile non è tenuto ad occuparsi. Quando è morto Timoteo? Che m'interessa? Io debbo fare l'ingegnere. O il medico. In quest'ultimo caso potrebbe interessarmi di che cosa è morto. Ma allora Timoteo vale quanto il portiere. Del resto io non so nemmeno chi fu Timoteo. Forse non è mai esistito. Ma no, certo un Timoteo dev'esserci stato. Forse era un uomo qualsiasi. Magari ce ne saranno stati centomila. Ebbene, uno qualsiasi di questi centomila ignoti Timotei domani per te non varrà meno d'un ipotetico Timoteo famoso, se tu non deciderai di laurearti in storia di Timoteo; il che credo e voglio sperare sia molto improbabile.

Salvo alcuni casi, ormai di greco e di latino non si parlerà più per tutta la vita.

Vedi, poc'anzi uno dei tuoi compagni era imbarazzato perché non ricordava l'aoristo d'un certo verbo irregolare greco e tra voi, presi alla sprovvista, i pareri erano discordi, purtroppo. Tua madre mi ha detto piano, intenerita: « Suggeriscigli tu ». Le ho mormorato in fretta: « Lo farei bocciare certamente ». Dopo tanto tempo che non so più nulla di greco, non rispondo di me. Tua madre mi ha guardato stupita. Rispettala, povera donna. Ella aveva sempre creduto che io avessi gli aoristi dei verbi irregolari greci sulla punta delle dita. Ora sa, e qualcosa è crollato per sempre in lei. In un certo senso potrei dire che il primo ad essere bocciato, oggi, a questo esame di licenza liceale, sono stato io.

Ma non sono il solo. Guardati attorno, Enrico, osserva il gruppo dei genitori. Quale abisso li divide ormai dai figlioli in fatto di sapere! Ecco che arriva di corsa una studentessa, una bella ragazza reduce dall'esame e ancora tutta rosea e palpitante. Le è andato il sangue alla testa per l'emozione. I compagni le si fanno attorno.

« Com'è il professore di filosofia? » domandano, ansiosi.

(La bestia nera. È arrivato oggi nella commissione e non se ne sa niente.)

E lei:

« Pestifero ».

Pestifero. Avevo dimenticato quest'aggettivo che un tempo usai anch'io a proposito degli ignoti professori che all'esame di licenza vengono a sostituire o ad affiancare quelli che avevamo durante l'anno e che sono anch'essi, oggi, un po' intimiditi e trepidanti, come se un po' anch'essi dovessero subire un esame, costretti quasi a regolarsi come se nemmeno conoscessero quel bravo ragazzo, o quell'asinello che li fece tribolare per tanti mesi; ma qualche volta, mentre l'esaminando si accomoda pallido sulla sedia davanti alla commissione, il vecchio professore si curva sull'orecchio del collega venuto da un altro istituto o mandato dal Ministero e gli bisbiglia qualcosa all'orecchio; forse gli dice:

« Questo è molto timido, bisogna essere indulgenti » o: « Questo ha soltanto la mamma, il babbo è morto in guerra »; o forse anche profitta della pausa tra un esame e l'altro per dire semplicemente al collega: « Con questa bella giornata quanto meglio sarebbe se ce ne andassimo a pescare in campagna »; il collega venuto da fuori fa cenno di sì, che ha capito, che è dello stesso avviso, mentre l'esaminando si sente la lingua diventata improvvisamente secca come una pietra pomice, pensando che complottino ai suoi danni.

Ecco un'altra studentessa, una sbarazzina fresca e spiritosa in grembiule nero e collarino bianco, che piomba in un crocchio, indignata:

« Tu sapevi che le anime dei beati non stanno nei vari Cieli, ma stanno vicino a Dio? ».

« Sì, » fa tranquillamente un compagno, una specie di contadinotto vestito a festa, di nero « scendono con una corda. »

« Ma abbiamo letto quattro canti e questo il professore non ce l'aveva detto » fa la sbarazzina risentita.

Un tranello del professore?

I genitori intorno sono esterrefatti e allarmati per questi nuovi mondi che s'aprono davanti a loro.

« I beati scendono con una corda? » pensa quella signora grassa, immobilizzata e congestionata dall'interno patema, la quale si è sempre limitata a guardare con amoroso rispetto il capo del figliolo curvo sui libri senza osar di approfondire quello che era scritto in quei libri. « C'è dunque una corda in Paradiso? »

E si guarda attorno come fosse capitata in un covo di assassini. È la prima volta che vede il figliuolo fra tanti compagni e li sente parlare dei loro studi — perché oggi non parlate che degli studi — e nuovi universi sorprendenti si schiudono alla sua fantasia.

Ecco un altro che vien fuori e subito gli si affollano attorno quelli che aspettano la chiamata.

« Come ti sembra il professore di matematica? »

« Abbastanza buono. Mi ha domandato quand'è che due piani sono perpendicolari. »

Enrico, tu non ci crederai, ma io non so quand'è che due piani sono perpendicolari; o lo so vagamente, in pratica. E scommetto che non lo sa nemmeno quella zia zoppa che è venuta ad accompagnare il nipote, il contadinotto vestito di nero, a festa. E nemmeno lo sa quella parente carina a cui un signore di mezza età intraprendente sta ronzando attorno, seccato perché i rispettivi figliuoli, o nipoti, o che so io, appartengono a due sezioni diverse e non si conoscono nemmeno. E forse neppure lo sa quella giovane professoressa di francese vestita a lutto che ha accompagnato all'esame il fratello minore. Ha un bell'essere professoressa, oggi lei trepida e soffre come una scolaretta qualunque e considera tiranni e pestiferi i suoi colleghi, quei bravi signori che s'intravedono dietro i tavoli nell'aula ogni volta che la porta s'apre per lasciar uscire un giudicato ed entrare un giudicando. Quand'è che due piani sono perpendicolari forse lo sa soltanto, nel gruppo dei genitori, quel signore dall'aspetto severo, col cappello di feltro scuro, il babbo di Repossi. Sfido io, è un ingegnere. Ma probabilmente lui non sa rispondere alla domanda che in questo momento fa ai compagni un altro esaminando, un piccolino coi capelli ispidi e la faccia spaurita, mentre sfoglia in fretta e furia il suo pacco di libri squinternati, i suoi sbrindellati quaderni d'appunti per tappare qualche falla dell'ultima ora:

« L'invettiva di San Pietro è nel ventottesimo canto? ».

Silenzio. È in questo momento che io, visto che i compagni son troppo occupati ad ascoltare le relazioni dei già interrogati per dar retta al piccolino ispido e spaurito, mi rivolgo al gruppo dei parenti e:

« Chi lo sa alzi la mano! » grido.

Nessuno alza la mano. Né l'ingegner Repossi, né la signorina in lutto che aspetta il fratello, né la zia zoppa del contadinotto, né la signora carina, né l'anzianotto galante, né la grassa congestionata come se stia per venirle un colpo, né quel vecchio con la giacca d'alpagà che boccheggia per il caldo, né tutti quegli altri ignoti, uomini e donne, che sono qua e là in attesa come anime del Purgatorio, né io, né tanto meno la tua buona mamma.

Ma ecco già il bidello si affaccia alla porta socchiusa e il tuo nome suona. È il gran momento. Tu corri dentro dopo averci lanciato uno sguardo sorridente per farci coraggio, per dirci di star tranquilli. Tua madre si fa il segno della croce e le sue labbra cominciano a muoversi più forte di prima. Io lo so che cosa sta facendo. Sta mentalmente recitando Avemarie a Santa Rita da Cascia, la Santa degl'impossibili. Quante preghiere oggi arrivano in Paradiso! Santa Rita e Sant'Antonio hanno da fare più di tutti. Dovrebbero tenere una buona enciclopedia in Cielo per suggerire. Ma certo sanno. Speriamo bene. Vorrei correrti in aiuto, figliuolo, poter prendere il tuo posto e salvarti, entrare invisibile dietro di te per suggerirti. Ma no. Il Cielo te ne scampi. Ormai non potrei più, non potrò più. Devi volar da solo e tu lo sai, anche se non me lo dici per non umiliarmi.

Sì, Enrico, al tuo esame di licenza liceale i veri bocciati siamo noi; noi genitori tutti; noi, io e la tua buona mamma atterrita.

Santa Rita da Cascia, pensaci tu.

Capodanno a San Vittore

Crrr... crrr... crrr...

Questo disgraziato che russa. Sono ore che russa imperturbabile, beato lui. Si sente per tutto il raggio. Per lui è una notte come le altre.

Uno schianto fragoroso all'esterno, vicinissimo.

In un'altra notte ci sarebbe da allarmarsi. O magari per qualcuno, qua dentro, da sperare. Ma stanotte no. Stanotte sono spari di gioia. Perché poi di gioia? Per il fatto che finisce un anno e ne comincia un altro? Chi sa se c'è nebbia o neve? Dal rumore parrebbe nebbia. Sciocchezze. Come se si potesse capire. Forse è una serata limpidissima, algida. Forse il cielo è gremito di stelle che palpitano nitide. Come libri che s'aprono e si chiudono.

Un tintinnìo metallico che s'avvicina a intervalli regolari: din-din-din... din-din-din... Come se arrivasse uno di quei lebbrosi che un tempo camminavano con un campanello al piede per allontanare i viandanti notturni. Dio, com'è presto ancora: è la ronda col secondino che picchia sulle sbarre per sentire se sono intatte; appena le dieci, dunque.

A quest'ora nei locali notturni e negli alberghi dove sono apparecchiate le cene di San Silvestro comincia ad arrivare la gente. I saloni sono quasi vuoti ancora e sui tavoli c'è il cartello «Riservato». I camerieri dormono in piedi come i cavalli e i suonatori dell'orchestrina quando vedono spuntare una brigata smettono di conversare e accennano un valzer in sordina mentre la cantatrice s'avvicina al microfono.

Quattro rivoltellate improvvise, nitide. Un povero diavolo che dalla finestra cerca di mettere in fuga i guai del passato e tener lontani quelli del futuro. Oh, vita! Caminito que el tiempo ha borrado... E quest'animale che continua a russare.

Attraverso le mura di San Vittore, Giuseppe B. ha sentito passare i giorni, interminabili. Dalle sbarre d'una finestrella ha visto scender la neve, pensava: «Ora tutta la città è bianca. Chi sa se ha nevicato anche a Genova?». Nelle città di mare, quando nevica e le strade e i tetti sono bianchi, il cielo sembra rosso.

Una settimana, due settimane. Pensava: «Adesso tutti i negozi sono illuminati, le vetrine scintillanti, la gente corre a far spese, si preparano gli alberi con le candeline e le stelle d'argento». Ha sentito arrivare la Vigilia, la grande notte. Perché anche nelle carceri queste ore entrano in qualche modo e si fanno distinguere dalle altre. Ha sentito avvicinarsi la fine dell'anno – oggi per le strade non si circola – e arrivare la notte di San Silvestro. Fino al camerone dei detenuti in questa notte entra l'eco di qualche sparo di gioia. Ecco il rumore d'un tram lontano e un crepitio attutito: dev'essere una di quelle trecce di mortaretti che i ragazzi mettono sulle rotaie. Che ora sarà? Questa è la notte più insopportabile per lui. A quest'ora nelle sale da ballo distribuiscono i berretti di carta e i rotoli di stelle filanti per la sarabanda di mezzanotte, già stanno stretti che non riescono quasi a ballare per la ressa, si pesta uno strato di coriandoli come neve, ballando bisogna distrigarsi dal groviglio di stelle filanti. Che silenzio, invece, qui, se non ci fossero questo che russa come un cannone e quegli spari lontani ogni tanto. Forse la mezzanotte sarà già passata.

Ma ecco come un fruscio, quasi un soffio leggero di vento che passa nella rotonda e in tutti i raggi del carcere. È entrato qualcosa. Da diversi punti si sente contemporaneamente qualcuno che si muove, si vedono nella fioca luce rossastra del camerone ombre che s'alzano a metà del letto, da tutti i piani s'odono diversi « ps! ps! » e colpi leggeri alle sbarre delle celle. Ma come hanno saputo tutti che proprio in questo momento, fuori, sta arrivando l'anno nuovo?

E subito, all'esterno, vicini e lontani, fiochi e fragorosi, colpi secchi, detonazioni, bombe, esplosioni, tatatà, come di mitra; adesso sembra che in tutta la città si spari. E quest'animale che continua a russare. Non lo svegliano nemmeno le cannonate. Una voce da una branda in fondo: « Buon Anno! ». « Buon Anno! » risponde una voce. Un passo nel corridoio. Tra le sbarre d'una cella un braccio porge un bicchiere di latta al secondino perché lo porti a brindare con un altro bicchiere di latta che un braccio tende tra le sbarre d'un'altra cella e poi lo riporti indietro... « Ti, uì! Buon Anno! Crrrr... crrrr... »

S'è alzato quel magro che fa orrore: bello e repugnante con la zazzera grigia e la faccia grigia, ha trent'anni e sembra un vecchio, vestito come un attaccapanni; è il più cattivo e il più sfacciato. Ta-ta-ta-tatatà!

Buon anno! Bum! E quell'altro che se ne sta faccia al muro con la testa sotto le coperte? Ohè, sveglia! Lascia andare, sta piangendo. Caminito cubierto de cardos la mano del tiempo tu suelo borrò. A quest'ora nei saloni degli alberghi e nei locali da ballo si spegne la luce per due minuti, l'orchestra fa il rullo come al circo equestre, le coppie si baciano. Buon Anno!

Fugaci claxon lontani, rapidissimi. La città dev'esser percorsa in tutti i sensi da automobili all'impazzata. Un ultimo sparo nitido, solitario: un ritardatario che tenta ammansire il futuro con un'arma da fuoco. Forse il suo orologio va indietro. O gli si era inceppata l'arma.

Il cielo color cenere. A San Francisco mo' sona la sveglia, chi dorme e chi veglia, chi fa infamità. Crrr... Crrr... Oh, vita!

La vita è un sogno

Nella nebbia apparve improvviso il fantasma d'una locomotiva.

Era una mattina d'inverno su una strada ferrata. Freddo, nebbia. Attraverso una cortina di vapori s'intravedevano appena lo scheletro d'un albero spoglio e lo spigolo d'un casello ferroviario.

« Non piangete, bambini, adesso verrà papà; porterà qualcosa da scaldarci. »

Nell'interno del casello, la povera cantoniera e i suoi tre bambini tremavano dal freddo. La stagione era eccezionalmente rigida. S'era da poco usciti dalla guerra, non si trovava carbone, non c'era elettricità, tutto era ancora macerie. Il cantoniere era dovuto andar lontano, il casello stava a mezza strada fra due stazioni, lontano dai paesi, isolato. Di lì vedevano ogni giorno alle stesse ore passare i treni con tanti finestrini che lampeggiavano a scatti e con le persone dietro i vetri, che non si faceva in tempo nemmeno a vederli; e i lunghi convogli merci, lenti, che facevano un rumore ritmico traballando sulle traversine e non finivano mai, coi loro carri chiusi, o coi buoi alle grate, e con le vetture cisterna e le cifre del tonnellaggio, della tara, della capacità, e i nomi di strani paesi lontani e frasi scritte col gesso. Poi anche gli interminabili treni merci venivano ingoiati dalla strada e si vedeva l'ultimo vagone con lo sgabuzzino del frenatore e il fanalino di coda scomparire saltando alla curva. La notte si sentivano passare velocissimi i treni, con un fischio breve, e allontanarsi. I bimbi svegliati dal fragore che faceva tremar la casa vedevano nel buio con la fantasia gli occhi di fuoco venir quasi loro addosso, abbagliarli e poi scomparire lasciando una striscia di faville nel buio. Nessun treno si fermava mai. Si può dire che nessuno era così lontano dai treni come gli abitanti di quel casello sulla strada ferrata: un attimo, un lampeggiamento e basta.

«Non piangete.»

Tuf... tuf... tuf. Un ànsito cresce, rallenta.

Dalla nebbia apparve improvviso il fantasma d'una locomotiva.

Vicinissimo, come emergendo dal suolo; senza treno, e si fermò davanti al casello.

Un guasto.

Bellissima, nera e immensa tra i vapori e stillante gocciole di sudore; con la fornace che rosseggiava spalancata; di sotto cadevano tra le rotaie pezzi di fuoco e si sbriciolavano mollemente come i fiori dagli alberi a primavera.

Usciti dal casello la casellante e i tre bambini coperti di cenci guardavano abbagliati, anche per scaldarsi un po' alla grande stufa apparsa quasi per miracolo. Com'era immensa, da vicino! I bimbi guardavano stupefatti e gli occhi si riposavano fissando la voragine rossa davanti alla quale due uomini neri di fuliggine armeggiavano a riparare un guasto.

«Ehi, brava donna, che state a fare lì tremante di freddo? Andate in casa a scaldarvi.»

«Scaldarsi? E con che?»

«Pigliate, su.»

I due diavoli dagli occhi bianchi nei visi neri danno un

paio di palate di carbone alla donna e, riparato il guasto, la macchina con ànsito forte parte e subito scompare dietro un sipario di nebbia; si sente solo l'ànsito, non si vede più nulla.

Si direbbe proprio un'apparizione, un fantasma, se non ci fosse lì, sulla neve davanti alla porta, quel po' di carbone quasi piovuto dal cielo.

Già non si sente più niente nella desolata campagna.

Ma sul ciglio della scarpata una labile ombra si muove tra cortine di nebbia. Un milite ferroviario ha visto; via in bicicletta, alla caserma dei carabinieri. Anche quest'ombra scompare nel biancore.

Quattro anni. Quattro anni sono passati durante i quali Caterina Bertelli, la casellante, si è più volte domandata se quella mattina di novembre del lontano '46 non fu tutto un sogno: l'apparizione della locomotiva, la scomparsa, l'arrivo del milite coi carabinieri che trovano il carbone, l'arresto del marito ignaro che tornava a casa in quel momento e che si mise a battibeccare con essi, il licenziamento di lui, comunque responsabile del furto di carbone. Quattro anni di disoccupazione, senza nemmeno più quella piccola casa con un gran numero di tre cifre su uno spigolo, a mezza strada fra Melzo e Cassano d'Adda. Il marito abbrutito, senza lavoro. E per quattro anni, carta da bollo, fogli stampati, lunghe attese nell'anticamera dell'avvocato, coi bambini spauriti, in un silenzio punteggiato dall'uggioso tic-tac di una pendola. Di là da una porta viene il ticchettìo d'una macchina da scrivere.

Un po' più macilenta, un po' più povera di quella mattina, la casellante è sul banco degli imputati nella seconda aula della pretura di Milano e si rivede accanto i due diavoli neri di quella mattina; ha sentito anche i loro nomi: Nello Giovanelli macchinista, Guido Tofoli fuochista; tutti e tre imputati di furto di carbone in danno delle Ferrovie dello Stato.

È entrato un ispettore delle Ferrovie. Dice:

« Era consuetudine dare qualche palata di carbone... ».

Il P.M. dice qualcosa quasi a bassa voce al pretore. Il pretore è piccolo, parla con accento siciliano. Poi parla il difensore dei due ferrovieri. Per ultimo parla l'avvocato difensore di Caterina, ma Caterina capisce ben poco. Anche lui ha l'accento siciliano. Legge una circolare ministeriale del '46: considerando la stagione eccezionalmente rigida di quest'anno e la mancanza di mezzi di riscaldamento... non si prendono in considerazione i piccoli furti...

Caterina capisce sempre meno. Furti?

Poi c'è un gran silenzio. Il pretore scrive qualcosa su un pezzo di carta. Il cancelliere è pronto ad annotar la sentenza e intanto pensa che proprio stamattina ha messo un'inserzione sul giornale per trovar casa: ha moglie e un bambino, ci vorrà l'uso di cucina e una padrona di casa che sopporti il bimbo; con la penna in mano e lo sguardo nel vuoto sogna una reggia: Benvenuti, fate come se foste in casa vostra. Il pretore alza la testa:

« In nome del popolo italiano... ».

Tutti in piedi.

A Caterina deve spiegarlo l'avvocato, perché lei non ha capito niente con tutte quelle frasi e cifre: assolti tutti perché il fatto non costituisce reato.

Ma il casellante riavrà il posto che perse quattro anni fa e il desolato casello che era la casa dei suoi bambini? È quasi abbrutito dalla lunga disoccupazione, ma è riuscito a non far nulla di disonesto.

Forse lo riavrà. I treni — s'è visto anche dalla circolare che ha letto l'avvocato — sono buoni, sono umani. Viaggiano molto, vedono molte miserie ai margini delle loro strade e capiscono.

Vita cinematografica

Nella gelida mattina del dicembre torinese, la città era un caos di automobili strombettanti in lunghe soste obbligate e di pullman irti di sci e fragorosi di canti della montagna, mentre vigili impiccioliti dalla distanza si sbracciavano a dipanare il groviglio con gesti che parevano piuttosto di costernazione e un formicolio di gente saltava da un negozio all'altro carica di pacchi e scatoloni, diguazzando tra pozzanghere e cumuli di neve fangosa.

In tassì, lentamente per uscir dall'ingorgo, Antonio L., in compagnia dello scalcinato marchese M.r.z.n. andava a vedere se l'attore G. era arrivato all'albergo.

(Scusate tutte queste iniziali, ma è una storia vera.)

Bisogna sapere i precedenti.

G. era un mediocre attore. Aveva avuto qualche notorietà nei teatrini dialettali di Napoli, ma, invecchiato, faceva la comparsa al cinematografo, unicamente in virtù del suo fisico buffo, al quale aggiungeva comicità il fatto ch'egli aveva il cognome d'un grande tragico del secolo scorso, con cui beninteso non aveva niente in comune.

Era un vecchietto distinto e caricaturale che andava benissimo nei film comici per la parte d'un invitato che non parla e a cui capitano piccole disgrazie, come non essere mai servito, passare inosservato dalla servitù che circola coi rinfreschi, ricevere per errore una torta in faccia e casi del genere. Non doveva recitare e del resto non avrebbe nemmeno saputo. Doveva soltanto farsi vedere e subire i piccoli accidenti a cui si è alluso.

Qualche mese avanti s'era girato un film in cui occorreva per l'appunto un tipo simile, ed egli era stato scritturato per poche inquadrature in cui doveva soltanto apparire, aggiungendo così una modesta nota comica: un invitato che per equivoco resta ad aspettar fuori, mentre in casa si svolge una festa; ogni tanto lo si vedeva dimenticato, impassibile e correttissimo in carrozza alla porta del villino.

Avvenne che, montato il film, scoppiò la bomba: la commissione tecnica aveva bocciato il film per indegnità artistica, ragion per cui non soltanto l'istituto finanziatore che entrava per metà nell'affare (l'altra metà era anticipata con cambiali dal noleggio) negava puramente e semplicemente il contributo, ma il film stesso non poteva proiettarsi, se non dopo essere stato modificato. Il film non si poteva nemmeno proiettare, se non dopo averlo reso, per così dire, artisticamente degno. Il produttore rientrò stravolto. Erano in ballo centinaia di milioni, le cambiali scadevano.

« Sono dei camorristi! » strillava con le mani nei capelli, dimenticando o fingendo di dimenticare che, per aver la sovvenzione e i "premi" col minimo di spesa, aveva proprio lui voluto un film da quattro soldi.

« Sono degl'idioti » osservò il regista convocato d'urgenza, ma senza scaldarsi troppo, perché ormai era impegnato in un altro film e non gli dispiaceva che questo, mal riuscito, restasse in quarantena.

E subito se ne andò, olimpico, lavandosene le mani; proprio quella mattina aveva da scegliere gli attori per il nuovo film.

« Dei delinquenti » esclamarono ringalluzziti i due sceneggiatori, due autentici mascalzoni detti "il gatto e la volpe" per il loro aspetto fisico, la loro inseparabilità e le loro abitudini di lavoro, consistenti soprattutto nel rubacchiare, guastandole, idee altrui. Abituati a pigliare anticipi per cinque o sei lavori contemporanei, mentendo spudoratamente a tutti e abborracciando tutto, avevano quattro sceneggiature da finire in settimana e altrettante per la settimana successiva. Sicché, malgrado le suppliche del produttore, che aveva già in mano il libretto degli assegni, rinunziarono una volta tanto a ricattarlo e lo lasciarono nei guai.

Scendendo le scale, ridacchiavano e si fregavano le mani soddisfatti, come se complici del misfatto non fossero stati anch'essi. Ma, come sempre, ognuno scaraventava la colpa sugli altri. Il produttore diceva del regista « quell'assassino, quell'idiota »; il regista replicò con una lettera raccomandata di cui inviò due copie per visione alla Commissione Tecnica e alla Commissione Consultiva, nella quale diceva del produttore « ha voluto fare le nozze coi fichi secchi, ben gli sta; tengo a scindere la mia responsabilità, la mia dignità artistica, ecc. ecc. ».

Disperato, letteralmente piangendo, il produttore si rivolse ad Antonio L., uno sceneggiatore che, siccome non si faceva pagare in modo esorbitante, era poco apprezzato e di solito poco ricercato da quegli stessi che avrebbero dovuto pagarlo. Persona onesta e intelligente, Antonio passò il film al tavolo sonoro tornando indietro con pazienza per raccapezzarsi in quel pasticcio ignobile, alla fine fermò la moviola alla scena del vecchietto in carrozza e puntando il dito sul vetro smerigliato disse: Qui; e spense. Doveva aver capito subito che occorreva galvanizzare il finale con qualche trovatina che giustificasse anche il resto utilizzando al massimo quello che era fatto, perché non c'era tempo di far molto e anche per non spendere altri quattrini. Inoltre, non era possibile far tornare gli attori principali, ormai impegnati in altri film (e poi avrebbero preteso per una inquadratura più di quello che avevano avuto in tutto il film, trattandosi di un salvataggio.)

Conclusione, aveva pensato di utilizzare l'attore G., che costava poco ed era, per sua disgrazia, quasi sempre disponibile: Lui aspettava alla porta azzimato come uno sposo: s'aggiunge un falso allarme per un incendio; arrivano i pompieri; mentre G. accende un sigaro, costoro vedendo la fiammella nelle tenebre notturne, lanciano i getti delle pompe sull'impassibile e corretto vecchiolino, che viene innaffiato da capo a piedi.

Era quello che gli americani chiamano una gag. Bastava aggiungere il particolare d'un domestico che telefona ai pompieri (facilissimo), alcuni fotogrammi di pompieri in corsa, pompieri in arrivo notturno, pompieri che dirigono i getti delle pompe fuori campo (tutti pezzi di repertorio reperibili, già fatti, in qualche vecchio documentario); e fare un'altra unica inquadratura in cui ancora una volta si vedeva il vecchietto in carrozza mentre accendeva un sigaro e veniva investito da getti d'acqua provenienti da fuori campo. Così la particina di G. diventava funzionale, avrebbe strappato una risata al pubblico senza troppe spese e, collegata con battute nuove nel resto della colonna sonora, avrebbe un po' raddrizzato il film.

Il film era stato girato a Torino, perché d'estate i teatri di posa di Roma erano tutti occupati. Ormai essendo dicembre erano liberi, ma occorreva tornare a Torino per avere lo stesso esterno di villino in cartapesta, fortunatamente non ancora demolito. Quando fu tutto pronto, si telegrafò a G. dicendogli, senz'altre spiegazioni, di trovarsi l'indomani mattina all'ora tot, a Torino, albergo tale. Stupito e orgoglioso della chiamata, — e in terza classe per risparmiare sulla trasferta, rimborsata in seconda — G. partì da Napoli, col suo bagaglio d'attore, consistente in una piccola valigia e in una cappelliera, entrambe di fibra.

Anche Antonio fu pregato di andare a Torino, per fiancheggiare il marchese Corrado M.r.z.n. che, assente il regista, doveva dirigere la ripresa.

Il marchese M.r.z.n, non privo d'ingegno, aveva avuto qualche rinomanza registica in tempi lontani ma, ormai superato e dimenticato, era divenuto da anni un autentico morto di fame, sfruttato ignobilmente nei più vari e talvolta umili servizi – dalla consulenza tecnica al puro e semplice trasporto di valige alla stazione – dal rozzo produttore, di cui era succube e che egli odiava per questo, senza riuscire a liberarsene perché aveva sempre bisogno, per togliersi la fame nel vero senso della parola, delle poche lire d'anticipo che costui di quando in quando gli largiva.

Assurto per la circostanza alla dignità di regista, sia pure per un paio d'inquadrature, voleva distinguersi, giocava il tutto per tutto, aspettandosi da questo avventiziato un ritorno trionfale agli antichi splendori.

Per prima cosa, lungo la strada raccomandò ad Antonio di non dire nulla all'attore circa la doccia che lo aspettava. Per più ragioni: anzitutto costui doveva soltanto accendere un sigaro; il resto, cioè i getti delle pompe, gli arriva addosso da fuori campo, quindi non era necessario metterlo a parte della vicenda; in secondo luogo, non prevenendolo, s'otteneva una maggiore verità e conseguentemente una maggiore comicità, poiché il vecchietto, che non s'aspettava l'innaffiata, avrebbe reagito con più naturalezza che se fosse stato informato; terzo: dato il freddo polare, poteva darsi che il poverino si rifiutasse di sottostare alla doccia, la quale tra l'altro doveva capitargli all'aperto, perché egli figurava in carrozza nei viali d'un parco.

Antonio, autore della gag, era roso dai rimorsi. Non aveva pensato alla realizzazione invernale dell'idea. Trovarono G. nella cameretta che la casa cinematografica gli aveva fissato in un piccolo albergo senza riscaldamento; l'attore, sovreccitato e sentendosi importante, già si vestiva. Dalla valigia di fibra aveva tirato fuori il tight, la pettina, il cravattone e lottava con l'amido davanti a uno specchio plumbeo. Antonio fu più volte tentato di dirgli tutto e consigliarlo di rifiutarsi. Era davvero un delitto sottoporre il vecchietto a una doccia gelata all'aperto, con quel freddo. Ma il marchese regista gli faceva gli occhiacci ogni volta ch'egli cercava di portare il discorso sulla scena da girare. Il vecchietto aveva saputo soltanto che doveva accendere un sigaro nella carrozza e, pratico di queste cose, non aveva domandato schiarimenti, sapendo bene che l'effetto deriva dai rapporti con altre scene.

« Del resto » il marchese regista ripeteva piano ad Antonio: « G. è attore di razza, figlio d'arte, come si dice, quindi non si scandalizzerà di ricevere un'innaffiata; questi tipi sono preparati a tutto. »

Eroi, in un certo senso.

Quando fu vestito e con la faccia da pellirossa incrostata di cerone, un tassì portò lui e gli accompagnatori ai teatri di posa. Qui, come sempre, lunga attesa. Occorreva finir di montare la scena e girare le inquadrature del telefono, poiché quella del giardino andava fatta di notte; ogni inquadratura andava girata molte volte, e ogni volta si ricominciava con le luci, le attese, le prove. Ci volevano ore.

G. seduto come un gufo su una cassetta d'imballaggio accanto ad Antonio, aspettando il proprio turno, conversava, la faccia verniciata, il pizzetto finto, il cilindro in capo. Raccontava i suoi guai di famiglia. A Napoli, durante la guerra gli avevano distrutto la casa con un bombardamento dal mare (più terribile di quelli aerei, questi); l'unico figlio gli era morto a El Alamein. Mentre, battendo i piedi per il freddo, raccontava i disastri passati ad Antonio, questi provava una stretta al cuore pensando a quello che il vecchietto stava per passare, ed era tentato di dirgli: Fuggi, salvati! Ma G. non sarebbe fuggito e Antonio avrebbe soltanto aggiunto una preoccupazione alle altre dell'attore; e del resto, se fosse fuggito, avrebbe compromesso le sue future possibilità di scritture, già molto scarse. Il terreno era coperto di ghiaccio e c'era neve vecchia, indurita e polverosa. I falegnami avevano acceso bracieri e gli elettricisti si difendevano, mettendo le mani un momento davanti ai riflettori quando questi lentamente si spegnevano arrossandosi dopo ogni ripresa. Altri passeggiavano battendo i piedi sul suolo ghiacciato e tutti, sapendo la faccenda della doccia e sapendo che lui era l'unico a non saperla, guardavano G. sogghignando, come si guarda un disgraziato a cui stia per capitare il sinistro che meno s'aspetta. Gli operai, nel passargli accanto, lo guardavano ridendo e ammiccandosi l'un l'altro; e non si poteva non ridere, alla vista di quel vecchietto tutto punto e virgola, azzimato a festa e destinato al macello. Anche il marchese regista, che per l'occasione s'era messa una visiera di celluloide verde sugli occhi, passando col bavero alzato e le mani nelle tasche del cappotto, strizzava l'occhio ad Antonio.

L'unico tranquillo era il vecchietto all'oscuro di tutto.

Era già buio da un pezzo, quando finalmente venne il momento della sua scena. Tra l'altro non c'era possibilità né di provarla né di ripeterla perché, dopo la doccia, trucco, vestiti e G. stesso sarebbero stati in condizioni tali, che non era possibile ricominciare da capo. Perciò, decisione, impeto nel getto delle pompe.

G. prese posto nella carrozzella. Dovette provare soltanto l'accensione del sigaro; la fece e ripeté coscienziosamente. « Tieni la fiammella un momento accesa, » gli diceva il regista « ecco, così, un po' in alto, in modo che si veda. » Docile il bravo vecchietto eseguiva.

« Silenzio, si gira! » tuonò il marchese. Subito s'udì il fruscio della macchina, un operaio mise davanti all'obbiettivo la tavoletta col titolo, i nomi del regista e dell'operatore, il numero dell'inquadratura e un "bis" perché era un'aggiunta. S'udì la voce che ripeteva le indicazioni della tavoletta per la colonna sonora, il colpo del ciak, la voce « Azione! », che parve un comando al plotone d'esecuzione. Isolato nel silenzio improvviso che solo rompeva il fruscio delle macchine, scintillante sotto i riflettori come fosse finto, G. accese tranquillamente, con comodo, il fiammifero, tirò una boccata dal sigaro, tenne la fiammella un po' sollevata, giusto le istruzioni.

In quell'istante, senza ch'egli minimamente prevedesse un simile caso, alcuni potenti getti d'acqua lo investirono da capo a piedi. Sgambettò boccheggiando, ma senza esagerare, poiché non sapeva se l'accidente era voluto o fortuito e voleva in ogni caso tentar di salvare l'inquadratura.

« Alt! » gridò il regista.

Tre o quattro operai si gettarono su G., lo avvolsero in coperte di lana riscaldate e lo portarono di peso verso i camerini. Il vecchietto boccheggiava, ma avendo ormai capito che la doccia faceva parte della scena, era soddisfatto, tutto vibrante e fiero, come chi ha superato vittoriosamente una difficile prova.

Il film uscì dopo un paio di mesi o poco più ed ebbe grandissimo successo. Il vecchietto in carrozza, con quel suo annaspare e boccheggiare disperato sotto il getto delle pompe, strappava una risata irrefrenabile al pubblico che gremiva le sale, e faceva guadagnare quattrini a palate al produttore.

Fu uno dei pochi casi in cui la penicillina non funzionò. Tra i fili gracili dell'erba nuova sulle zolle dell'anonima fossa nel campo comune dove G. dormiva già un sonno senza fine, nel cimitero di Torino, cominciavano a spuntare tremule le margheritine della primavera.

Ricevimento in famiglia

Una delle manie che ha Teresa è di dare i ricevimenti. Potrei dire che anche in questo io sono la sua vittima, se una volta tanto vittima non fosse anche lei. Di se stessa.

La cosa comincia la mattina, con le pulizie di casa. Mai ho il senso d'esser di troppo sulla terra, come quando si fanno le pulizie in queste occasioni. Dovunque mi metto, sento dirmi: «Lèvati di là». Se, obbedendo, mi sposto: «Non mettere i piedi sul pavimento». Se obbietto che, per difetto di qualità acrobatiche, non riesco a camminare coi piedi in aria e tanto meno a volare, quel che mi càpita è meglio che non ve lo dica, per il rispetto che dobbiamo a noi stessi.

Credo che in queste occasioni Teresa mi metterebbe volentieri nella pattumiera, e certe volte sono arrivato a desiderarlo, per avere almeno un posto tranquillo. Di solito mi dice: «Cammina sui giornali». E fra essi c'è quasi sempre quello che stavo leggendo e che mi viene violentemente strappato di mano. A pulizie ultimate, dobbiamo tutti camminare a passi di sciatori mediante quei rettangoli di feltro che servono a non sporcare, ma anzi a lucidare il pavimento. Non ho mai sciato, ma credo che, se un giorno provassi, mi accorgerò d'aver imparato per mezzo dei feltri in casa. Una volta, in quei poggiapiedi riconobbi le due metà del mio cappello a lobbia. Ma guai a fiatare.

La giornata trascorre fra telefonate, in cui Teresa insiste per avere sempre più gente al ricevimento, nell'incomprensibile intento di aggravare volontariamente una situazione già disperata. La sento gridare all'apparecchio:
« Dovete assolutamente venire, se no mi offendo... Manda a monte tutto.... Porta anche lei!... Porta anche lui!... Porta anche loro!... Mio marito sarà felicissimo ».
Io rabbrividisco, ma non posso interloquire. E sfoglia vecchi taccuini, agende, elenco telefonico, per trovare nuovi numeri e convocare altra gente. Si direbbe che il suo terrore sia che tutti trovino posto a sedere.

Uno dei problemi che sconvolgono Teresa in queste circostanze è che cosa offrire agl'invitati. Ho spesso pensato che il mezzo migliore per farli divertire, sarebbe invitarli un paio d'ore prima, ad assistere ai preparativi della festa. E sarebbe anche il più economico. Ma Teresa si perde dietro sciocchezze. Parla di torte, di gelati, di bevande, di dischi per ballare. Tutte cose che, ripeto, raggiungerebbero pienamente lo scopo di far passare alcune ore piacevoli agl'invitati, sol ch'essi potessero assistere alle discussioni e complicazioni che comportano prima.
Viceversa, essi se le godranno, per modo di dire, quando quelle cose avranno perso tutta la loro forza esilarante. Vedranno arrivare una torta su un vassoio, portato con mani sia pure tremanti, ma guantate, da una selvatica servente sulle mosse di darsi alla fuga. Ma che cos'è, questo, in confronto con quel che avviene prima? Che volete che siano una fetta di torta, un aperitivo, un balletto? Vuoi invece veramente divertirli? Ma falli assistere al modo con cui mi accogli, quando io

arrivo con la torta comperata, e all'immancabile gesto di gettarmela in faccia.

Un altro problema grave è quello della servitù. Di solito, in queste giornate, a un certo punto la donna di servizio, quasi impazzita, si licenzia.

Una mattina ch'era capitato appunto questo caso disgraziato, Teresa telefonò a un'agenzia perché ci mandassero una cameriera. La prima a presentarsi fu una vecchia signora dall'aria regale ma molto triste, e Teresa le disse:

«No, no, io voglio una ragazza, sono abituata a trattare male, e una ragazza non s'offende».

La vecchia signora dall'aria regale insisteva:

«Non m'offendo nemmeno io, provi, provi». E si metteva in posa, porgendo una guancia, come per ricevere uno schiaffo. Ma Teresa fu irremovibile. Per tutta la mattinata s'avvicendarono i tipi più strani, tutti scartati. A una cert'ora del pomeriggio, arrivò una tale con cappello e pelliccia. Teresa la squadrò con occhi di basilisco.

«Questo cappellino non mi va,» le disse subito, indicandole la porta «fili, fili!»

Non vi dico come me la godetti quando, partita costei, si venne a sapere che non era una delle cameriere mandateci dall'agenzia, ma la moglie del mio capufficio, che Teresa aveva invitata, ma che non conoscevamo di persona.

Ho detto: come me la godetti. Rettifico: come stavo per godermela. Perché mi accingevo per l'appunto a godermi la confusione di Teresa, con la speranza che la lezione le servisse per l'avvenire, quando lei mi scagliò parte del vasellame addosso, avendo scoperto, in base a non so quali sottili argomentazioni, che la colpa di tutto, anche in questo caso, era mia. Figurarsi se fossi stato io a cader nell'equivoco. Il risultato fu che quando, in pieno ricevimento, arrivò una vera cameriera, ben messa, mandata dall'agenzia, fu accolta con grandi riguardi in salotto e fatta sedere per circa mezz'ora al posto d'onore.

Ma l'altro giorno, dovendo risolvere d'urgenza il problema della servitù dimissionaria in occasione della festa di Teresa, ho avuto una trovata di genio, per esporvi la quale consentitemi una parentesi con un breve salto indietro.

Dovete sapere, dunque, che qualche anno fa ero stato a consultare un famoso psichiatra circa le condizioni mentali d'un'altra signora, che a quell'epoca viveva con me (facendomi lentamente morire). Condizioni che mi davano serie preoccupazioni, non tanto per la salute di lei, quanto per la mia. Gli descrissi il modo di comportarsi della signora nei miei riguardi, modo che mi rendeva più che certo della sua pericolosa pazzia.

Lo scienziato mi disse che per pronunziarsi circa lo stato dell'inferma e l'opportunità da me prospettatagli d'un di lei internamento in manicomio, era indispensabile ch'egli la visitasse, o almeno la vedesse. Obbiettai ch'era impossibile avvicinarla. Il che purtroppo era la verità. Non solo costei sarebbe diventata una belva, se soltanto le avessi accennato all'eventualità d'una visita medica, ma una delle molte forme della sua pazzia consisteva nel non voler nessuno tra i piedi. Lo psichiatra mi disse che questo era un caso preveduto e che, in tale circostanza, la cosa migliore sarebbe stata fingere che la persona da visitare fossi io ed indurre la signora ad accompagnarmi, o ad assistere alla visita.

Anche questo era impossibile, in quanto costei aveva un'avversione mortale per le visite ai medici, e non faceva entrare nessuno in casa, per nessuna ragione. Figurarsi che io dovevo ricevere i mei amici sul pianerottolo delle scale. Né io stesso avrei adottato il trucco suggerito dallo psichiatra, perché non si sa mai, non avrei voluto correre il rischio di finire io al manicomio.

Allora lo scienziato, che è un vecchio filantropo, si dichiarò disposto a fingersi fattorino, o qualunque altra cosa, per poter entrare in casa nostra.

Quella volta non potei profittare dell'offerta, perché nemmeno ai fattorini era concesso varcare la soglia di casa nostra.

L'unica possibilità per avvicinare la signora sarebbe stato fingersi pedicure, avendo ella estremo bisogno di questo personaggio. Ma lo psichiatra filantropo mi disse, desolato, che non sapeva tagliare i calli.

Chiusa la parentesi.

L'altro giorno, con l'acqua alla gola, mi ricordai dell'episodio, andai dallo psichiatra, gli raccontai non so che storia di pazzie di Teresa e d'impossibilità di farla visitare, e lo scongiurai di venire quella sera in casa, fingendosi cameriere. Così, per quella volta, era risolto il problema, e non occorreva nemmeno mettere Teresa a parte della commedia, perché in queste circostanze lei è veramente come pazza.

Tornato a casa, detti la buona notizia a Teresa:

« Avremo un domestico; non è gran ché, ma non si trova di meglio; comunque, m'è sembrato una persona colta e non ci farà sfigurare. E questo è l'essenziale ».

Teresa era insolitamente calma.

« Andrà bene in ogni caso » mi disse seccamente « perché anch'io, sapendoti un buono a nulla, mi sono occupata della cosa e ho trovato un altro domestico. »

« Bene, » dissi, un po' sollevato, pensando all'inganno ai danni dello psichiatra « ne avremo due. Allora, si potrebbe rinunziare al mio. »

« No, perché anche il mio non è gran ché, ma in due spero che se la caveranno. »

Mi venne per un momento il sospetto che anche Teresa si fosse rivolta a uno psichiatra, magari dicendo che il pazzo ero io, cosa ch'ella sostiene abitualmente. Ma non era così, come potei sapere dopo. E debbo aggiungere: purtroppo. S'era rivolta invece a un investigatore privato.

« Ogni volta che dò un ricevimento, » gli aveva detto « scompare in casa qualche oggetto di valore e non arrivo a scoprire chi sia il ladro. Venga lei stasera, fingendosi domestico, così, mentre fa circolare i rinfreschi, potrà tener d'occhio la massa degl'intervenuti. »

Poco dopo, cominciarono ad arrivare gl'invitati, quasi assieme a due personaggi che si qualificarono ognuno come il nuovo cameriere. Uno era stralunato, spettrale, coi capelli irti e il volto scavato che ricordava quello d'un fantasma. Era lo psichiatra. Lo presi un momento in disparte.

« Non so come esprimerle la mia riconoscenza, professore, » gli dissi in fretta, stringendogli nascostamente la mano « per il fatto ch'ella si presta a questa dura finzione, allo scopo di venirmi in aiuto in un momento tanto grave della mia vita. Non lo dimenticherò mai. Mi raccomando, non faccia capire a nessuno il vero esser suo. Cominci col far girare questi aperitivi. »

« Lasci fare a me » fece costui, pieno di fervore.

E, toltosi il soprabito, apparve in un liso e striminzito frac da cameriere, che non mancò di commuovermi. Ma l'essenziale era non far capire né a lui né al poliziotto che li avevamo fatti venire unicamente per servire i rinfreschi, in qualità di camerieri.

L'investigatore, del quale per altro io ancora ignoravo la vera qualità, era un ometto tarchiato, con un faccino tondo e lo sguardo spento, anch'egli con un vecchio frac da cameriere sotto il soprabito. A lui fu Teresa a stringer segretamente la mano, mormorando:

« Mi raccomando, che nessuno capisca chi è lei. Cominci con questo vassoio di tartine e pizzette napoletane ».

Teresa credeva che lo psichiatra fosse un vero cameriere e a lui riservò i compiti più duri, piuttosto che all'altro, di cui ben sapeva ch'era un investigatore. Altrettanto feci io con quest'ultimo, convinto che fosse un autentico cameriere.

Lascio a voi immaginare come si svolse la festa, in cui i camerieri erano un filantropo psichiatra e un poliziotto camuffato, la padrona di casa era sospettata come pazza e gl'invitati lo erano come ladri o cleptomani.

A onor del vero, il vecchio filantropo, benché lo sfruttassimo ignobilmente per farci servire e Teresa lo strapazzasse spesso e volentieri, fu ammirevole. Non come cameriere, no. Anzi, direi che come cameriere lasciò un po' a desiderare dal punto di vista della celerità e dell'agilità. A un certo punto rovesciò un vassoio addosso alla moglie del prefetto, e questo fatto non fece che avvalorare indirettamente quanto gli avevo detto circa le condizioni psichiche di Teresa.

Quanto al poliziotto, anch'egli fu di scarso rendimento, come cameriere. Ma stava sempre fra i piedi, cercando di cogliere qualche invitato sul fatto.

Profittai dell'incidente del vassoio per proporre a Teresa di licenziare il mio domestico; egli stesso, ormai, sollecitava il provvedimento, avendo raggiunto risultati positivi, mi disse. Ma Teresa si oppose. Il fatto è, come seppi poi, che il licenziamento le era stato vietato dal poliziotto, il quale aveva concentrato i sospetti proprio sullo psichiatra, a causa del suo contegno enigmatico. Anzitutto saltava agli occhi che costui non sapeva fare il cameriere. Al poliziotto bastò uno sguardo per intuire la simulazione. E poi il vecchio, più che del servizio, pareva occuparsi della padrona di casa, cercando di farla parlare, con domande affatto inconsuete per un domestico.

Teresa sapeva bene che i furti erano una sua invenzione, ma non poteva confessare al poliziotto d'averlo fatto venire in casa unicamente come cameriere. Quindi non poté vietargli in più d'un caso di cercar di palpeggiare o almeno sfiorare qualche invitato o invitata, per accertarsi che non nascondesse una posata. Perché, naturalmente, i sospetti dell'investigatore non si limitavano allo scienziato. Ma particolarmente questi fu fatto segno di tali investigazioni, che lo impressionarono penosamente, costringendolo ogni tanto a mettersi in salvo con una faccia severa e scandalizzata.

Dal canto proprio, vedendosi braccato e fatto segno alle singolari attenzioni da parte del presunto cameriere, egli cominciò a sospettare che anche questi, come la padrona, non fosse del tutto in possesso delle proprie facoltà mentali. E forse non aveva torto.

Il fatto più grave avvenne quando io, vedendo complicarsi

le cose, cominciai a perder le staffe e lo psichiatra, per conseguenza, a sospettare che anche io fossi matto.

Ormai desideravo ardentemente che qualcuno rubasse un oggetto di valore, pur d'uscirne con decoro. Ma a un certo punto come Dio volle, tuonò il « fermi tutti, nessuno abbandoni la casa! », lanciato dal poliziotto.

Ne profittai per darmi alla fuga. La conclusione la lessi poi nei giornali: il poliziotto voleva arrestare lo psichiatra, il quale voleva metterlo al manicomio insieme con Teresa. Ma lo psichiatra, quando cominciò a raccapezzarsi nella faccenda, purtroppo impazzì. La sua follìa, per fortuna non pericolosa, consisteva soprattutto nel credersi un perfetto cameriere e offendersi se non si accettavano le sue bibite, stranamente manipolate, ch'egli finiva per gettare addosso agl'invitati. Bisognò portarlo al manicomio, che d'altronde era la sua dimora abituale.

Il poliziotto fu preso da traveggole quando si scoperse che, non si sa come, diversi pezzi del servizio d'argento erano finiti nelle sue tasche.

Teresa mi va cercando. E io sono qui a raccontarvi la storia, solo ormai, e tranquillo, sereno. Sono stato messo al bando della società. Ma almeno vivo senza pensieri.

Il primo dei caduti

Nelle prime ore del pomeriggio, Pietro uscì amareggiato e si rifugiò all'ufficio. Non era necessario che ci andasse, essendo sabato. Lo faceva per disperazione, per scappar di casa.

Da solo, nella stanza polverosa che andava a poco a poco riempiendosi d'ombra, Pietro continuava dentro di sé a discutere con la moglie assente. Il che gli era molto più facile che discutere con lei presente. Tra l'altro Carla, come molte donne, considerava la logica un'offesa. Per lei la ferrea stretta d'un sillogismo, la morsa di un dilemma, l'evidenza d'un assioma, erano altrettante sopraffazioni. Disgraziatamente, Pietro era un ragionatore.

Di fronte a un sillogismo, Carla non s'arrendeva né replicava con un sofisma, o con un'ipotesi per absurdum, o che so io; ma era capace di opporre questa sola parola, a cui pretendeva dare il valore d'un'argomentazione: « Delinquente ». Il fatto è che, ignorando che si trattava d'un sillogismo e sentendosi messa con le spalle al muro da qualcosa di cui non riusciva a trovare il punto debole nell'implicita petizione di principio, riteneva questa una vera e propria mascalzonata e rispondeva con ingiurie, lancio di oggetti e alla fine con l'arma che teneva in serbo per ultimo: le lagrime; si metteva a piangere, proclamando se stessa la più disgraziata donna del mondo e lui una canaglia che, sapendola malata (di che male, poi? era lui che si sentiva male in questi casi, ma non si ricordava mai di servirsi d'un simile argomento), la torturava con scenate (che era soltanto lei a fare). Una cosa del genere doveva capitare forse tra Socrate e Santippe. (Detto inter nos, bisogna anche riconoscere che la logica, usata con chi non possiede questo dono, è effettivamente una sopraffazione; che in certi casi alla stretta d'un ragionamento ineccepibile non si può rispondere che con una bastonata; e che l'aver sempre ragione è cosa asfissiante e offensiva, che bisogna farsi perdonare).

"Lei non si preoccupa — pensava Pietro — di dove tiro fuori i quattrini. Non pensa a una mia malattia. Fidarsi nella Provvidenza, sta bene. Io sono dispostissimo a sentirmi uccello dell'aria e giglio del prato. Ma chi non è disposta a sentirsi giglio del prato è lei, che i vestiti li vuole da me. E, se mi ammalassi, non sentirebbe ragioni".

Perciò teneva quel gruzzolo nascosto in casa (non alla banca, perché poteva occorrergli all'improvviso. O non si sa mai, poteva venire una moratoria). Quanto alle spese, molte le considerava inutili. E, da un punto di vista strettamente razionale, non gli si poteva dar torto in quanto che, per esempio, di cappelli è sufficiente averne uno, una essendo la testa, e magari un altro o altri due di ricambio; ma basta.

A parte questo, Pietro aveva un concetto quanto mai grossolano della vita in genere. Secondo lui, ogni cosa valeva in quanto rispondesse alla propria funzione. Così, per esempio, un cappello doveva soltanto coprire il capo e ripararlo dalle intemperie; a momenti, qualsiasi oggetto adatto a questo scopo egli lo considerava un cappello, indipendentemente da piume, nastri, fiori e fronzoli. Con uno degli eccessi consueti al razionalismo commetteva l'errore di non concepire la funzionalità dell'ornamentale e più ancora dell'inutile.

146

Figurarsi, quindi, come doveva ripugnare alla sua mente la richiesta d'una pelliccia nuova da parte di chi ne aveva già due e in ottimo stato.

Nella stanza polverosa, egli continuava a polemizzare con sua moglie riportando trionfi oratorii dovuti unicamente al fatto che la moglie non c'era; le diceva tutto quello che non aveva il coraggio di dirle nella realtà: che lei era una sanguisuga, che non aveva nessuna pietà di lui, che aveva una riserva inesauribile di desideri e che, se egli l'avesse contentata nella pelliccia, lei avrebbe subito desiderato una borsa di coccodrillo; e dopo la borsa, le scarpe del medesimo alligatore; e via via, contentato un desiderio veniva fuori quello immediatamente successivo.

S'era fatto buio. Uscì. Subito fuori della porta — l'ufficio era al centro della città — si scontrò a faccia a faccia con un conoscente, un levantino mercante di tappeti, che dopo avergli gridato: «Dove va con questa faccia di funerale?», lo trasse in disparte sul marciapiedi e tutto arzillo gli disse:

«Vuol guadagnare molti quattrini? Mi trovi del cotone da comperare, stampato e unito, fiocco, crêpe Georgette, schantung...».

Pietro non arrivava a capire perché costui si rivolgesse a un profano invece che a uno dei molti negozi che c'erano intorno.

«Non si trova questa roba» gli spiegò l'altro. «Hanno nascosto tutto. Bisogna avere qualche conoscenza nelle fabbriche. Ho all'albergo un gruppo di amici venuti apposta per comperare. Sono lì che aspettano. Coi quattrini in mano. Milioni. Qualsiasi quantitativo.»

«Lasci i suoi lavori» aggiunse allegrissimo, salutandolo: «Ci sarà la guerra. Bisogna fare la borsa nera, edesso'. E lo piantò in asso.

Pietro rimase solo in mezzo alla strada. C'è la guerra? Che significava? Era appena finita la seconda guerra mondiale, e già ne scoppiava una terza? Vedeva con la fantasia in una stanza d'albergo semibuia alcuni vecchioni orientali seduti, con lunghe barbe bianche, turbanti in capo, barracani e con fasci di banconote in mano, che aspettavano il crêpe Georgette.

L'urlo d'uno strillone che gli passò accanto, gridando non so che notizia della Corea lo riscosse. La situazione internazionale era diventata estremamente tesa. Si temeva che da un momento all'altro scoppiasse la guerra.

Intorno la città, che andava accendendosi di luci, era, come ogni sabato sera, presa da una specie di frenesia. Ma a Pietro pareva che tutti corressero a comperare, a comperare. Vedeva frotte passare da un negozio all'altro, con pacchi e scatoloni. Gli pareva che saccheggiassero le botteghe.

A un tratto si ricordò del pacchetto di banconote che teneva nascosto in casa. Ma possibile che dovesse capitargli sempre così? C'era già caduto una volta, con l'altra guerra. Gli erano diventati quasi carta straccia in mano. Dunque, non poteva metter da parte qualcosa? I quattrini gli era più facile guadagnarli che conservarli. Anche questo, colpa di sua moglie. Se mai avesse accennato con lei alla possibilità di comperare qualcosa che domani potesse rivendere senza perderci, lei sarebbe scattata: « Per questo i quattrini li trovi, eh? Ma per la pelliccia di tua moglie, no ».

Ma ora bisognava comperare, comperare. Tutti correvano, tutti si agitavano. Soltanto lui era come un pulcino nella stoppa. Gli pareva che tutti corressero a investir capitali. E che tutto dovesse crescer di prezzo, come l'altra volta. Ricaderci? E domani è domenica.

Una specie di panico lo invadeva. Gli veniva l'impeto di entrare nel primo negozio e comperare un oggetto qualsiasi. Ma vediamo. Con calma. Da tempo aveva bisogno d'un ombrello, d'un paio di scarpe. Se avesse comperato un ombrello elegantissimo? Ma nelle compere era assai lento. Andava coi piedi di piombo, specie in fatto di scarpe. Prima di decidersi ci pensava settimane. Era di quelli che s'informano, confrontano e alla fine rinunziano. Un orologio di marca? Nell'altra guerra, chi aveva pensato in tempo a comperare automobili, orologi, macchine fotografiche o da scrivere, e perfino penne stilografiche, aveva fatto ottimi guadagni. E in ogni caso non aveva perduto il proprio danaro.

« Forse » pensò « è già tardi, tutto sarà già cresciuto di prezzo, dovevo comperar prima. »

Si ricordò che anche nell'altra guerra, vedendo i prezzi cresciuti, non aveva comperato e poi s'era accorto ogni volta che sarebbe stato un buon affare comperare anche coi prezzi cresciuti, perché questi continuavano a crescere.

Ma di fare una spesa forte, così, sui due piedi, non se la sentiva. Gli veniva il mal di mare solo a pensarci. Era come uno che sta sul trampolino e non ha il coraggio di tuffarsi. Passava davanti alle gioiellerie e cercava una giustificazione per non decidersi.

Sua moglie, sì. Lei era bravissima a spendere, rapidissima. Purtroppo, soltanto per cose che servivano a lei, o inutili.

Si fermò davanti a una vetrina piena zeppa di roba da mangiare. A che scopo aver fatto sempre economia? Poi viene la guerra. Ma sì. Un tacchino con la gelatina e i tartufi. Lo porterà a casa.

Ma che gli risolveva il tacchino? Tirò avanti.

« Insomma » disse a se stesso « compera una cosa qualunque. Al diavolo tutto! »

Entrò in una pasticceria. Per cominciare avrebbe portato a casa un cartoccio di paste.

« Quante? » domandò la commessa.

Erano in due, lui e la moglie.

« Quattro. »

Il pacchetto era piccolissimo. Si sarebbe messo a piangere. Adesso ce l'aveva con se stesso. Gli venne una pena improvvisa per sua moglie. Malgrado tutto, lei in fondo vedeva giusto. Meglio una pelliccia inutile, che un pacchetto di cartastraccia. Tanto, se non li spendeva, i quattrini glieli portavano via le guerre. Altri con le guerre riescono a guadagnarli. Lui li perdeva. E allora...

« Un gettone del telefono. »

All'altro capo del filo gli rispose una voce flebile, di moribonda. Pietro la vedeva con la fantasia buttata sul letto, scarmigliata, nella casa buia, dopo il pomeriggio sprecato.

« Pronto, pronto. Ci ho pensato, comprati la pelliccia... Come? No, subito; domani è domenica... Mal di capo? Ma fa uno sforzo, ci tengo... Come?... Stanno in casa; volevo farti una sorpresa per Natale; prendi la chiave dello scaffale, monta sulla scrivania; nell'ultimo ripiano, dietro i libri di storia, c'è una cartella con l'intestazione "Appunti" legata con uno spago; nella cartella, fra altre buste, ce n'è una chiusa su cui è scritto "Trattato di Villafranca"; dev'essere involtata in un giornale... »

All'altro capo del filo già non rispondeva più nessuno.

"Speriamo che creda alla sorpresa per Natale", pensò Pietro uscendo dalla cabina, un po' pallido.

Fuori, stordito dalle scritte luminose e dal chiasso, sballottato dalla folla nel fuggi fuggi del sabato sera, s'avviò col cartoccio dei dolci, piccolissimo, in mano.

La guerra non venne.

Premio all'umile

Nell'angolo più buio del caffè, fissando l'ambra d'un liquore che restava intatto sul tavolo, Ludovico Perrier aspettava. Decisione irrevocabile, gli avevano detto, ma lui non si sentiva tranquillo.

Era andata così. Il grande industriale Le Bonnet volendo fare un po' di pubblicità ai suoi cucirini con un sistema che non fosse dei soliti aveva pensato a un premio. Un premio a qualcuno per qualche cosa. S'era confidato col suo amico Mariban, scrittore e giornalista famoso e gran manipolatore di premi. La cosa non era semplice. Premi letterari ce n'erano fin troppi. S'era arrivati al punto che bisognava cercare col lanternino qualcuno che non ne avesse ancora avuti almeno un paio. Lo stesso press'a poco quanto a premi di pittura e artistici.

Esisteva anche un premio per gli oscuri eroismi.

Ma anche in questo il grande cuore di Mariban era inesauribile. Da tempo egli aveva un'idea gentile: premio al reporter. Perché no? Anch'essi hanno diritto. Ed egli era felice quando poteva dare un premio a uno (danneggiando un altro, possibilmente).

Naturalmente non si poteva premiare un reporter per avere portato una certa notizia prima d'un altro. Occorreva premiare una lunga vita di lavoro. Perché se parecchi reporter hanno il bastone di maresciallo nello zaino (quanti scrittori di grido e uomini politici avevano cominciato col "fare i Commissariati?") ve n'è anche di quelli che, diventati bravissimi, restano reporter. Così la giuria si trovò subito d'accordo: il premio andava dritto come un fuso a Perrier, il più quotato e il più vecchio reporter di Parigi: quarant'anni di lavoro.

Informato qualche giorno prima riservatamente, Ludovico non credeva ai propri orecchi. Il nome sui giornali era un vecchio sogno segreto di lui, costretto a vivere fra tanti colleghi celebri.

Intendiamoci: esser reporter da quarant'anni del più grande giornale parigino è cosa a cui bisogna far tanto di cappello. Ludovico dava del tu a ministri e deputati, a scrittori e artisti famosi, entrava senza farsi annunciare dal Prefetto e dal Questore, faceva favori a dirigenti d'ospedali e di teatri, la sua presenza era ambita in tutte le feste mondane benefiche, insomma era in un certo senso una potenza. Ma queste cose il pubblico le ignora.

In verità i conoscenti e il parentado lo tenevano in gran conto sapendo che lavorava da tanti anni nel potente organismo. Per gli amici della partita serale a carte Perrier era il personaggio più importante della combriccola. I vicini di casa erano fieri di stringergli la mano quando lo incontravano per le scale e di scambiare quattro chiacchiere con lui sulla situazione politica. Anche la moglie lo considerava un uomo autorevole. Ogni tanto per mezzo suo poteva dare alle amiche qualche posto di favore a teatro e questo le creava un prestigio straordinario. Le amiche dicevano: « Lucia è addentro... »; e a lei: « Domanda a tuo marito se la guerra si farà o no... se il prezzo del latte... se i fitti... ». E più o meno Ludovico dava notizie che poi si dimostravano fondate.

Inoltre si sapeva che, quando c'era un avvenimento cittadino importante, questo si ripercoteva in un modo o nell'altro in casa Perrier. « Mio marito non c'è » diceva la signora Lucia alle amiche « perché oggi arriva lo scià di Persia... Giuliana d'Olanda... È al pranzo dei metallurgici... È all'inaugurazione della *Foire*, chissà a che ora si sbrigherà. » E le amiche ad occhi sgranati vedevano con la fantasia Ludovico che s'inchinava galantemente alla regina Giuliana, che percorreva i padiglioni in fila coi ministri, che stringeva la mano allo scià, accendeva il sigaro a Churchill, sorrideva a Margaret.

Per di più Ludovico era l'unico nel suo *entourage* che possedesse il frac (questo è tra i ferri del mestiere del reporter). Quando Lucia, alzandosi, diceva alle amiche raccolte attorno a una teiera: « Debbo correre a casa a preparare il frac di mio marito perché stasera c'è il ricevimento a palazzo Borbone », le amiche impallidivano leggermente e, come attraverso uno spiraglio, intravedevano un mondo favoloso nel quale esse non sarebbero mai entrate e che per Ludovico era l'elemento naturale. E un poco anch'esse si sentivano importanti per il fatto di conoscere la moglie di uno che, ecc. ecc.

Tutte belle cose, d'accordo, ma che dell'importanza di Ludovico davano un'alta quanto nebulosa idea.

Era bene che si sapesse, invece.

Quando la sera, in gran segreto e senza dar troppo importanza alla cosa, Ludovico accennò con gli amici della partita alle onoranze che gli si preparavano, costoro rimasero senza fiato. Poi Canterel, il ragioniere della *Samaritaine*, dopo aver confabulato brevemente con gli altri, parlò a nome di·tutti: sarebbero venuti anch'essi alla *Coupole* (il premio doveva esser consegnato con solenne cerimonia nell'immenso caffè di Montparnasse, durante una cena); chiunque poteva partecipare pagando la quota; era un omaggio doveroso. Nel primo momento Ludovico si schermì, non era il caso che si scomodassero; ma in segreto gli faceva piacere che assistessero alla sua apoteosi.

Anche i vicini di casa seppero — da Lucia — e un gruppetto

di mariti e mogli decise d'esser presente. «Allora» disse Lucia malgrado le resistenze di Ludovico «vengo anch'io, starò con loro, prenotiamo un tavolo, non ti diamo nessun fastidio.»

Ormai Ludovico lasciava fare, non capiva niente, viveva come in un sogno.

E adesso era lì nascosto nel piccolo caffè di Montparnasse a cinquanta passi dalla *Coupole*, in attesa della chiamata e soffriva le pene dell'inferno. La proclamazione doveva avvenire dopo il pranzo. E se frattanto la giuria avesse cambiato idea?

Mariban gli aveva assicurato, ma non si sa mai; se ne sentono tante. Com'erano lente le lancette dell'orologio!

Ma ecco entra correndo un collega, lo afferra, lo trascina via, "ti aspettano". Ludovico vede tutto come attraverso una nebbia.

Quando entrò nell'immensa sala piena di tavole affollate, era pallido come un morto e al grande applauso che lo salutò le gambe quasi gli si piegarono. Vide per primi a due tavolini presso la porta gli amici della partita serale e i vicini di casa con la moglie, che gli facevano cenni entusiastici battendo le mani più forte di tutti.

C'era il gran mondo letterario, artistico e giornalistico. Mariban era un mago per queste cose. Col suo *habitus* di reporter divenuto in lui una seconda natura, Perrier aveva già visto tutti e alcune parole gli ronzavano dentro: pubblico delle grandi occasioni... notati fra i presenti...

Conosceva tutti.

Molte facce le aveva viste in mille altre occasioni. Di molti, che non se l'immaginavano, sapeva vita morte e miracoli. E quante belle signore eleganti!

Erano lì per lui, ora.

Vedeva tutto sfocato. Tirato e spinto nella ressa, senza capire niente di quello che faceva, arrivò davanti al lungo tavolo della giuria, dove Le Bonnet in persona, seduto al posto d'onore fra due dame, gli tese una busta ch'egli macchinalmente ficcò in tasca, mentre da ogni parte scattavano i lampi di magnesio dei fotografi e s'udì qualche piccolo battibecco subito sedato e qualche voce: « Seduti! ».

Poco lungi dall'industriale munifico, Mariban presidente della giuria, accaldato, raggiante, col cuore negli occhi e le labbra atteggiate a parole buone, faceva al premiato sorrisi di congratulazione affettuosa; davvero era il più commosso di tutti, forse si ricordava d'essere stato anche lui reporter in tempi lontani. E subito si fece un gran silenzio e Mariban si alzò a parlare aprendo le braccia con la bocca al microfono e il volto ispirato.

Di solito, in occasioni del genere, Ludovico prendeva appunti macchinalmente: « ...inneggia...fa voti...auspica... ». Ora poteva permettersi il lusso di farne a meno. Erano per lui quelle parole e magari nello stesso momento altri suoi colleghi le scarabocchiavano in fretta per portarle al giornale prima che chiudessero la pagina. Ingigantite dall'altoparlante, interrotte a ogni periodo da applausi, giungevano confusamente all'orecchio di Ludovico, come da un altro mondo, tra i lampi di magnesio dei fotografi, le frasi di Mariban: « Abbiamo voluto una volta tanto premiare l'oscuro... il modesto... Quest'uomo che per tutta la vita è rimasto nell'ombra d'un lavoro umile, ma anch'esso necessario... Questo milite ignoto d'una quotidiana battaglia di cui il pubblico conosce soltanto i capi, i condottieri, i vessilliferi... quelli che suonano le trombe dell'attacco o le cornamuse del pezzo di colore... Il pubblico non sa che, perché gli si dia un quadro completo, c'è anche chi oscuramente va da un Commissariato a un ospedale, nel puzzo di creosoto d'una Questura, per avere un nome, la velina d'un fonogramma... Quelle due righe, quella notizia conquistata, talvolta carpita, che poi altri svilupperà, è lui... ».

Era lui, sì, l'oscuro, l'umile.

A momenti lo dipingevano come l'ultima ruota del carro.

Ludovico guardava di sottecchi, lontano, il tavolino dei compagni di giuoco che parevano un po' smontati; guardava l'altro, il tavolo della moglie, dove la signora Iolanda, l'inquilina del primo piano, ascoltava protesa, fumando una sigaretta, con una mano dietro l'orecchio per non perdere una sillaba. Poi udì un uragano d'applausi all'oratore.

Rincasò solo, a piedi, con la moglie che taceva. Gli amici e i vicini di casa se n'erano già andati per non perdere il tram salutandolo in fretta di lontano, mentre il salone si sfollava.

Domani sui giornali due righe: « Questo umile... questo ignorato... ».

Mentre si coricava Lucia disse, rompendo il silenzio:

« Non per me, lo sai bene, io non ci tengo a queste cose. Ma quella cretina della Iolanda avrei preferito che non ci fosse ».

Spogliandosi Ludovico sentì la busta in una tasca della giacca. Se n'era perfino dimenticato.

« Quarant'anni di lavoro » pensa.

Spegne la luce.

Due vasi d'ortensie

Il funzionario di notte smette di considerare in silenzio il signore vestito di nero che è in piedi davanti a lui e dà un'occhiata al foglio che il piantone gli porge.

«Uno arriva a cinquantaquattro anni» esclama «senza macchia, senza un'ombra nel certificato penale e tutt'a un tratto una sera si trasforma in ladro.»

Le due piante d'ortensie fiorite scintillano sul tavolo alla luce elettrica e con la finestra spalancata sulla città dormiente danno alla stanza polverosa l'aspetto delle notti di calendimaggio che si vedono nei drammi in costume del Trecento fiorentino, in cui da una finestra aperta su un plenilunio fatto dai riflettori entra un tintinnio di mandolini.

«E per rubare che cosa, in nome del Cielo? Capirei un oggetto di valore. O un pezzo di pane se uno ha fame. Ma bisogna esser pazzi a rovinarsi la reputazione per una sciocchezza.»

Il funzionario si volge a un giovanotto seduto davanti alla macchina per scrivere.

« Il 20 aprile corrente... » detta.

(Era il periodo della fiera, quando a Milano rutilante la sera di scritte luminose e pantagruelica arrivano dai quattro punti cardinali lente carovane di mercanti in caffettano e passano nell'aria accecanti squilli di Rimski Korsakov.)

« ... alle 2 e 10 la guardia notturna Medaglia Attilio di servizio in piazza Duomo... »

(Sulle vetrate gotiche palpitavano i rossi bagliori delle opposte luci, sì che sembrava che nel segreto della cattedrale chiusa si svolgessero nottetempo diaboliche tregende.)

« ... scorgeva un individuo che portava a braccia due vasi con piante di fiori. »

Il funzionario aspetta che il dattilografo lo raggiunga col ticchettìo.

« Non avendo costui saputo giustificarne la provenienza lo accompagnava in questo ufficio dove egli, identificato per il nominato in oggetto, dichiarava in un primo tempo di aver comperato i vasi per 200 lire da un cameriere di caffè; ma in seguito opportunamente interrogato confessava di averli rubati davanti a un caffè, dove vasi con fiori vengono lasciati in apposite cassette come ornamento intorno al recinto destinato ai tavolini. »

Il signore vestito di nero vorrebbe interloquire, ma il funzionario gli fa cenno d'aspettare.

« A domanda risponde d'avere asportato i vasi per farne omaggio alla tomba della moglie ch'egli si doveva recare a visitare la mattima seguente e perché sprovvisto di mezzi per l'acquisto di fiori. »

Mentre continua il ticchettìo della macchina, il funzionario si volge al signore vestito di nero:

« E lei, per fare omaggio alla tomba di sua moglie, ruba? Questo è peggio che non portare niente. Che valore ha un omaggio sontuoso, ma di provenienza furtiva? ».

Si capisce che lo stuzzica non perché si aspetti elementi utili alla modesta indagine; il caso, semplicissimo, è già esaurito e le giustificazioni non muterebbero nulla; ormai soltanto un interesse umano lo spinge a indagare perché un uomo che in tutta la vita è stato onesto, all'improvviso rubi, sia pure per portar fiori alla tomba della moglie; anzi è proprio questo che dà al furto un carattere speciale e rende la spiegazione più strana del fatto.

Di fronte al silenzio del signore in nero, gli porge un foglio da firmare e riprende a dettare:

«In considerazione degli ottimi precedenti il descritto in rubrica che risulta da questi atti incensurato viene denunziato a piede libero».

Mentre il signore in nero esce, lo guarda alle spalle come fosse un enigma.

Signor commissario. Lei non sa che cosa terribile sia il pomeriggio della domenica. Gli altri giorni si lavora per vivere e la domenica dovrebbe essere riservata a questo famoso vivere. Ma che cosa significa vivere? E come si fa a vivere? Gli altri giorni siamo al lavoro, le mogli s'occupano della casa e ci vediamo soltanto la sera. A un certo punto si ha poco o niente da dirsi e la notte ci dispensa dall'obbligo della conversazione. Ma la domenica! Il signore vestito di nero sentiva ogni settimana con terrore avvicinarsi questa giornata vuota in cui non si sa cosa fare e si tirano le somme della vita. Tutt'altro che ricchi, senza figli, lui e sua moglie finivano con l'uscire nel pomeriggio per una passeggiata in centro. Senza meta e senza scopo andavano sballottati nella ressa della gente sbandata. In certi punti era come risalire a fatica una corrente impetuosa di persone senza meta. Le vetrine erano un'esposizione dei desideri insoddisfatti, una rassegna delle cose che si sarebbero volute e non si avevano, dei rimpianti e dei rancori segreti. Non si dicevano niente di questo, ma lui lo sentiva. A una certa ora i piedi dolevano per il lento striscire tra la folla stanca sui marciapiedi cosparsi di pezzi di carta e dei tristi detriti della festa.

Una domenica, passando in Galleria davanti a un caffè elegante coi tavolini fuori, la moglie ne vide uno libero nell'angolo del recinto fiorito e disse: «Ci sediamo a prendere un gelato? ». « Perché farci spolpare qui? » disse lui. « Se sei stanca e vuoi prendere un gelato andiamo in un locale meno pretenzioso e altrettanto buono. » La condusse in un latteria d'una strada secondaria dove non c'erano né fiori né musica e nemmeno folla; anzi il locale era quasi deserto; ma in compenso i gelati erano buoni come nell'elegante caffè e i prezzi molto più accessibili.

Soltanto dopo che la moglie fu morta, il vedovo − riflettendo in continuazione su molte cose di cui prima non s'era nemmeno accorto − capì ciò che lei desiderava quella domenica.

Non voleva il gelato, non voleva riposarsi. Voleva una volta tanto sentirsi degna che anche per lei si facesse una piccola follia. Voleva una volta tanto sedersi anche lei in un caffè alla moda tra la gente e i fiori. Forse molti che vediamo seduti in quei caffè ci vanno di rado, magari soltanto quella volta e non ci torneranno più. Ma coloro che non ci vanno mai pensano che si tratti di esseri privilegiati che li frequentino abitualmente mentre essi sono esclusi da quel mondo favoloso. La moglie del signore in nero non era stata mai condotta da lui in uno di quei caffè. Mai avevano buttato qualche biglietto da mille per una inutile pazzia. Che poi sarebbe andata a vantaggio di tutt'e due. Sempre la testa sulle spalle. Anche nei rari divertimenti avevano fatto le cose con avvedutezza: gli alberghi più economici in viaggio, le trattorie più modeste, i secondi posti a teatro, aspettavano che i film arrivassero nei cinema rionali. Che cos'era quella domenica sedersi in quell'angolino tra le piante fiorite? Non siamo dei ragazzi.

Quante volte il signore in nero aveva pianto, poi, per quella domenica, quante volte s'era dato dell'imbecille e che cosa avrebbe pagato per tornarci un'ora sola! Il rimorso gli attanagliava il cuore e l'irreparabilità della cosa, il non poter tornare indietro, quel "troppo tardi" gli avevano dato la disperazione. Portarle fiori al cimitero? Ci faceva la birra, lei, ora, coi fiori, sottoterra. Lui pensava che fare economia fosse anche nell'interesse di lei.

Quella notte, passando davanti al caffè chiuso col recinto

dei tavolini vuoto all'esterno e i fiori intorno, aveva rivisto quell'angolino e gli erano tornati un dolore, un rimorso, una disperazione intollerabili; erano quello stesso angolo, quegli stessi due vasi, proprio quelli fra i quali lei voleva sedersi, ma lei non c'era più. Li aveva rubati. Per portarglieli sulla tomba e avere lui finalmente pace.

Pantomima

I

LA POSIZIONE ORIZZONTALE

Nella sua camera in subaffitto Adolfo si sveglia tardi. Invece di alzarsi, si mette a pensare a una giovane vedova, sua lontana parente d'acquisto, ch'egli ha conosciuto per caso in questi giorni e che vive sola e povera con due bimbi. È stato a farle visita un paio di volte di sera, in seguito a qualcuno dei frequenti litigi ch'egli ha con Teresa. Non ha potuto tentare approcci, perché c'erano i bambini presenti, ma Adolfo si propone di tornarci alla prima occasione. E intanto immagina, nella prossima visita, di trovare che i bambini sono già andati a letto. Poiché lei ebbe a dirgli una volta che soffre d'insonnia, lui le direbbe:

« Conosco un rimedio per farti dormire. Un massaggio alla fronte. Stenditi. Lasciami fare ».

Vede col pensiero le fasi e i particolari della scena. Gli sembra facilissimo, la giovine vedova è assetata d'affetto e quando lo vede arrivare s'illumina tutta.

Sempre fantasticando, Adolfo abbandona lei e passa a una

signorina che abita sola un in appartamentino sopra quello di Teresa. Spesso Adolfo la incontra nell'ascensore. È una biondina piccante e molto elegante. Teresa gli disse un giorno con disprezzo che è mantenuta da un vecchio e che è piuttosto leggera e libera di costumi. In quell'occasione Adolfo finse di dividere il disgusto di Teresa per il comportamento riprovevole della ragazza; rimase impassibile, ma il sangue gli dié un tuffo a quelle notizie e da allora egli sogna d'avere un'avventura con la elegante coinquilina di Teresa.

Immagina d'incontrarla nell'ascensore e che lei gli dica:

« Scusi se le rivolgo la parola senza che ci conosciamo ».

« Dica pure » farebbe lui affabilmente.

(Nelle fantasticherie relative ad avventure galanti, Adolfo preferisce sempre lasciare l'iniziativa alla donna, sia perché questo sarebbe l'ideale per la sua pigrizia, sia perché il terrore che ha di Teresa rende inverosimili i suoi tentativi troppo audaci e scoperti.)

« No, non qui » direbbe la signorina. « Ho bisogno di parlarle riservatamente; potrebbe venire un momento in casa mia? »

« Va bene, » direbbe lui, seguendola « ma non lo dica a nessuno. » (Questo, sempre per paura di Teresa. E anche per far sapere direttamente alla ragazza ch'ella può contare sulla sua discrezione.)

« Diamine, non sono mica una sciocca » direbbe lei.

La bionda lo introduce nel suo appartamento, lo fa sedere in salotto, dove gli offre una sigaretta, un bicchierino di liquore; poi siede in una poltrona davanti a lui accavallando le gambe e gli dice che ha desiderio di darsi al cinematografo o al teatro, e gli chiede consiglio e appoggio. Allora lui, dissimulando il proprio turbamento, le dice che il suo fisico gli sembra adatto; e con freddezza, come si trattasse d'una visita medica, le dice:

« Faccia vedere le gambe... la figura... S'alzi... Permette? »

La signorina per amor dell'arte e senza sospettare in lui

altre mire o fingendo di non sospettarle, si lascia esaminare.

Poi Adolfo torna col pensiero alla vedova. Poi a Teresa. Anche Teresa è una bella ragazza. Ma a lui non dice più niente, dopo alcuni anni di consuetudine.

Sente battere i tappeti nel cortile.

Si alza. Più per abitudine che per altro, va a dare un'occhiata attraverso il buco della serratura. L'inquilina della camera accanto, una signorina impiegata, è ancora in casa, ma ad Adolfo non riesce di veder nulla.

Pensa:

«Bisognerà che uno di questi giorni faccia un bagno. Se morissi all'improvviso, farei una figura orribile».

È disgustato di se stesso e d'aver fatto tardi.

Mentre si lava la faccia, ripensa alla giovine vedova, ma senza desiderio, anzi con stizza contro se stesso. Anche la fantasticheria relativa alla coinquilina, ora che lui è in piedi, lo lascia indifferente. La posizione orizzontale influisce.

Sente la voce del figlio della padrona di casa che domanda il martello. Non è andato al lavoro, oggi, sta accomodando qualcosa. Adolfo si ricorda che è domenica. Pensa:

«A parte la Messa, la domenica è la giornata delle valvole e dei campanelli elettrici che vengono accomodati in casa; quella in cui si taglia il maggior numero di unghie dei piedi. Si fa il bagno ai cani».

Squilla il telefono e la padrona di casa viene a chiamarlo. È per lui. Un tale che vuole un appuntamento per questioni di lavoro.

«Ho un pomeriggio pieno,» grida Adolfo nel microfono, all'altro che vuol sapere a che ora potrebbero incontrarsi «tra mezz'ora glielo saprò dire. Mi chiami fra mezz'ora.»

Invece non ha niente da fare. Ha risposto così per guadagnar tempo. Perché non sa a che ora dare l'appuntamento, non volendo legarsi. Perché non sa che cosa dire. Per non far capire che non ha niente da fare. E tra mezz'ora ne saprà al-

trettanto. Dirà un'ora qualsiasi. Magari proprio quella che gli
fa meno comodo. E la dirà proprio pensando che è quella che
gli fa meno comodo.

II

PENSIERI SEGRETI

Mentre l'amico gli parlava, Piero pensava:

« Che supplizio stare in conversazione con una persona
gentile che vi stima, con cui non siete molto in confidenza,
che dice cose che non v'interessano, e voi non riuscite a svin-
colarvi! Una specie di paralisi della volontà v'impedisce di
troncare e andarvene. Per non dar esca al discorso dell'altro,
non interloquite. Ma ogni tanto, per tema che si capisca troppo il vostro disinteressamento, dite una parola d'approvazio-
ne che più che mai fomenta il gracidio dell'altro. Voi fate uno
sforzo per sorridere e i muscoli facciali vi dolgono.

Certe volte mi fanno un discorso o un racconto che non
m'interessa e all'ultimo io non ho capito nemmeno una parola. Ma sono bravissimo a far credere che ascolto e capisco. Ho
acquistato una tale perfezione in questa tecnica, che riesco perfino a interloquire talvolta, a fare qualche piccolo commento
appropriato, senza saper di che cosa mi si sta parlando.

Converrà bene che io mi decida a dire la verità. I rapporti
coi miei simili mi sono faticosissimi. Perché:

1) salvo rare eccezioni, non so che cosa dire;

2) non m'interessa minimamente quello che mi dicono;

3) temo che capiscano queste cose.

Perché recito sempre una faticosa commedia. Quando mi
parlano, sorrido con sforzo e recito la commedia di chi ascolta,
mentre il più delle volte non sento nemmeno quello che mi
dicono. Ho acquistato tale maestria nella finzione, che essa mi

riesce perfettamente, e come ho detto arrivo perfino a fare delle osservazioni a proposito, senza sapere di che cosa si sta parlando. Ma quale fatica mi costa tutto questo! È per me uno sforzo continuo, una tensione incessante. Niente è spontaneo nei miei rapporti col mondo.

Inoltre, temo sempre che possano leggermi dentro, quel che penso. Talvolta, anche se non lo penso, mi passano per la mente giudizi offensivi per chi mi parla. Dentro di me, mentre qualcuno mi parla, dico frasi come: « Che seccatore! ». « Non m'interessa affatto. » « Che cretino! ecc. ecc. »

« Potrebbe darsi che l'interlocutore sia realmente un seccatore. »

« Novantanove volte su cento è così. »

Certe volte gli pare che l'altro debba leggergli in fronte pensieri di disistima.

III

LA VEDOVA

Dopo cena Adolfo è venuto a visitare la giovane vedova che spera di portarsi a letto. Pensava di trovarla sola, ha aspettato che si facesse tardi, s'era cambiato anche la biancheria. Invece i ragazzi sono ancora in piedi e l'hanno accolto molto festosamente, con baci e abbracci. Si vede che la vedova spera di trovare in lui un affetto e l'accoglienza dei due bimbi riflette le illusioni della mamma. I due ragazzi stavano facendo i compiti di scuola assistiti dalla mamma. Ci sono ancora i quaderni e i libri aperti sulla tavola. Insieme col senso di contrarietà, Adolfo prova un po' di pena a questa scena.

« Adesso » pensa « mi tocca di sobbarcarmi al fastidio d'una visita seria e malinconica. Almeno i due marmocchi se ne andassero a dormire. Ma non si muovono. »

Ci fosse qualche probabilità che andassero a dormire prima che lui se ne vada, Adolfo resterebbe anche fino a tardi. Ma se non vanno finché c'è lui? Gli secca di perdere il tram. Questa casa è lontanissima dalla sua.

« Dovrei trovare un pretesto per andarmene, » pensa « ma non mi lasciano andare. »

Malgrado le proteste di lui che non vuole niente, la bambina porta anche il tè con bei tovaglioli ricamati e un vassoio di pasticcini. Adolfo resta male. Pensa:

« Mi secca. So che si dibattono in ristrettezze finanziarie, addirittura nella miseria. È un grosso sacrificio per questa gente ».

La bambina è molto carina. A un tratto Adolfo si sorprende a pensarlo. Si ritrae sgomento dal pensiero molesto. « Che?! Mi metterei anche con la bambina? Sono un mostro. No, no, non lo farei. Però. Non lo so mica fino a che punto arriverei. Forse avrei scrupolo. Forse. Ma non ne sono proprio sicuro. »

Ora la mamma dice alla bambina di suonare la fisarmonica.

Nella stanza malinconica la bella bambina si mette a suonare un pezzo allegro e ad Adolfo viene una gran tristezza pensando al padre che le aveva fatto studiare questo strumento e ora non la sente. C'è la fotografia alla parete e ad Adolfo sembra quasi che il defunto lo fissi con occhio severo.

E i ragazzi non si decidono ad andare a letto. Il maschio, poverino è un po' antipatico ad Adolfo. È troppo cresciuto, per la sua età, ha quella voce di gallinaccio che hanno i ragazzi nel periodo dello sviluppo e un principio di peluria sul mento; è sempre rosso e ridente e si muove come un orsacchiotto. Certe volte sembra quasi un idiota.

Adolfo s'alza. Resiste alle insistenze, se ne va. I ragazzi lo salutano con un mondo di feste. Lo considerano un vero parente, lo chiamano zio. Adolfo pensa:

« Se Teresa immaginasse una cosa simile! ».

Teresa non sa niente di questa conoscenza e di queste visite.

« Mi metto nei pasticci più gravi, al solito » pensa Adolfo.

« Sono un imbecille, finirò per essere ammazzato. Debbo avere un demone dentro. E sì che sembro serissimo a chi non mi
conosce bene. Ho una doppia vita. Che niente io sia pazzo? »

In realtà Teresa lo ritiene un po' pazzo e soprattutto falso.
Glielo dice.

« Forse sono davvero falso » pensa Adolfo. « Nel senso
che sono diverso da quel che sembro. Ma sono talmente falso
che non sono nemmeno falso come sembro. Sono un porco. »

IV

SOLITUDINE

Camminando per la strada, pensa:

« Non mi lasciate solo. Ho paura della solitudine perché
mi scatenerei come una belva ».

E invece no. Quando sto solo sono, in fondo, saggio e trovo freni nella mia volontà. È quando questi freni vengono
dall'esterno, che mi sembra che – mancando essi – mi scatenerei. E in realtà, finché sono frenato da timori e considerazioni
esterne, da una situazione coercitiva (altra donna, famiglia, società), si sviluppa la doppia natura in me; allora occultamente
mi scateno appena posso e mi butto nelle più ignobili, pericolose e stupide avventure galanti; allora nessun freno interiore.

Però, se fossi completamente solo al mondo, non potrei
scatenarmi – indipendentemente dal freno intimo – perché
con chi lo farei? Dunque la società è insieme limite, stimolo e
conditio sine qua non: ti lega e ti spinge; ti impedisce e ti dà la
possibilità e l'impulso a fare certe cose. Da solo non c'è più
l'impulso esterno o per lo meno è fermato dalla volontà; e
nello stesso tempo, se la solitudine è totale, non c'è nemmeno
la possibilità esterna.

Conclusione: dovrei essere solo. Ma solo sul serio. Non
solo come rapporti personali e restando in mezzo al mondo,

perché è in questo caso che mi sento capace di tutto in campo sessuale; sempre come ho detto, col freno interno della volontà che agisce in questo caso, forse perché mi rendo conto che, non essendoci freni esterni, sono in grave pericolo; e allora divento saggio; il che non sono coi freni esterni.

La posta di Milano

Il salone della Posta Centrale in Milano è decorato con affreschi che fanno un po' la storia e l'apologia della posta.

Su una parete: una città con mura turrite e fornici; a sinistra, a un tavolo all'aperto, stanno seduti lo scrivano pubblico e un altro che, sarà forse il suo aiutante; lo scrivano ha la penna d'oca. Davanti al tavolo tre donne. Una sta dettando la lettera, o più probabilmente espone alla meglio quello che vorrebbe fosse scritto. Le altre due fanno la fila aspettando il loro turno. Al centro dell'affresco c'è il portalettere a cavallo che arriva. Il cavallo ha la coda che quasi tocca terra e il portalettere è poco meno che nudo.

Ma nell'antichità secondo questi pittori non esisteva l'inverno? Davanti al cavallo, due donne. Una tende il braccio ansiosa verso la lettera che il postino porge e sulla quale sono visibili i francobolli. L'altra, non avendo ricevuto posta, apre le braccia con un gesto di sconforto. Evidentemente, donne che hanno mariti, o fratelli, o figli – ma per i figli esse sono troppo giovani – in guerra o in viaggio e aspettano notizie.

Non dev'essere senza significato la preponderanza femminile della clientela. Evidentemente il pittore ha voluto sottolineare il fatto che a quell'epoca gli uomini viaggiavano e le donne restavano a casa.

Sempre nello stesso affresco, a destra un uomo e una donna seduti; lei legge una lettera evidentemente avuta testé dal postino e lui a torso nudo ascolta. Perché queste nudità? Era forse stagione di bagni?

Immediatamente dietro il cavallo, due religiosi, un domenicano e un benedettino; questi con un libro in mano (il pittore ha voluto ricordarci che il benedettino è un ordine di studiosi?) e l'altro con l'indice teso che presumibilmente illustra i vantaggi del sistema postale. A meno che non si tratti d'un dito accusatore, nel qual caso l'affreschista avrebbe voluto fare una trasparente allusione al carattere inquisitorio dei domenicani; benché sia poco probabile che essi inquisissero anche per la strada.

Attraverso i fòrnici delle mura si vedono lontane scene di vita cittadina. Un uomo che porta una lunga pertica sulle spalle. Un lampionario, forse? Ma non si vedono lampioni. Uno a cavallo, uno alla finestra, ecc.

Nell'affresco della parete di fronte, altro portalettere che ha già consegnato la posta. Una specie di *coolie* con cappello a imbuto (ma in che paese siamo?) consegna una lettera a barcaiuoli addirittura nella barca. Com'era dunque l'indirizzo? « Tal dei tali, barca tale, mare tale »? E se la barca era in alto mare? Comunque, questa di poter indirizzare la posta a una semplice barca in mare è una perfezione a cui il servizio postale credo non giunge più ai giorni nostri. Ma forse, a pensarci meglio, è il contrario. Il postino dà la lettera ai naviganti perché la portino in lontani lidi. Ebbene, in questo caso bisogna dire: « Poveri quelli che aspettano la lettera! Ben poco lontano potrà arrivare quella barca ».

In complesso questo affresco presenta tipi di bagnanti.

A destra un colombo viaggiatore è pronto a spiccare il volo dal pugno del mittente; accanto, una gabbia contenente, è chiaro, altri colombi viaggiatori. Sono in certo senso colombi viaggiatori in sala d'aspetto. A meno che la gabbia non sia una specie di posta centrale dell'epoca.

C'è un tale con una grande pergamena in mano. L'uomo a cavallo ha un ampio mantello svolazzante come se il cavallo stesse galoppando. Invece è fermo e tenuto per la briglia. L'ipotesi che ci sia vento parrebbe smentita da altri particolari. Su una specie di altura un altro cavaliere con manto svolazzante galoppa alla volta dell'Ellade, come s'indovina da una specie di Partenone in cima al colle o all'acropoli. Si vede il mare con un bastimento a vela.

Nell'atrio c'è la statua di un maratoneta in posa di *unò-dué* cogli alluci ritti e, sotto, la dedica: « Al postelegrafonico ». A parte il fatto che, per quel che riguarda il telefonista, non si vede proprio la necessità di correre tanto, anch'egli è completamente nudo, salvo una pezzuola sulle pudenda. Non vi dico come sarà stato accolto quando si sarà presentato alla porta col grido di: « Posta! ». Figuratevi se sentiste suonare il campanello di casa e, aperto, vi trovaste davanti a un fattorino completamente nudo che vi porge un dispaccio.

« Sporcaccione, come vi permettete? Via di qua. Adesso chiamo la polizia e vi faccio arrestare. Farò un reclamo alla direzione delle Poste. »

Le infermiere

Era ancora buio, di mattina presto, d'inverno, e c'era per la strada un improvviso e misterioso formicolìo, che pareva d'esser ritornati d'un tratto come in sogno alla sera avanti, o che un silenzioso esercito d'invasori stesse saccheggiando in punta di piedi, da un negozio all'altro e da un marciapiedi all'altro, la città addormentata; attraverso il fumigar della nebbia, tra gli ultimi spettrali lumi della notte e altri che s'erano improvvisamente accesi, i quali tutti brillavano foschi o s'avanzavano oscillando in mezzo alla strada; tra il fragore di qualche saracinesca che s'alzava lasciando sfuggire vapori dall'interno d'un caffè col pavimento cosparso di segatura; nello scalpiccìo molteplice fuggitivo fatto dall'esercito dei mattinieri, che è il più grande esercito del mondo e scappa sempre; davanti ai vetri appannati dei bar pieni di fantasmi frettolosi sotto i lumi d'un allucinante "ieri sera", si vedevano passare da un marciapiedi all'altro ed entrar nei portoni e riuscirne, rapide come folletti, delle donne giovani e anziane, qualcuna anche vecchietta, magre e grasse, con una grossa borsa e certe addirittura con una specie di valigetta, che saltellavano e guizzavano, scomparivano e ricomparivano come fuochi fatui, danzavano davanti alle scure masse pachidermiche dei primi filobus emergenti improvvisi dalla nebbia, che a un tratto ve li trovavate quasi addosso, come spuntati di sotterra.

Erano le infermiere.

Erano le infermiere e andavano a fare le iniezioni.

In casa loro non si trovano quasi mai. Escono prestissimo, rincasano tardi. Ma non si trovano nemmeno nelle altre case. Per averle, bisogna rivolgersi alla farmacia: « Potete mandarmi... ». Ma anche nelle farmacie non si vedono mai.

Dove si nascondono, dove stanno? Tutto il giorno in giro a punzecchiare, api benefiche che il miele lo dànno invece di suggerlo, vespe gentili che il veleno lo suggono invece di darlo, nemiche dell'insufficienza epatica e del deperimento organico, delle forme acute e subacute.

Anche per le iniezioni c'è un'ora di punta ed è fra le sette e le otto del mattino. A quest'ora si vedono nelle città le infermiere svolazzare da una casa all'altra, messaggere alate, sciami di zanzare silenziose che vanno a pungere nella nebbiosa palude cittadina. Tutti vorrebbero esser punzecchiati a quest'ora, debbono far provvista d'energia per la giornata e correre a spenderla all'ufficio, allo stabilimento, al cantiere, alla fabbrica, al palazzo di giustizia e in giro. Debbono litigare, azzuffarsi, amare, difendere e offendere, soccorrere, colpire, ridere e piangere, cantare, suonare, danzare, vendere e comperare, imbrogliare, sopraffare, soffrire, sedurre, piacere e dispiacere, spaventare e tranquillare, correre e star fermi; e per tutte queste cose hanno bisogno d'esser punzecchiati, come il cavallo dagli speroni, come gl'ignavi da mosconi e da vespe; la siringa è lo sprone di questo mezzo sangue a due gambe, che deve galoppare anche quando non ce la fa. E, ai nostri tempi, Dante popolerebbe l'antinferno di siringhe alate come libellule, intente a pungolare una sì grande tratta di gente, che non si crederebbe mai che tanta l'esaurimento nervoso ne abbia disfatta.

Nelle case le infermiere vogliono trovare tutto pronto,

perfino la zona da colpire con un tocco leggero e preciso che nemmeno si dovrà sentire. Una strofinatina, una puntura, un'altra strofinatina e via di corsa. « Fatto male? » Certo nemmeno si sentono, sono una delizia. Ma il momento in cui s'aspetta il colpo è atroce, specie per i novellini: si spezzerà l'ago? entrerà una bolla d'aria? soffrirò? morirò? qualche volta si legge nei giornali un caso simile. Ma ecco è già fatto e l'infermiera vittoriosa s'invola senza aspettare che le facciano strada e sottraendosi ai plausi. Conosce la casa, conosce tutte le case, deve scappare.

C'è il commendatore del novanta che bisogna inseguire attraverso lo studio per pungerlo, mentr'egli, coi pantaloni in mano, corre indaffarato da un tavolo all'altro, inseguito anche da una bella ragazza dalle lunghe gambe, la quale trascrive con pochi segni quel ch'egli, tra una telefonata e l'altra, minaccia, promette, assicura, sollecita. La puntura gli deve servire per ingabolare il prossimo.

C'è lo scolaretto del novantadue, spossato dalla guerra gallica e dal truculento Vercingetorige.

C'è l'impiegata del terzo piano spossata da un principale bisbetico.

E ci sono l'ingegnere esaurito dai consigli d'amministrazione, il ragioniere che ha bisogno di linfa per i conteggi, la sartina innamorata, il ballerino che non si regge in piedi, il pittore senza compratori, il viaggiatore di commercio senza affari, la convalescente.

L'infermiera corre a destra, corre a sinistra e in tutte le case porta a buon mercato un po' di forza, un po' di speranza, un po' di coraggio, un po' di desiderio di vivere, o l'illusione di queste cose. Già conosce il caseggiato, ci viene anche per un'altra signora. E ha un'altra cliente di punture nel caseggiato accanto. E di fronte. Punge tutti. Laggiù punge perfino la portinaia, passando. Dalla sua borsetta vengono fuori siringhe, aghi, batuffoli d'ovatta.

Una arriva in bicicletta ogni mattina e va di porta in porta come la piccola lattaia, con un fazzoletto annodato attorno al volto, che il freddo arrossa.

Un'altra un poco grossa, non più giovanissima, lascia davanti alla porta la motoretta. E poi riparte con strepito, magistralmente virando, verso altre zone dove c'è gente da pungere.

Però ce n'è anche una lenta, che si porta dietro perfino un càmice bianco e l'indossa dandosi molta importanza, si lava le mani a lungo, prima e dopo, metodica, come un chirurgo, chiede un paio d'asciugatoi puliti, infila i guanti di gomma.

E ce n'è una vecchietta, che quasi quasi avrebbe lei bisogno d'iniezioni per tenersi in piedi, arriva lemme lemme, piccola, vestita di nero, con un cappelluccio infilato fin sulle orecchie. Non dà nessun affidamento, poverina, ma si contenta di così poco! Prima di cominciare i preparativi, pulisce a lungo gli occhiali, pensosa. E, al momento di dare il colpo come un espada nella plaza de toros, alle spalle del paziente si fa furtiva il segno della croce.

Nel quartiere popolare ce n'è una magra che sembra uno scheletrino e può pungere soltanto di sera, perché di giorno fa l'operaia, e costa pochissimo. È per i meno abbienti, per i poveri addirittura.

Ma dove andranno le infermiere, passata la sfuriata dell'ora di punta delle punture? Forse hanno vecchi infermi da assistere per lunghe ore, sedute a un capezzale, spiando un volto scarno, scavato, dagli occhi chiusi, che quasi rantola, mentre tutti sono negli uffici e gorgogliano le pentole nelle cucine. Una bustina d'ostie polverose ripara dalle mosche un bicchiere posato sul comodino, che lascerà un'impronta tonda sul marmo. Qui le infermiere non corrono più. Al massimo, trasvolano silenziose con passi lievi. Ma di solito se ne stanno molte ore sedute leggendo un libro pieno di delitti misteriosi e spaventosi, che sembra diffondere una gran pace intorno, e ogni tanto sollevano un momento lo sguardo dalla lettura, per accertarsi che la coperta dell'infermo continui ad alzarsi e abbassarsi quasi impercettibilmente all'altezza del petto. Se il movimento tarda, guardano inquiete, aggrottando le sopracciglia. Se a un tratto non vedessero più quel piccolissimo moto, s'alzerebbero in fretta chiudendo il libro senza nemmeno segnar la pagina, magari nel punto più interessante, coprirebbero il volto del malato, tirandogli il lenzuolo fin sui capelli e poi apparirebbero di là e guarderebbero in silenzio gli altri di casa, con una mesta occhiata espressiva; al che seguirebbero nella casa grida scomposte. Dopo poco, eccole accanto a un altro capezzale, a riprender la lettura al punto in cui era stata interrotta.

Poiché ogni cosa ha un principio, ogni infermiera cominciò. Vale a dire che fece la prima iniezione della sua vita. Chi sa chi ci capitò, poverino. Lui non lo sapeva e non l'immaginava nemmeno lontanamente. L'infermiera si guardò bene dal dirlo, si mostrava disinvolta, ma un poco la mano le tremava. Tutto andò bene fortunatamente. Salvo quei due o tre colpi che ci vollero per far entrar l'ago. Ma il cliente stava voltato di spalle. Continuava a dire: « Bè? ». « Fatto male? » domandò l'infermiera. Un macello. L'esordiente s'asciugò il sudore freddo che un poco le imperlava la fronte. In quella casa non fu più chiamata. Ma ormai aveva rotto, per così dire, il ghiaccio. Ora ha acquistato una perizia straordinaria. S'intende anche di farmaci. Le basta un'occhiata alla fiala o alla scatola: « Per il fegato » dice; o: « Per il cuore. Un buon prodotto. Conosco ».

Molte, la domenica, non vanno a far le iniezioni. Vanno a trovare un bimbo, che sta in campagna affidato a una brava donna, o alla nonna. La mamma gli ha dovuto dare il nome, perché il padre, mascalzone, non la sposò.

L'ospedale

Il cortile dell'ospedale risuonava d'uno scalpiccìo molteplice e frettoloso sulla ghiaia. Ombre starfallavano da un fabbricato all'altro, dileguando verso lontani padiglioni. Con piccoli involti sotto il braccio, passavano fra altre ombre che popolavano il cortile.

Laggiù, uomini in càmice bianco, dalle maniche corte fino al gomito, seduti su un muricciuolo, fumavano il sigaro nell'ora di riposo, conversando con voci pacate; ragazze in grembiuli bianchi, tenendosi sottobraccio in catena, andavano verso lontani cancelli, uscivano in istrada, arrivavano fino alla tabaccheria.

Con passi incerti, quasi saggiando le proprie forze, s'avanzava tra le aiuole un giovinotto dall'aria convalescente, in ciabatte e veste da camera sul pigiama.

Capannelli sostavano sotto le pensiline con pacchi e fagottelli sottobraccio, e questi facevano pensare a un'agitazione di fabbrica.

Nel vestibolo gli ascensori andavano su e giù affollati.

Non era facile manovrarli. Erano immensi, un po' sconnessi, coi cancelli metallici a soffietto, morbidi e tentennanti, che spalancavano tutta una parete, aperture da far passare un intiero letto con un degente supino; ma quando si riusciva a far combaciare i cancelli e si premeva il bottone, partivano con insospettata velocità.

Dai corridoi si vedevano nelle corsie i letti allineati con gli ammalati dentro, che allungavano il collo, per spiare chi passava, chi arrivava, quali notizie portavano e chi erano quegli estranei che, dal mondo libero e felice dove si può andare a passeggio per le strade, fermarsi davanti alle vetrine, entrare nei negozi, salire in tram, mangiare qualunque cosa (oh, una zuppa di fagiuoli con un po' di sedano!), dal mondo dei clacson e delle scritte al neon rossastre, diaboliche nella nebbia, venivano oggi nel regno dei termometri, dei carrelli con le ruote gommate, delle minestrine pallide, dei càmici bianchi, della temperatura scritta col gesso sopra una piccola lavagna in capo al letto; nel mondo dove si pensa che una febbriciattola non finirà mai più e quasi non s'arriva a concepire che si possano trascorrere un giorno, due giorni, anni intieri, senza mettersi il termometro per misurarsi la febbre.

Erano i cosiddetti sani, che andavano a visitare gli ammalati. Qualche ammalato aveva già il proprio visitatore seduto accanto al letto, curvo verso di lui, che ora se ne stava quieto, un poco sollevato sui cuscini, appoggiandosi sul gomito, come si confessasse.

Qualche altro non aveva ancora visite e volgeva al corridoio esterno occhiate ansiose, inquiete; qualcuno di quelli che non avevano visite sembrava quasi volesse adescare i passanti nel corridoio, forse avrebbe persino voluto fare: «Ps, ps, venga da me», se fosse permesso. Perché una visita, per gli ammalati, è tutto. Ma, fra quelli che non aspettavano nessuno, c'era anche chi se ne stava supino nel letto, rassegnato, a guardare il soffitto, disinteressandosi di quello che avveniva intorno a lui; e chi, invece, se ne stava sul fianco, con la coperta tirata quasi sul capo, e fingeva di dormire, perché si vergognava di far vedere che nessuno veniva a trovarlo; e pensava, pensava.

Talvolta, quando un visitatore volgeva in giro lo sguardo, i suoi occhi s'incontravano con quelli d'un lontano ammalato ignoto, che quasi vi s'aggrappavano, pieni d'una muta interrogazione e d'una misteriosa speranza. Ma di solito, in questi casi, il visitatore s'affrettava a distogliere lo sguardo, un poco intimidito, come se l'ignoto ammalato gli avesse detto con gli occhi qualcosa di cui un poco il visitatore si vergognava. Anche quelli che dovevano traversare tutta la corsia, per arrivare da un ammalato in fondo, o per andare in una corsia successiva, passando tra le file di letti, sotto gli sguardi che parevano interrogativi ed erano molto incuriositi, di tutti quegli ammalati ignoti, si sentivano intimiditi e abbassavano gli occhi. Forse gli ammalati non ci pensano nemmeno, ma quello che imbarazza i visitatori è il fatto di stare in buona salute. Benché anche sull'essere in buona salute ci sia molto da dire.

Quando va a visitare un ammalato, al sano vengono talvolta idee moleste: quel dolorino che avverte certe sere a una spalla... quelle macchioline sulla faccia dopo mangiato...

La prima volta il visitatore novellino, quando arriva, ha l'impressione che a piè di certi letti ci sia una fila di persone che aspettano il proprio turno, come davanti a una biglietteria della stazione. Ma è una fila immobile, in cui nessuno fa un passo avanti. E di solito nessuno vuol passare avanti al visitatore che lo precede. Il fatto è che, fra un letto e l'altro, non c'è spazio che per una persona dietro l'altra e, quando i visitatori sono molti, la fila s'allunga e certe volte arriva quasi in mezzo alla camerata e gli ultimi venuti, o i meno importanti, o i parenti più poveri o più timidi, non possono vedere che un lembo di coperta, un braccio scarno, un pezzo di viso del malato; devono allungare il collo e non possono far conversazione.

Del resto, nessuno faceva conversazione. Non c'era che uno scambio di notizie a bassa voce: « Che dice il medico? A casa che c'è di nuovo? ». L'ammalato non doveva affaticarsi a parlare. I letti più affollati erano quelli dei più gravi, e perciò quelli dove meno si poteva parlare; quindi, più la fila era lunga, più era silenziosa.

Chi batteva tutti, quanto a lunghezza della fila, era una vecchietta scarna, che ansava debolmente, con lo sguardo semispento. Si sarebbe detto lo sportello delle raccomandate verso sera, tanta era la ressa. C'erano una quantità di persone adulte che la chiamavano zia, e altre continuavano ad arrivare. Forse la vecchietta era proprietaria d'un appartamentino, aveva qualcosa da lasciare. I visitatori, in silenzio, la guardavano mentre ansava, come stesse eseguendo un difficile esercizio durante il quale non bisognava distrarla. Gli ultimi arrivati allungavano il collo e si sporgevano da una parte, per essere almeno visti. Ma i primi non cedevano il campo. In certi casi gravi, queste visite numerose sono come una prova generale dei funerali e quasi l'infermo può goderseli da vivo. La malata del letto accanto a quello della vecchietta spiegava a bassa voce ai propri visitatori che costei aveva un male inguaribile. La prossima giornata di visite, nel suo letto, al posto della vecchietta si troverà un'altra faccia.

La malata del letto accanto, grassissima e congestionata nel volto cosparso di peluria biondiccia, pareva il ritratto della salute.

Un visitatore massiccio, seduto da solo al capezzale di un'anziana, aveva lui l'aria di confessarsi. Forse aveva qualche rimorso. Tirò fuori da una borsa un'arancia.

Una giovane scarna, dagli occhi di febbricitante, aveva avuto un mazzo di fiori avvolto nella carta velina. Lo teneva sul letto, raggiante, come se oggi fosse la sua festa.

Durante l'ora della visita, la vita nella corsia era sovvertita, medici e infermieri non si vedevano, gli ammalati erano tutti per i parenti, senza intermediari. Di solito, a un certo punto s'udiva dal fondo un suon di mani. Un uomo in càmice bianco andava affacciandosi nelle corsie e, battendo palma a palma, avvertiva che l'ora della visita era finita. Al che, anche quelli che aspettavano questo momento perché erano ansiosi d'andarsene e non sapevano cosa dire, adesso si trattenevano ancora un poco, poiché ormai sapevano che se ne sarebbero potuti andare in qualsiasi momento, che anzi se ne dovevano andare.

Quella sera si ebbe una novità: il segnale, rarissimo, d'un cambiamento di turno; al batter di mani improvvisamente gli ammalati cominciarono ad alzarsi, chi più, chi meno faticosamente, a cercar coi piedi le pantofole accanto al letto, a dirigersi verso gli armadi dei vestiti; contemporaneamente i visitatori cominciarono a togliersi le scarpe, le giacche, i pantaloni, le vesti, e a prendere nei letti i posti lasciati vuoti dagl'infermi; questi, intanto, avevano finito di vestirsi e si trattennero un poco a conversare accanto ai letti con gli ex visitatori allettati.

Ma era l'ora d'uscire. Già entravano carrelli con ciotole e bidoni fumanti quanto poco invitanti. Già il luogo era ripreso in consegna da suore e infermieri e, al disordine e all'inerzia dell'ora di visita, succedeva un'attività ordinata e silenziosa; come sulle navi, quando riprendono il viaggio dopo una sosta in un porto, al disordine e alla confusione che avevano invaso la nave durante la fermata e l'inerzia delle macchine, succede improvvisamente un riposante ordine, un'improvvisa lindezza, un senso di operosità fervida, in un silenzio cullato dal ronzio continuo dei motori, e tutti sembrano scomparsi sotto coperta e vien fatto di pensare: Finalmente soli.

Buonanotte, ammalati. A un altro giorno di visita.

I visitatori, ormai intrusi, stranieri, se ne vanno, e qui resta quell'affaccendarsi sollecito, leggero e silenzioso intorno ai letti degl'infermi; quel fervore e quel calore di vita che c'è soltanto negli ospedali verso sera, quando sembra che le cucine sieno sotto pressione, che s'alzino vapori, che tutto sia bianco e luminoso e che vadano laggiù dei motori, come sulle navi in viaggio tra cielo e mare buio, lontano da ogni terra, lontano dal paese di partenza e da quello dell'arrivo, se pure ci si arriverà; quando sembra che i letti sieno culle e si combatte per questa cosa preziosa che non si sente e di cui ci si accorge soltanto quando s'è perduta: la salute.

La pietà

Clelia gli aveva scritto da un paese della Riviera, dicendo che ci era andata in automobile con certe amiche conosciute in montagna e di cui sarebbe stata ospite, senza dargli né il nome di queste amiche, né il preciso indirizzo.

Questo evidentemente per tema ch'egli la raggiungesse o le scrivesse. Ella non voleva che le sue amiche sapessero della sua situazione irregolare. Aveva un vero terrore patologico per questo, e Adolfo conosceva e rispettava questo sentimento. Ma lei non s'era fatta più viva da diversi giorni e Adolfo era irritato per questa noncuranza, e anche sospettoso di chi sa quale situazione in barba a lui. Non riusciva a impedire alla propria fantasia di vedere Clelia in una villa al mare, in mezzo a una cerchia di corteggiatori. Immaginava che le amiche avessero dei fratelli giovani e galanti (forse dei guardiamarina in vacanza estiva), certo dei conoscenti che andavano a trovarle e coi quali ballavano, facevano i bagni, organizzavano pranzetti in casa. Immaginava che nella villa ci fossero soltanto i giovani. Con la fantasia, li vedeva tornare dalla spiaggia, armeggiare allegramente in cucina per prepararsi il pranzo, prendere l'aperitivo nella sala di soggiorno. Soprattutto immaginava una vasta sala di soggiorno e chi seduto in terra, sui cuscini, chi nelle poltrone, conversando e facendo andare il grammofono nelle ore calde in una luce velata dalle tende.

Così gli era cresciuto un contenuto furore. Avrebbe voluto fare una sorpresa a Clelia. Piombarle in casa. Coglierla sul fatto. Ma se la situazione fosse stata innocente? Pensava anche che era una vigliaccheria esporla a una brutta figura, in ogni caso. Ma d'altronde, se lei voleva evitare questo, avrebbe dovuto avere un po' più di riguardo per lui, scrivergli, dirgli tutto, che diamine! Se voleva avere una certa libertà, bisognava pure che lo tranquillizzasse.

Nelle prime ore del pomeriggio, deciso a piombare nel paesetto e cogliere Clelia sul fatto, a costo di guastarle la villeggiatura esponendola a una brutta figura presso le amiche, girava di cattivo umore per Milano in automobile cercando, per distrarsi, un diversivo galante.

Tra le persone in attesa a una fermata di tram vide una bella ragazza sola. Rallentò, si fermò poco lontano e si volse a guardare. Cauto, perché in questi casi gli pareva che tutti indovinassero le sue intenzioni. Dal gruppo si mosse correndo un uomo che gli faceva cenno d'aspettarlo. Adolfo pensò che fosse con la ragazza e volesse dirgliene quattro, ma poi riconobbe un conoscente, un certo Battiselli. Lo incontrava spesso in tram perché abitava dalle sue parti e in queste occasioni costui lo irritava un po' perché – evidentemente per farsi sentire dagli altri passeggeri – parlava ad alta voce dicendo per esempio:

« Sono stato la settimana scorsa negli Stati Uniti, a Pittsburg, a New York, a Chicago. Il mese prossimo andrò in Brasile... Debbo fare un giro in California per stabilire rapporti con quelle camere di commercio... Ho rivolto un messaggio per radio al governo... ».

Gli altri passeggeri sogguardavano incuriositi questo personaggio che parlava di ministri e di continenti come fossero faccende di casa sua.

Il fatto è che dopo la guerra, Battiselli aveva creato una pubblicazione di propaganda economica-finanziaria, che gli consentiva questi viaggi e questi rapporti. Ma, a parte l'ingenua mania di pavoneggiarsi in tram, aggravata da un alito un po' forte, Battiselli era un brav'uomo. Attaccatissimo alla famiglia. Spesso in tram era con sua moglie, una brunetta giovanissima e graziosa, e si capiva che i due si volevano molto bene. Avevano anche due belle bambine, una nata da pochi mesi, e una sera avevano invitato a casa Clelia e Adolfo, che ammirò la famigliola felice. Tra la moglie, le bambine, i viaggi oltreoceano e i messaggi alla radio, Battiselli aveva proprio l'aria di un uomo beato.

Qualche volta, anche, Adolfo lo incontrava in tram dopo cena, che andava al cinema con la moglie giovane e graziosa; parevano due sposi innamorati e ad Adolfo si stringeva il cuore quando gli domandavano di Clelia, che allora se ne stava all'estero per studiare.

Poi, comperata l'automobile, Adolfo li aveva persi di vista. Soltanto una mattina dell'autunno precedente, lui e Clelia trovandosi a Salsomaggiore, avevano incontrato fuori dello stabilimento termale, la signora Battiselli con la maggiore delle sue figlie. Con voce quasi afona, la signora spiegò che stava curando con inalazioni un postumo di raffreddore. Cosa da nulla, disse; ma parve ad Adolfo che negli occhi di lei passasse, rapida come un lampo, l'ombra d'un segreto terrore, quasi fosse lei a domandare agli altri più precise notizie della propria salute, a scrutare negli occhi degli altri una paurosa immagine di sé.

La incontrarono dopo qualche mese a Milano e a gesti più che a parole ella disse, sempre afona, che quel fastidioso abbassamento di voce continuava.

Seccato perché Battiselli veniva involontariamente a rompergli le uova nel paniere, Adolfo finse ormai d'essersi fermato per lui, come l'altro aveva forse creduto, e lo invitò a salire in automobile, rassegnato a sentirsi fare i soliti discorsi sui viaggi oltre oceano e sui messaggi per radio. Ma alla domanda « E la signora? » Battiselli congestionato balbettò che sua moglie stava morendo. L'abbassamento di voce s'era rivelato conseguenza d'un male tremendo e inguaribile e la giovine donna aveva i giorni contati. Irriconoscibile da quello d'un tempo, Battiselli aveva perso tutta la baldanza. Non parlava che di questo, come s'aggrappasse disperatamente a qualcuno per raccontare, per confidarsi. Con la moglie a cui un tempo confidava tutto, non poteva più confidarsi. Ella era all'oscuro del proprio stato, credeva di poter guarire. Né poteva parlare di questo con le bambine, le quali pure ignoravano la gravità del male materno e s'aspettavano da un giorno all'altro di vederla tornare a casa dalla clinica dove non erano condotte. La povera signora soffriva orribilmente. Tanto che il marito ormai sperava soltanto che la morte al più presto troncasse questa sofferenza. Piangendo Battiselli aggiunse particolari pietosissimi. Tra l'altro alla moglie da qualche tempo si spezzavano le ossa come fossero di gesso appena s'alzava dal letto. Nella clinica ne piangevano perfino le suore e i medici, che pure sono abituati a vedere sofferenze.

Adolfo, che poco prima aveva pensato di fare un telegramma violento a Clelia e raggiungerla per dirgliene quattro, dopo che ebbe sentito Battiselli considerò con spavento quello che stava per fare « Se anche Clelia...? » pensava. E gli veniva spontaneo di ringraziare il Signore del fatto che Clelia a lui procurasse soltanto quel trascurabile malumore e non gli desse un dolore come quello che, senza volerlo, la povera signora Battiselli dava al marito; e ringraziare il Signore che ella stava bene. Gli parve ben povera cosa il proprio dramma, appetto a quello di Battiselli, confrontava le proprie con le costui ragioni d'essere d'umor nero, concludendo ch'egli avrebbe dovuto esser felice. Siamo sempre pronti a sentirci infelici, se di questo c'è una causa, ma non ci rendiamo conto di quando dovremmo esser felici.

Ora vedeva con la fantasia Clelia non più al centro d'una

cerchia di corteggiatori in una sala di soggiorno al mare, ma al centro d'un panorama di umanità che s'arrabattava, ciascuno per fare la propria vita, a cominciare da lei; e pensava: «Lasciamo vivere!» e: «Poi si muore».

Se non si morisse, l'uomo sarebbe molto più feroce e cattivo di come è. Il «poi si muore» è l'unico freno, anche se non quanto dovrebbe esserlo. Certo se questo pensiero l'avessimo sempre davanti, evidente, fattivo, saremmo molto più buoni, molto più disinteressati e indulgenti.

Per concludere con Battiselli, dopo circa un anno Adolfo lo incontrò al Circolo. Battiselli gli disse che la moglie era morta. Per le bambine aveva preso un'istitutrice. Stava in compagnia di una signora e ballava.

Il soldo gobbo

« Miseria cane » mormorò il giovane Enrico mentre, immerso in tetre riflessioni, percorreva a lenti passi misurati, tra la folla lieta, ciarliera, ben vestita, la passeggiata a mare dell'elegante cittadina balneare. Non aveva un centesimo in tasca, né alcuna prospettiva di guadagnarne. E cominciava ad avere appetito. Ed erano le sei d'un pomeriggio di oltre quarant'anni fa.

Enrico chinò il capo sconsolato.

« To', » disse « un soldo. »

Sul marciapiedi, accanto a qualche detrito, aveva visto uno di quei dischetti di rame, del valore di cinque centesimi, corrispondente alla ventesima parte d'una lira.

« Meglio che niente » mormorò, curvandosi a raccattarlo.

« Un soldo gobbo » disse una voce alle sue spalle, mentr'egli esaminava l'oggetto. « Porta fortuna. Me lo dia, per favore. Glielo ricompero per due lire. »

Meccanicamente, Enrico consegnò il soldo al signore superstizioso, che gli mise in mano un pezzo da due lire e che s'allontanò correndo, gongolante.

« Due lire! » pensò Enrico. « Davvero il soldo gobbo m'ha portato fortuna. Sono quasi ricco. Con due lire si può fare un pranzetto modesto. Ma intanto mi comprerò una sigaretta per schiarirmi le idee circa l'impiego del capitale. Con venti centesimi me la cavo. »

Entrò in una tabaccheria di lusso, si fece largo nella ressa dei clienti e mise le due lire sul banco.

« Una macedonia » disse.

Il tabaccaio, che pareva avesse dieci mani per servir tutti, ritirò la moneta e gli consegnò la sigaretta e il resto.

Uscendo, Enrico contò il danaro: nove lire e ottanta centesimi. Nella confusione, il tabaccaio aveva creduto che il pezzo da due lire fosse una moneta da dieci. Capitava anche a lui, qualche volta, di confondere fra loro le due monete, che differivano quasi soltanto per il peso. Poiché era un uomo onesto, tornò indietro.

« Guardi, » disse al tabaccaio « che lei ha confuso una moneta da due lire con una da dieci. »

« C'è da perder la testa, con tanta gente da servire » brontolò il tabaccaio.

E gli mise in mano otto lire di differenza, credendo d'aver dato poc'anzi un pezzo di due lire per una moneta da dieci. Tanto la gente è solitamente lontana dal supporre, nel prossimo, un gesto di onestà. Peggio per essa, del resto. Perché a un certo punto, quando si vede che proprio il destino s'accanisce, bisogna cedere.

« Si vede che è scritto così » pensò Enrico, rassegnandosi a tenere il danaro avuto in più.

Anche perché un gesto di onestà, relativamente facile a un certo livello, diventa sempre più difficile quanto più il livello sale.

Il nostro amico fece il conto. Ormai — erano le sei e cinque minuti — disponeva di diciassette lire e ottanta centesimi. Cominciava ad essere una somma rispettabile. L'equivalente di due o tre buoni pranzi. Un altro si sarebbe dato alle spese pazze. Ma Enrico sapeva che, consumato il capitale, sarebbe rimasto di nuovo all'asciutto.

« Bisogna amministrarlo con prudenza » pensò « e farlo durare almeno fino a tempi migliori. »

Urgeva intanto calmare i crampi dello stomaco affamato. Ma niente gozzoviglie. Una piccola cosa da mandar giù, tanto per guastarsi l'appetito. Si guardò intorno. C'era una confetteria a portata di mano. Entrò, comperò una tavoletta di cioccolata. Trenta centesimi.

Mentre, fuori, la svoltava, qualcuno gli piombò alle spalle.

« Che fortuna! » si sentì gridare « le è capitato il feroce Saladino. »

« Il feroce Saladino? »

« Ma sì, una figurina rarissima, quella che mi occorre per completare la collezione. È tanto che la cerco. Lei me la deve vendere. »

Enrico stava sbalordito a guardar l'energumeno. Lui non sapeva niente di quelle figurine che vengono messe per reclame nelle cioccolate e in altri prodotti, e che danno diritto a premi, e vengono addirittura quotate in una loro borsa e di cui i collezionisti comperano a caro prezzo le più rare. O comperavano. Non so se la cosa si usa ancora.

« Gliela pago anche duecento lire » fece l'altro.

Tirò fuori due banconote.

Enrico consegnò la figurina senza stare a discutere e prese il danaro. Contò il suo avere; duecentodiciassette lire e cinquanta centesimi. Lo stipendio d'un impiegato statale. Di più, aveva una sigaretta e un pezzo di cioccolata.

Mise in bocca la cioccolata, quando si sentì chiamare:

« Signore, signore! ».

Si voltò. Era il passante superstizioso di poco prima, quel bel tipo che aveva ricomperato il soldo gobbo, il quale arrivava trafelato.

« Il suo soldo gobbo » gli disse « m'ha portato una fortuna sfacciata. Ho giocato al Casinò e ho vinto una somma formidabile. Le spetta un premio, oltre la mia riconoscenza. »

Enrico si vide mettere in mano duemila lire.

« Ma come?... Quando?... » disse.

« Or ora. »

« Or ora? »

« Or ora. »

« Ho piacere. »

« Alla roulette. Migliaia e migliaia. »

« Beato lei. »

« Al Casinò. Con permesso. Vado a stravincere ancora. »

Lo strano personaggio s'allontanò di corsa, per rientrare al Casinò di giuoco, la cui mole imponente, stile Liberty, dalla facciata color giallino, s'ergeva poco lungi.

« È un caso di coscienza » mormorò Enrico.

Voleva restituire quello che gli pareva il regalo di un pazzo. Ohè, con duemila lire si poteva far la vita del nababbo per un paio di mesi. Mosse sulle peste del donatore insensato.

Nelle sale da gioco, la solita atmosfera di biblioteca nazionale: sotto i fasci di luce che gli abat-jours di seta concentravano sui verdi tappeti dei vari tavoli, si vedevano teste curve di persone sedute attorno ai tavoli medesimi, in religioso silenzio. Teste maschili e femminili, giovani e anziane, fronti pensose, calvizie venerande. Alcuni, la fronte fra le mani, in atto di meditare sui supremi problemi dello spirito, avevano l'espressione assorta, lontana dal mondo circostante, che hanno gli studiosi i quali affollano, quasi mummificati, i lunghi tavoli delle pubbliche biblioteche e delle sale di lettura. La stessa aria raccolta, la stessa austerità, la stessa pace.

Nelle sale da giuoco, assente ogni altro minimo rumore, s'udiva soltanto d'ogn'intorno il vasto, continuo e tranquillo crepitio dei gettoni spinti, tirati, contati, sgranati, ammucchiati, sparpagliati, manovrati dai rastrelli dei croupiers, il quale crepitio di quando in quando cresceva, come scroscio di pioggia investito dal vento; e a intervalli qua e là calme voci: « Messieurs, faites vos jeux... Rien ne va plus... pair, noir et manque... ».

Mentre nella folla dei giocatori ai vari tavoli Enrico cercava con gli occhi lo strano personaggio, fu questo che, avendo-
lo scorto, gli corse incontro tutto ridente.

« Altra vincita! » esclamò. « A lei! »

Gli mise in mano altre duemila lire e tornò ai tavoli.

« Carissimo! »

Una grassa signora bionda, quasi albina, tutta ingioiellata,
ch'egli conosceva, s'era fermata davanti a Enrico, rimasto come un allocco con le banconote in mano.

«Carissimo! Ho bisogno d'un prestito. Quanto ha? »

Raggiante, pareva annunziasse una fortuna.

« Quattromila lire » fece Enrico.

« Le do in pegno questo anello. Vale infinitamente di più.
Dia qua. »

La grassa signora si sfilò un anello con brillanti dal dito
paffuto, lo consegnò ad Enrico, acciuffò le banconote.

« Non ha altro? »

« Duecentodiciassette. »

« Dia qua. »

« E cinquanta centesimi. »

« Eh, ma è ricco. Dia tutto. »

La signora corse a farsi cambiare il danaro in gettoni.

Non passarono dieci minuti, che Enrico, rimasto ad aspettare su un divano del vestibolo, se la vide riapparire davanti,
raggiante.

« Ho perso tutto » gli disse.

E, dal tono, pareva che la perdita fosse per lei un terno al
lotto.

« Lei mi dovrebbe fare un piccolo favore » aggiunse.

« Dica » fece Enrico, paventando che gli richiedesse il pegno prima di restituire il prestito, e sapendo che lui avrebbe
finito per mollare.

« Dovrebbe andare a nome mio all'agenzia pegni qui al-
l'angolo, dove mi conoscono, e impegnare quest'anello. Così
si tiene il suo danaro e mi porta la differenza. »

« Basterà? »

« E avanzerà. Lì quest'anello è popolare. E il proprietario cerca di dare il massimo, con la speranza che così io non possa ritirarlo. Che caro strozzino! »

« Di nuovo qui? » fece, come alla vista d'un vecchio amico, il proprietario dell'agenzia, non appena ebbe visto l'anello in mano ad Enrico. « Ma se la signora l'ha ritirato due ore fa? Poteva lasciarmelo. »

Prese l'anello e, dopo avergli dato un'occhiata distratta, lo chiuse nella cassaforte. Indi contò quaranta biglietti da mille a Enrico.

« Che roba! » pensava Enrico. « Adesso quella disgraziata perderà anche questi. Se la salvassi, una volta tanto? Una sorpresa. Forse me ne sarà grata. Un giorno. »

Su una parete c'erano un'infinità di cartellini con l'indicazione « villini, case e appartamenti da vendere ». Enrico mise l'indice su un cartellino con la fotografia d'un villino sotto il quale era scritto: « 200.000 – Occasione unica! ».

« Un investimento immobiliare è quello che ci vuole per mettere in salvo questo danaro » pensava.

Il proprietario dell'agenzia gli ammiccò.

« È un affare grosso, quello » disse.

« Ultimo prezzo? » domandò Enrico.

« Vale il doppio, almeno. »

« Ecco la caparra. »

Enrico riconsegnò al proprietario le quarantamila lire che questi gli aveva dato poco prima. Il proprietario firmò la ricevuta.

« Ho scritto per caparra » sottolineò. « Guardi che se non conclude nei termini, perde quello che ha versato. »

« Lo so bene » fece Enrico. E uscendo aggiunse tra sé: « Speriamo che quella pazza me la mandi buona. Vuol dire che, se non vuol versare la differenza, farà conto d'aver giuocato anche questi. Tanto, li perderebbe lo stesso. »

A un tratto si ricordò con raccapriccio d'aver versato come caparra anche le duemila lire e rotti che venivano a lui. Disperato tornò nell'agenzia, disposto a supplicare il proprietario perché riducesse la caparra del suo avere. Sulla porta si scontrò con uno che usciva.

«Vede quel tale?» gli disse il proprietario. «Pensi che offriva il doppio, per il suo villino. Se lei è disposto a rinunziare, le restituisco la caparra doppia. Ci pensi. Guadagna quarantamila lire senza muovere un dito.»

«Va bene. Mi dia la caparra doppia.»

«Aspetti che abbia concluso con l'altro. Per me, lei o lui è lo stesso, ma non voglio rischiare.»

«Più che giusto. tornerò domani.»

«Se riacciuffo l'altro compratore...»

«Lo conosce?»

«M'ha detto che ripasserà domani.»

«Veda di combinare. Arrivederci.»

«Arrivederci.»

Enrico uscì. Aveva fatto pochi passi, che il sangue gli diè un tuffo. Il signore con cui s'era scontrato sulla porta dell'agenzia era poco lontano a guardare una vetrina. In due salti Enrico lo raggiunse:

«Scusi, lei...».

Dopo poco, in un caffè, firmava il compromesso di vendita del villino e si faceva versare il prezzo: quattrocentomila. Ansante, col danaro in tasca, tornò all'agenzia.

«Ci ho ripensato,» disse «non rinunzio all'acquisto e anzi, a scanso d'equivoci, le verso subito il prezzo.»

Versò le centosessantamila lire di differenza, prese la ricevuta e tornò fuori.

Quando fu nuovamente nei saloni del Casinò, mentre cercava la grassa signora biondissima per darle quanto le era stato prestato sul pegno dell'anello, ebbe un pensiero improvviso:

«Chi sa? Sono in forma. Tento tutto per tutto. O va o spacca».

Mise tutto quel che aveva — duecentoquarantamila lire — sul diciassette. L'aveva sempre considerato il suo numero, visto che non gli capitavano che disgrazie. E fece appena in tempo, perché il croupier disse immediatamente:

« Rien ne va plus! ».

Forse per impedire che ci ripensasse e ritirasse la grossa puntata.

Gira, gira, gira, la roulette non si fermava più, e la pallina sbandava qua e là come cercando una cuccetta in cui fermarsi. La trovò, finalmente, girò ancora un poco assieme col disco rosso e nero, che alla fine si fermò.

« Dix-sept, noir, impair et passe! » annunziò il banchista.

Un mormorio si levò intorno al tavolo. Impassibile, il banchista mise accanto alla puntata di Enrico un mucchio di grossi gettoni rettangolari: otto milioni e seicentoquarantamila lire.

Enrico era rimasto paralizzato: la testa gli girava, la vista gli si era annebbiata. Cercò di darsi un contegno indifferente, ma non riusciva a connettere le idee e nemmeno a muoversi, le mani gli tremavano. Non riuscì nemmeno a ritirare la vincita. Gli pareva che tutto intorno a lui girasse. Attraverso il ronzio che aveva nelle orecchie, in mezzo al continuo crosciare tranquillo di gettoni a tutti i tavoli della sala, gli giunse la voce monotona del banchista che annunziava la successiva giocata:

« Dix-sept, noir, impair et passe! ».

« Ho capito, » pensò « perché lo ripete? »

Impassibile, il banchista spinse accanto alla sua vincita precedente un altro mucchio di grossi gettoni di vario colore. Poi s'alzò, prese la cassetta vuota dei gettoni e s'allontanò, mentre tutti i giocatori si sbandavano. Il banco era saltato. Enrico raccolse tutti i suoi gettoni e andò a farseli cambiare. Il cassiere gli consegnò un assegno di trecento milioni, dieci assegni da un milione l'uno, un milione in contanti e quarantamila lire spicciole.

Per prima cosa Enrico cercò la signora bionda e le consegnò quanto a lei era stato anticipato dall'agenzia sul pegno dell'anello: quarantamila lire, da cui diffalcò le quattromiladuecentodiciassette lire che le aveva prestato. Poi cercò il signore superstizioso e volle a ogni costo restituirgli le quattromila lire che costui gli aveva regalato per compensarlo delle vincite che, secondo lui, gli aveva procurato il soldo gobbo. Costui insisteva:

« Ma no, le tenga, ormai gliele ho regalate ».

« Grazie, ma non è giusto. Il soldo gobbo lei me lo aveva già pagato due lire. Anzi, se permette, le restituisco anche le due lire. »

« Come crede. Allora lei riprenda il suo soldo gobbo perché, detto inter nos, non vale niente, come portafortuna: ho riperduto tutto quello che avevo vinto. »

« Come vuole. »

Uscito, Enrico fece il conto di quel che aveva in tasca: trecentoundici milioni, duecentoquindici lire e un soldo gobbo. Erano circa le sette di sera. Un'ora prima non aveva un centesimo.

Si sentiva un po' stanco.

« Per oggi basta » disse. « Continuerò domani. Adesso vado a cena. »

Mentre mangiava, nel primo ristorante della città, gli venne un dubbio: non si ricordava bene se il villino che aveva comperato era suo o no. Poi si ricordò d'averlo rivenduto.

Più tardi, a letto, pensò anche che ormai poteva vivere di rendita per il resto della sua vita. Anzi, poteva andare avanti al sicuro, anche consumando il capitale. Sarebbe stato quasi impossibile consumarlo tutto, in ogni caso.

(Per l'intelligenza dei lettori più giovani: all'epoca in cui avvenivano questi fatti, trecentoundici milioni corrispondevano press'a poco a più di trenta miliardi del 1962.)

Nel dormiveglia, Enrico si domandava se gli convenisse rilevare interamente il Casinò, comperare tutta la città, o comperare delle navi, che so io, dei castelli, delle miniere. Ormai poteva fare tutto, senza sforzo.

A un tratto si ricordò del tabaccaio e sentì, pungentissimo, il morso della coscienza.

« Non è bello » pensò « profittare del suo errore nel darmi il resto. Domattina, per prima cosa, gli restituirò quello che m'ha dato in più per isbaglio. »

Preparò la somma da restituire: diciassette lire e ottanta centesimi. E soltanto dopo averlo fatto e aver fatto il fermo proposito di restituire, s'addormentò tranquillo.

Il sistema deduttivo

Per quelli che non credono al sistema deduttivo, citerò un solo caso. Di esso, occorre dirlo?, garantisco l'autenticità. Si parlava sere fa con Marabino, il grande maestro del sistema deduttivo, come sapete, e il discorso cadde appunto sulle maraviglie di questo sistema.

«Lei, dunque,» mi diss'egli «non ci crede. Eppure questo sistema ci permette di arrivare a scoperte sorprendenti, anche a distanza, senza muovere un dito, senza ricorrere all'esperimento, come col sistema induttivo.»

«Sarà.»

«Sarà? Dica pure: è. È il sistema deduttivo che ci permette di scoprire cose ignote, mediante la sola forza del ragionamento.»

«Le dirò, maestro. Capisco che lei, apostolo, teorico e grande assertore del sistema deduttivo, lo sostenga a spada tratta. Ma ho i miei dubbi sulle maraviglie di questo metodo che rese famoso Sherlock Holmes. Anche perché, dei mirabili risultati di esso, ho sempre sentito parlare, ma non li ho mai visti. »

Marabino mi fissò intensamente per qualche minuto.

« Vada » mi disse a un tratto quasi scandendo le sillabe « in via Guido d'Arezzo, al numero ventotto. Sul lastrico presso il marciapiedi troverà un portafogli perduto. Se vuole, è suo. »

« Dice davvero, maestro? »

« Garantito. »

« Non me lo faccio ripetere. Andiamo assieme, però. Non vorrei che fosse uno scherzo. »

« Andiamo. »

Lungo il tragitto cercai di saperne di più.

« Ma come fa » domandai al maestro « a sapere che c'è questo portafogli? »

« Semplicissimo » disse. « Io ragiono così: chi può perdere un portafogli? Risponda: chi può perderlo? »

« Mah, evidentemente un distratto. Uno stupido. »

« Ma no, non è così che si deduce. Bisogna procedere per gradi. Socraticamente. Dunque, chi può perdere un portafogli? Uno che... Uno che... Ma uno che l'abbia, benedetto figliuolo. Condizione prima per perderlo è l'averlo. »

« Bella scoperta, mi scusi, maestro. È logico che, se uno non l'ha, non può perderlo. »

« Ma è così che bisogna dedurre. Ristretto dunque il campo delle indagini a coloro che hanno un portafogli, bisogna domandarsi: hanno tutti costoro uguali probabilità di perderlo? No. »

« Questo è logico. »

« Chi dunque più facilmente potrà perderlo? »

« Ma... direi un distratto, uno stupido. »

« E dàgli, con questo stupido. Non è così che si deduce, figliuolo. Troppo vasto è il campo degli stupidi, dei distratti. Noi dobbiamo restringerlo sempre più, fino a centrare in pieno l'individuo. Dunque, più facilmente potrà perderlo uno che... uno che... Uno che non badi troppo al proprio danaro.

Bravo. L'ha detto. E chi è che non bada troppo al proprio danaro? »

« Mah... uno stupido. »

« Insiste con questo stupido. Ma no. Uno che ne ha molto. Un ricco, benedetto figliolo. Un povero ci baderà moltissimo, un ricco meno. E per ricco intendo un signore, non un usuraio, che più ne ha, più ne vorrebbe. D'accordo? »

« D'accordo. »

« Vediamo, ora, dove può perderlo. Segua il mio ragionamento: quali sono i luoghi che di preferenza batte un ricco signore? Eh? Proceda per eliminazione. Non certo i quartieri popolari o malfamati. »

« No. »

« Bravo. Vede che, con un po' di sforzo, ci arriva anche lei. E anche se, eccezionalmente, batte questi, in essi sta attento al portafogli. Quindi, non è qui che lo perderà. Piuttosto, egli frequenta preferibilmente i quartieri signorili. Momento. So quel che lei vuol dirmi: non tutti i quartieri signorili offrono le stesse probabilità, e non tutte le strade di essi. Lei ha perfettamente ragione e mi compiaccio per il suo acume, ma sarei arrivato a questo argomento, anche se lei non mi avesse fatto l'obiezione. Un ricco signore li percorrerà in auto, quindi mi limito alle strade dei quartieri signorili frequentate da automobili. Naturalmente, il portafogli dev'esser perduto fuori dell'automobile. Bravissimo. E precisamente, quando il signore scende di macchina per entrare in qualche negozio, ufficio o altro; o quando vi sale, uscendo da negozi, uffici o altro. »

« E gli alberghi? »

« Gli alberghi sono esclusi, perché il chiamavetture, che sta sempre fuori la porta, vedrebbe il portafogli cadere e delle due: o lo restituirebbe o, se è disonesto, lo tratterrebbe, e quindi sarebbe in ogni caso vano sperare di trovarlo. Idem per i palazzi con un portiere che stazioni di continuo all'entrata. »

« Ma ci sono molte strade nei quartieri signorili frequentate da automobili. »

« Un momento, figliuolo. Bisogna fare tutti gli anelli della catena. Guai se ne manca sia pure uno. La catena non reggerebbe e la conclusione risulterebbe sbagliata. Ecco dunque il successivo anello: fra le strade eccetera, quali bisogna scegliere? Quelle meno affollate, bravissimo, perché se c'è troppa gente, il portafogli sarebbe immediatamente visto e raccolto da altri, e pertanto non lo troveremmo. E così, per via di deduzioni e d'eliminazioni, sono arrivato al numero ventotto di via Guido d'Arezzo, strada signorile, non troppo affollata, al principio dei quartieri Parioli. »

Ci eravamo arrivati anche di persona.

Ero ansioso d'aver conferma della teoria.

« Scenda lei, caro, io l'aspetto in tassì. Sono come il matematico Le Verrier, che non si curò mai di vedere col cannocchiale il pianeta da lui scoperto con i soli calcoli matematici », mi disse Marabino.

Scesi. Il portafogli non c'era.

Confesso che rimasi male.

« Possibile? »

Marabino scese a dare un'occhiata anche lui. Niente da fare. Il portafogli non c'era proprio. Non ci restò che risalire in tassì e prender la via del ritorno. Durante la quale volsi al maestro un'occhiata interrogativa (e in verità non sapevo proprio cosa pensare). Ma Marabino sorrise, calmo.

« Si vede » disse « che è passato qualcuno prima di noi e ha raccolto il portafogli. »

« Sarà, » feci « ma non sono rimasto molto soddisfatto. Non tanto per la mancata conferma della sua teoria, della quale m'importa molto relativamente, quanto per il mancato rinvenimento del portafogli, il cui contenuto m'avrebbe fatto molto comodo in questo momento. Non bisogna dimenticare che siamo nei tragici giorni del panico a Wall Street e, benché io mai sia stato in America, ne sono preoccupato. Senza dire che siamo sotto le feste e i quattrini vanno via che è uno spavento. »

« A chi lo dice! » mormorò il grande deduttore. « Ma non è colpa mia se, prima di noi, è passato qualcuno *per caso* e ha visto il portafogli. Bisogna sempre tener conto anche del fattore caso, dell'imprevisto.»

«Sì, ma questo non conferma la sua teoria» osservai.

«Ma nemmeno la smentisce» gridò Marabino, trionfante.

Non volli stare a discutere, e tacqui. Però m'accorsi che, malgrado il tono di vittoria, anche Marabino era rimasto poco soddisfatto circa il risultato delle sue deduzioni. A un tratto, un pallore mortale si diffuse sul suo volto.

«Si sente male?» domandai, allarmato.

«Ohi, ohi, ohi» faceva lui, lamentosamente.

«Un attacco cardiaco? Vedo che si tocca il petto.»

«Ohi, ohi, ohi, ho perduto il portafogli.»

Era vero. Cercammo nel tassì, sopra e sotto i sedili. Niente.

«Forse» mormorai «quando siamo risaliti in automobile...»

Si dié una manata sulla fronte.

«Volevo ben dire!» esclamò, trionfante. «Mancava un anello alla catena. Ero io, quello che doveva perdere il portafogli: quello a cui, salendo o scendendo dalla macchina, il portafogli cadeva in terra. Autista! Torniamo in via Guido d'Arezzo!»

«Speriamo d'arrivare in tempo» dissi, mentre il tassì voltava.

«Speriamo. Purché il fattore "imprevisto" non passi prima di noi.»

Eravamo arrivati.

«Scendo io a guardare» dissi «non s'incomodi, maestro.»

«No, no,» fece lui, con angoscia «non incomodatevi voi.»

Si precipitò giù.

«Bè» domandai «c'è?»

«No.»

Marabino risalì in macchina, tetro.

«Mi dispiace» mormorai.

« Bà » fece Marabino, mentre l'auto ripartiva « questo non vuol dire. L'essenziale è che la teoria si sia dimostrata giusta. E credo di averlo dimostrato. »

Però si vedeva che malgrado tutto, malgrado il trionfo della sua teoria, quel formidabile deduttore non era completamente soddisfatto.

Il tacchino di Natale

Il tacchino va bene per il Natale,
ma il Natale non va bene per il tacchino.

(Proverbio inesistente)

« I gesuiti, per opinione generale, introdussero il tacchino in Francia. »

Questa, in termini concisi, direi addirittura secchi, la notizia nuda e cruda tramandataci dalla storia.

Intanto sul fatto che sia opinione generale, ho i miei dubbi. Per conto mio non ho nessuna opinione in proposito. Ho trovato l'asserzione nell'opera "Gli uccelli" di Figuier e per controllarla ho interrogato amici e conoscenti, su chi avrebbe introdotto il tacchino in Francia. Tutti, senza eccezione, si sono dichiarati incompetenti a rispondere. Perfino i cuochi.

Comunque, diamo per buona la notizia. Da essa balzano anzitutto alcuni interrogativi: come mai i gesuiti introdussero il tacchino in Francia? che rapporti avevano quei religiosi con questo animale? e come mai, prima d'esservi introdotto dai gesuiti, il tacchino non era mai entrato sul suolo della nostra sorella latina? Dire per mancanza di passaporto, sarebbe voler scherzare. Come lo sarebbe dire che non vi erano ammessi i tacchini, perché è la terra dei Galli. Piuttosto, c'era forse qualche rete protettiva lungo i confini della Francia, appunto per impedire che il tacchino sconfinasse abusivamente?

In qualunque modo si sia svolta la faccenda, immaginiamo la scena a cui allude la storia. Siamo presso il confine francese. Confine colla Svizzera, colla Spagna, colla Germania o il Belgio? Oppure con l'Italia? Questo, la storia non lo dice, ma la differenza conta. Voi capite che, se il tacchino entrò dalla Germania o dal Belgio, forse era accompagnato da fegato grasso tartufato, e quasi certamente da patate e da cavoli. Laddove, se la Spagna fosse stato il luogo di provenienza, il suo corteggio sarebbe stato a base di pomodori o di peperoni. Innaffiato da vino, se proveniente dal Sud o dall'Ovest; da birra, se da paesi fiamminghi.

Dunque, sarebbe importante sapere da dove fu fatto il colpo. Escludiamo l'Italia, in quanto resterebbe poi da sapere da chi e come il tacchino fosse stato introdotto presso di noi. Ci sarebbero gli altri paesi. Immaginiamo la Spagna; i Pirenei. Zona di contrabbandieri che ben si adatta a un colpo di mano del genere e dà all'impresa un colore romanzesco, uso Carmen. È notte. Fischia il vento fra quelle gole selvagge. I gesuiti, che si sono proposti d'introdurre questo animale da cortile in Francia, cercano di fargli passare la frontiera spingendolo con giunchi, stuzzicandolo perché cammini. Il tacchino pettoruto incede e, dietro, la schiera dei religiosi.

Ora, due sono le ipotesi: l'introduzione del tacchino avvenne palesemente o clandestinamente, visto che si trattava d'un animale ancora ignoto in Francia?

Nella prima ipotesi bisogna immaginare l'arrivo al posto di frontiera. I doganieri vedono lo strano animale in compagnia d'una compagnia di gesuiti. Qualcuno ha un piccolo moto di timore.

« E questo che cos'è? »

« Il tacchino. »

« A che serve? »

« A farlo arrosto. »

« Ohibò! »

« È ottimo a Natale e a Capodanno. »

« Be', passi, allora. »

Nella seconda ipotesi, bisogna immaginare i gesuiti che aspettano il calar della notte e indi s'avventurano a passar la frontiera clandestinamente con l'animale di contrabbando. Quante peripezie, quanti patemi, prima d'arrivare al mal passo! E finalmente, zitti!, ci siamo. In punta di piedi i gesuiti, fra le gole dei monti, passano in fila indiana, spingendosi avanti il tacchino. Non era prudente lasciarlo indietro, visto che poteva sperdersi o essere acciuffato da qualche malintenzionato. Proprio a un passo dalla frontiera la bestiaccia, manco a farlo apposta, si mette a fare: glu glu glu...

Maledetto. I religiosi cercano di tappargli il becco. Cosa non facile. Ma sì! Quello starnazza. Rimbombano nelle tenebre notturne tre o quattro spari, i gendarmi confinari sono in allarme, s'odono di qua, di là, passi concitati nel buio, grida di « Chi va là? ». I gesuiti, immobili nelle tenebre, trattengono il respiro. Uno s'è ficcato sotto la tonaca il maledetto gallinaceo e gli tiene la testa avvolta nella gonna, perché non s'oda. Il tacchino si dibatte, ma viene trattenuto. Finalmente, torna la calma. Il pericolo è passato. In punta di piedi, i gesuiti riprendono il cammino, col tacchino avvolto in panni, a rischio di soffocarlo.

Sia lodato il cielo, la linea è superata. Siamo in terra di Francia. I gesuiti lasciano libero l'animale e proseguono liberi, felici. Il tacchino è stato introdotto in suolo francese, nella terra della libertà, dove l'attende la padella.

Ma forse, tutto questo non è che fantasia. Forse l'introduzione avvenne via mare, più probabilmente, poiché credo che il tacchino provenisse dall'America e che in Europa fosse ancora ignoto.

Doveva essere il Sei o il Settecento. L'epoca dei galeoni, dei pirati, dei tesori nascosti nelle isole disabitate. Allora viaggiare per mare era un'avventura.

Quante peripezie nella lunga traversata, durante la quale più volte l'incolumità del gallinaceo dovett'essere messa in pericolo dalle tempeste, dalle sollevazioni di un equipaggio poco docile e soprattutto dallo scarseggiare delle vettovaglie. Per tacere delle occulte e subdole mire del capitano in persona, desideroso magari d'offrire un pranzetto *en tête à tête* a qualche bella passeggera avventurosa, uso Manon Lescaut.

Mancavano i viveri a bordo. Equipaggio e passeggeri, deportati e deportate, languivano famelici nelle stive, fra tutte quelle lanterne, fra quelle botti, quei barili, quelle botole, scale, scalette, gambe di legno, e quegl'ingombri d'ogni specie che rendevano oltremodo difficile la circolazione sulle navi d'una volta e che, dopo alcuni secoli, dovevano rivelarsi provvidenziali per gli autori dei film di pirateria e filibusteria.

Il capitano sa che c'è a bordo, chiuso in una gabbia, il misterioso pennuto. Un'occhiata d'intesa al cuoco, quasi certamente cinese. Un lampo di risposta sinistro, nello sguardo di questo. E appena cala la notte, malgrado la presenza a bordo di alcuni misteriosi personaggi – possibilmente con almeno una gamba di legno – un'ombra armata di coltello scivola nelle tenebre verso la stiva, si cala nel boccaporto.

Un attimo d'attesa e subito uno starnazzare d'ali e un gorgoglio disperato, strozzato immediatamente. Il colpo è fatto. Tra poco nella cabina del comando sarà straziante e splendido vedere la salma del tacchino dorata dal forno, stesa immobile supina fra quattro candele, esalante quel profumo appetitoso, sulla tavola del capitano riccamente imbandita. E la bella deportata cederà le proprie grazie in cambio d'una dorata fetta del saporito gallinaceo. Eh, si potrebbe scrivere un romanzo sulla traversata oceanica del tacchino! Un romanzo nel quale converrebbe dare il debito posto anche alle proteste dei gesuiti, ai loro mille sottili artifizi per salvare il pennuto dal coltellaccio della cucina e portarlo sano e salvo in Francia. Dove evidentemente avevano intenzione di fargli fare la stessa fine, altrimenti non si spiegherebbe tutta la loro smania d'introdurlo nel vecchio mondo.

Ma, ora che ci penso, perché ciò potesse avvenire, come avvenne, occorre che l'episodio della traversata oceanica relativo al pranzo offerto dal capitano alla bella deportata, a base di tacchino arrosto, si concluda in senso sfavorevole alle mire del capitano stesso, e che il tacchino, per qualche drammatico avvenimento che potrebbe dar materia ad un interessante capitolo, sfugga al coltello del cuoco cinese.

Allora, sorvoliamo su tutto ciò, per arrivare subito alla banchina del porto di Le Havre o di Marsiglia. È una mattina d'inverno nebbiosa e triste. Da qualche minuto è arrivato il pacchebotto d'oltre oceano e si sta procedendo alle operazioni di sbarco. Una compagnia di gesuiti s'appresta a scendere la scaletta, tutti stretti l'uno all'altro, come per nascondere qualcosa. Il doganiere li conta, controllando il registro di bordo: uno... due... tre... Sì, sono tutti, non ne manca e non ne cresce nessuno. Avanti. I gesuiti passano. Nel momento cruciale, proprio sotto gli occhi del controllore, s'ode un improvviso glu-glu soffocato.

Che è? Chi è stato? Il doganiere guarda il gruppo con aria sospettosa. Non conosce ancora il tacchino, non sa che quello è il suo verso. Crede si tratti d'uno sberleffo. Fissa severo i religiosi, che passano seri, un poco pallidi.

L'hanno scampata bella. Ma tutto è bene quel che finisce bene. Ora fortunatamente il pericolo è passato, il tacchino è in Francia, cioè in Europa, e comincia per lui la sua seconda vita: la fulgida èra in cui verrà sempre più onorato nell'intiero vecchio mondo, oltre che nel nuovo, a Natale e a Capodanno.

Certo, dovett'esserci anche un che di gesuitesco, nell'introduzione. Forse essa avvenne mercé qualche sottile accorgimento. Forse si finse d'introdurre altro, magari un semplice gallinaccio, un cappone. Forse si spacciò il tacchino per un grosso colombo. O per una delle aquile romane, di ritorno.

Ma qui mi viene il dubbio che l'eroe della nostra storia sia stato introdotto arrosto. In questo caso ci sarebbe tutto da rifare, circa le scene immaginate. Come riuscirono a passare, i gesuiti, con la teglia calda e il suo profumato contenuto? E dove e come avevano cucinato l'animale, non prima visto da altri?

Interrogativi che attendono risposta. Ma l'essenziale è che ora esso c'è e ci resterà. E non rimane che fargli quella festa che merita.

Vita al castello

I

IL RINGRAZIAMENTO

Salone nel vecchio castello gentilizio dei marchesi Longevi nella campagna romana. Questa nobile schiatta, che davvero fa onore al proprio nome, è rappresentata momentaneamente nel castello da ben quattro generazioni insieme e cioè dal marchesino Carletto di dieci anni, da suo padre il marchese Ettore di 30, dal nonno marchese Leopoldo di 50, dal bisavolo marchese Giulio di 70 e dal padre del bisavolo marchese Ottorino di 90, avendo quest'ultimo invitato tutti i discendenti a villeggiare nel castello avito giusta un'antica tradizione che si rinnova ogni anno da secoli, con grave disappunto dei giovani membri della prosapia e delle loro mogli, le quali molto si annoiano in quei tetri saloni dove son costrette a sopportare la tirannide d'un vivente antenato che impone loro i capricci del suo umore non cattivo ma bisbetico e vecchie storielle notissime che si tramandano di padre in figlio e a cui essi debbono ridere per non essere diseredati. Invano le giovani generazioni della casata mordono il freno. Il nonagenario che tra l'altro è sordo come una campana non ci sente da questo orecchio.

È mattina. La luce filtra dai finestroni istoriati perennemente chiusi. Il marchese Ettore Longevi (30 anni) è occupato a consultare vecchie memorie di famiglia, non essendovi altro da fare nel maledetto castello, quando entra nel salone in punta di piedi il piccolo Carletto suo figlio e...
Azione!

CARLETTO: Papà.

ETTORE LONGEVI (*alzando il capo dalle carte polverose*): Che vuoi figliuolo?

CARLETTO: Il padre del bisavolo come si chiama?

ETTORE: Ottorino.

CARLETTO: Lo so. Domandavo qual è il suo titolo.

ETTORE: Marchese.

CARLETTO: Lo so. Volevo sapere qual è il suo grado di parentela rispetto a me.

ETTORE: Padre del tuo bisavolo.

CARLETTO: Lo so. Ma come si indica questo grado di parentela?

ETTORE: Diamine, è il tuo arcavolo o trisavolo. Ma perché mi fai questa domanda?

CARLETTO: Perché debbo andare a ringraziarlo a nome di tutti per la villeggiatura.

ETTORE: Bene, va... Anzi, aspetta. Lo ringrazierai stasera in presenza di tutta la famiglia. Così sarà una cerimonia più solenne e faremo rivivere le migliori tradizioni della casata.

Cala la sera. Nel salone illuminato a giorno il novantenne marchese Ottorino siede al posto d'onore presso il monumentale camino a legna, fortunatamente spento perché è estate e fa un caldo d'inferno. Fin dalla mattina sono stati distribuiti i biglietti d'invito per la solenne cerimonia dei ringraziamenti che il marchesino Carletto rivolgerà al capostipite della schiatta, per l'ottenuta villeggiatura, a nome di tutta la famiglia. Per conseguenza il salone è affollato di tutto il parentado che fa corona al nonagenario stizzoso. Un po' in disparte seggono su più bassi sgabelli alcuni parenti poveri, ammessi per la circostanza. Ci sono anche le notabilità del luogo, il buon curato e qualche signorotto amico. Sotto la porta occhieggia la servitù, ansiosa di assistere alla commovente e semplice cerimonia: il vecchio giardiniere Baldassarre, che tenne sulle ginocchia il novantenne marchese Ottorino, ha già le lacrime agli occhi, pregustando la scena. Il marchese Ettore Longevi accompagna il figlioletto al centro del salone.

ETTORE: Da bravo, Carletto, ecco giunto il momento di compiere l'atto gentile. Va.

VOCI (*qua e là*): Silenzio! Ci siamo! (*Tutti tacciono trattenendo il respiro. Qualche colpo di tosse per la commozione*).

CARLETTO (traversa il salone e va davanti al novantenne marchese Ottorino che aspetta con altero sorriso. Si sentirebbe volare una mosca. Il marchese Ottorino si dispone ad ascoltare i ringraziamenti del nipotino, dalle cui labbra tutti pendono. Il vecchio guardaboschi si fa padiglione della mano dietro l'orecchio per non perdere una sillaba del discorsetto, o della semplice frase che pronunzierà il fanciullo).

CARLETTO (*nel silenzio generale*): Grazie, arcavolo.

II

ARRIVO DEL VECCHIO GENERALE TOUR DE NON INVITATO A
PASSARE QUINDICI GIORNI NEL FEUDO
DEI MARCHESI LONGEVI

Facciata del ministero della Guerra con scritte luminose. Mediante il sistema delle accensioni successive che danno l'illusione del movimento, tubi di neon che si estendono a scatti ritmici disegnano i profili d'un cannoncino che spara e d'un cannoniere che carica, ripetendo sempre i medesimi gesti; il cannoniere mette l'obice nella culatta, qui spara un getto luminoso, e appare la scritta: MI-NI-STE-RO DEL-LA GUER-RA; indi la scritta si spegne, il cannoncino rincula di tre passi, riappare il cannoniere che di nuovo mette l'obice nella culatta; il cannoncino spara di nuovo e di nuovo appare la scritta: MI-NI-STE-RO DEL-LA GUER-RA. Sulla facciata, altra scritta luminosa che appare con accensioni successive di sillabe: U-SA-TE L'A-TO-MI-CA! Sul cornicione dell'edifizio scorre una frase pubblicitaria mediante successive tremolanti accensioni di lampadine: «GUERRA... SENZA... DICHIARAZIONE... BRUCIATE... IL VOSTRO... ULTIMATUM...».

(Nota-bene: tutto questo non entra minimamente nel racconto dell'invito in villeggiatura se non per il fatto, del tutto casuale, che l'invitato è un vecchio generale; l'Autore profitta della circostanza per mostrare, con l'ambientarvi l'arrivo della lettera d'invito, un tipo di dicastero della Guerra o della difesa moderno, al corrente coi tempi, che applica a se stesso i sistemi pubblicitari delle industrie di bibite, articoli sportivi, liquori ecc., mediante scritte luminose, canzonette alla radio, ecc. Ma questo non deve far credere, anche a causa del peso, che le valige del generale (le vere protagoniste della *pièce*) contengano ordigni di guerra, armi, bombe, o altro del genere. No. Esse contengono semplici effetti d'uso. E d'altronde il contenuto è del tutto impertinente ai fini della vicenda. L'essenziale è che le valige siano pesantissime. Detto ciò possiamo ritornare al racconto, che ci mostra il vecchio generale Tour de Non nel proprio gabinetto di lavoro al ministero della Guerra. Azione!)

Il vecchio generale Tour de Non riceve una lettera: «Carissimo, vieni a passare quindici giorni di villeggiatura al castello. Ti aspettiamo. Marchesi Longevi».

Alla stazione. Il generale scende dal tassì seguito da due pesantissime valige. Tanto pesanti che quando il facchino fa per sollevarle non ci riesce. Ma il facchino è fortissimo: dà una strattonata e i manici delle valige si staccano e il facchino prosegue coi soli manici in pugno senza che né lui né il generale si curino minimamente del fatto che le valige, senza manici, sono rimaste sul marciapiedi.

Al treno. Il facchino sale nello scompartimento e situa con cura i due manici sull'apposita rete dei bagagli. Indi si tocca il berretto e resta in attesa di quanto dovutogli.

Il generale si accerta che i due manici siano stati ben situati sulla rete, li tocca per vedere se c'è rischio che cadano, indi paga il facchino che nuovamente si tocca il berretto e va via.

Un altro viaggiatore entra nello scompartimento e chiede al generale il permesso di scostare un po' i manici per fare posto alla propria valigia.

Ottenuto il consenso esegue, mentre il generale, che stava leggendo un settimanale illustrato, alza appena gli occhi verso la rete per sorvegliare che i suoi manici non siano danneggiati.

Partenza. Saluti, fazzoletti agitati, scenette *ad libitum*.

Treno in corsa.

Scompartimento. Pochi minuti prima dell'arrivo, mentre gli altri viaggiatori tiran giù le valige dalla reticella, il generale tira giù i due manici e li deposita sul sedile.

Appena il treno è fermo il generale chiama:

« Facchino! Facchino! ».

Un facchino accorre. Dal finestrino il generale gli porge prima un manico, poi l'altro. Il facchino li prende con la massima disinvoltura e s'avvia verso l'uscita della stazione seguito dal generale.

Mentre passano davanti all'Ufficio Imposte di Consumo l'impiegato additando i manici domanda:

« Niente di dazio? ».

« Niente », fa il generale.

Fuori lo aspetta la carrozza padronale degli ospiti. Vedendo il generale, Anselmo il vecchio cocchiere, s'affretta a scendere di serpa col berretto in mano. Il facchino gli consegna i due manici e aspetta la mancia. Che il generale gli dà tranquillamente. Indi questi aspetta che il cocchiere abbia disposto i manici a cassetta e prende posto nella vettura che s'avvia alla volta del Castello.

La carrozza attraversa un incantevole paesaggio. Il generale si bea alla vista di rigogliosi vigneti, uliveti. Villici lo fanno segno a rispettose scappellate a cui egli risponde con benevoli cenni del capo.

La carrozza infila il cancello del parco, la ghiaia scricchiola sotto le ruote.

A piè della gradinata, sotto la pensilina dell'ingresso principale del Castello, tutta la famiglia Longevi è in attesa e di lontano fà cenni festosi all'ospite in arrivo. Voci:

« Benvenuto! Benarrivato! Hai fatto buon viaggio? », ecc.

Fermatasi la vettura, agilmente il generale ne discende. Mentre si svolgono i saluti, sorvegliato dal vecchio maggiordomo in livrea, un domestico in giacca di rigatino e guanti di filo bianco prende dalle mani del cocchiere i manici delle valige.

Seguito dal generale a cui fanno corona i padroni di casa, il domestico s'avvia su per lo scalone per guidare l'ospite nell'appartamento destinatogli e ogni tanto si ferma, voltandosi indietro, quando si ferma il gruppo dei padroni, e poi di nuovo s'incammina, sempre con i due manici delle (inesistenti) valige in pugno.

Un contrattempo

Il facchino depose le valige sullo sgabello, augurò la buona notte e si ritirò. Allora Giorgio e Margherita si guardarono sorridendo, un po' imbarazzati. Dopo quella giornata campale che è sempre il dì delle nozze, erano arrivati al momento più delicato: mettersi a letto; passare per la prima volta la notte assieme, tra quattro pareti, soli lui e lei, separati dal resto del mondo. C'era di che confondere anche tipi più coraggiosi di loro.

Lei per tutto il giorno, in chiesa, al rinfresco, nel distribuire i confetti agl'invitati attorno al salone, ancora in abito bianco, nel salutare i parenti e gli amici alla stazione, aveva ostentato una disinvoltura straordinaria, una padronanza di sé, un distacco mondano, come se nella vita non avesse mai fatto altro che sposarsi; la disinvoltura era molto diminuita in treno; e adesso, a quattr'occhi, la donna era stata vinta decisamente dalla timidezza, in cui forse c'era anche un poco il timore di mostrarsi troppo disinvolta, adesso ch'ella era alla mercé del caro nemico; e quasi il preannuncio e la preparazione d'un moto di spavento e di dolore, doveroso anche se non del tutto spontaneo e sentito.

Per lui la situazione era precisamente l'opposta: timido, impacciato, talvolta addirittura goffo durante la giornata, ora ostentava una disinvoltura che forse serviva soltanto a mascherare la sua emozione, a non farlo apparire troppo timido, e che aveva il solo risultato di renderlo per altro verso quasi parimenti goffo.

Chiusa ch'egli ebbe a chiave la porta, lei lo abbracciò. Evitavano di guardare il letto. Egli avrebbe potuto sconfinare con l'abbraccio, ma non volle sembrare un satiro, ora che non era necessario. Involontariamente pensò a quante volte era arrivato in una camera d'albergo con una donna in tutt'altra situazione; e gli venne fatto di riflettere che, tutto sommato, non c'era gran differenza; ma subito scacciò con orrore questo pensiero e strinse più forte tra le sue braccia la sposa, per cercare di dissipare molte idee deprimenti che la situazione gli suggeriva. Non sapeva se convenisse subito passare all'azione come usava fare con le altre donne; o se con la sposa occorreva far che la conclusione quasi venisse da sé. L'imbarazzava anche il fatto che, a differenza di altre volte, ora non c'era nemmeno la risorsa di dover chiedere, o semplicemente proporre, qualche cosa. Erano qui per questo. Pienamente d'accordo. E tale pensiero gli suscitava l'assurda e fastidiosa idea di sgradite analogie.

Margherita si staccò da lui e con mani un po' tremanti si mise ad armeggiare coi bottoni dietro la schiena.

« Ti aiuto » le disse Giorgio.

Le sbottonò il collo con emozione e tirò giù la chiusura lampo che arrivava quasi alla vita. Dopo di che la donna scappò nel bagno. Giorgio la sentì muoversi, sentì il crosciar dell'acqua che riempiva la vasca. Poi silenzio. Lui intanto aveva tirato fuori dalla valigia il pigiama nuovo, comperato per l'occasione. Dovette liberarlo dai molti spilli che lo tenevano piegato. Li cercò con cura. Ché sarebbe stato quanto mai fastidioso che la prima notte di matrimonio fosse funestata da spilli.

Infilò i piedi nudi nelle pantofole nuove. La porta del bagno si riaprì e Margherita venne fuori con una vestaglia rosa, guarnita di volpe bianca, ch'era un sogno. Giorgio le sorrise nervosamente, disse: "Vado io un momento", con una voce che suonò falsa come il sorriso sforzato che aveva sugli zigomi, e entrò nel bagno col pigiama piegato sul braccio.

Quando tornò fuori, lei stava già a letto, nella mezza luce delle lampade notturne. Giorgio si chinò a baciarla; poi, con un sorriso fatuo che cercava soltanto di mascherare l'imbarazzo, girò intorno al letto a passo moderato, sempre per non aver l'aria del satiro. Vero è che le donne preferiscono sempre un satiro a un indifferente; ma qualche volta gli era capitato di sentirsi dare del grossolano. D'altronde, non conveniva nemmeno che il passo fosse troppo moderato, perché nemmeno voleva sembrare indifferente. Insomma non riusciva più a fare un gesto spontaneo. Alzò pudicamente le coltri dalla propria parte e si ficcò sotto.

Si trovarono immediatamente stretti l'uno contro l'altra. Era la prima volta ch'egli la sentiva separata da sé da un così sottile velo e questo fece scomparire in lui ogni imbarazzo. Ormai anelava concludere.

« Aspetta » mormorò Margherita con una voce un po' sorda.

Allungò un braccio nudo fuori delle coltri e spense la lampada notturna. Nel buio, tenendola abbracciata, Giorgio le percorse la schiena con le palme fino alla vita. Sentì la curva delle anche nude sotto il velo della camicia, appoggiò le labbra a quelle di lei.

Fu a questo punto che si udì un'energica bussata alla porta.

Il giovine rimase immobile a mezz'aria, con l'orecchio teso nel buio, trattenendo il respiro. La bussata si ripeté più forte.

« Chi è? » gridò Giorgio, seccato.

« Apri subito, debbo dirvi una cosa urgentissima. »

I due sposi strabiliarono: quella che s'udiva oltre la porta era la voce del padre di Margherita.

« Ma... »

« Non c'è un attimo da perdere. Vi scongiuro. »

« Oh, santo cielo! » gemé il giovane. « Che diavolo è successo? »

Margherita era spaventata.

« Forse una disgrazia, » balbettò.

« Venite fuori subito! » insisté la voce. « Il matrimonio non è valido. »

. Margherita riaccese la luce. Era diventata livida. Guardò lo sposo.

« Perché non è valido? » fece questi. « È validissimo. »

« Vi dico di no. Vi spiegherò. »

Fuori la porta il suocero non più suocero continuava a sbuffare con voce soffocata:

« Rimandate tutto a domani. S'accomoderà la faccenda. Aprite ».

« Ma al punto in cui siamo » s'arrischiò a dire il giovanotto, « mi pare... Domani regoleremo tutto. »

« Ma non capite che è come se non foste sposati? » strillò il suocero.

« Sposeremo domani » fece lo sposo.

« Margherita, » gridò il padre di lei « non ti fidare. »

La sposa, che s'era alzata dal letto, pensava:

« E se domani non mi sposa? ».

Tutto era questione di tempi e la faccenda era aggravata dal fatto che c'era stato un litigio fra i due poche ore prima e lui aveva detto in un momento di rabbia: « Se potessi tornare indietro, non ti sposerei più ». L'aveva detto per la gelosia, d'accordo. Ma adesso Margherita ripensava alla frase.

« Rivestitevi » strepitava il vecchio fuori della porta. « Spero di non essere arrivato troppo tardi. Margherita, attenta! Non farti incantare da promesse. Pare che, per un inesplicabile errore del sacrestano, abbiate firmato tutti il registro dei decessi invece che quello dei matrimoni. Così stando le cose, urge soprassedere fino a domani. »

Che fare? I due sposi erano molto imbarazzati e perplessi.

« Ormai, » diceva lo sposo alla sposa, cercando di convincerla « siamo a questo punto... Se vuoi ti firmo un impegno. Chiamiamo un notaio. »

Telefonò.

« Ma che viene a svegliarmi a quest'ora per un caso simile? » strillò il notaio al telefono. « Aspetti domattina. Faccia una doccia. »

Aggiunse frasi scurrili, e tolse la comunicazione. Enormemente depresso dalla cosa, il giovine riagganciò il telefono. S'udirono nel corridoio passi precipiti e un parlottare.

« Ragazzi! » strillò subito il vecchio « Mi si comunica in questo momento ch'è stato tutto un falso allarme. Il matrimonio è valido. Buona notte! »

S'udirono i passi allontanarsi nel corridoio. E, poi, silenzio.

Conversatori alle spalle

Io non posso scrivere che per sostenere una tesi, propugnare un'idea, combattere una battaglia. È inutile insistere. Sono fatto così. Ad altri la facile cura d'allietare i placidi ozi dei lettori con scritti ameni e ghirigori letterari. A me le aspre battaglie, le insonni vigilie, gli attacchi a fondo. Chi mi vuol bene mi segua. Chi se la sente di affrontare il combattimento venga con me. Gli altri si ritirino mentre sono ancora in tempo. Per i pavidi qui non c'è posto. Per essi non ci sarà nessuna pietà quando, tra il fumar della polvere da sparo, s'incroceranno d'ogni parte le schioppettate. Uomo avvisato è mezzo salvato. Uomo a cavallo, sepoltura aperta. Uscito il danaro dalla cassa, non si ammettono reclami.

Oggi combatto quei maleducati che parlano al cinema. Sgomberate il campo e lasciatemi solo con costoro. Né alcuno si attenti d'intervenire in difesa loro. Tutti sanno come si dice a Roma: chi s'impiccia muore ammazzato.

Cosa insopportabile è al cinematografo quando vi capitano alle spalle due persone che fanno conversazione mentre ve ne state ad assistere alla proiezione. La cosa è molto più frequente di quel che si creda ed è da mettere tra le maggiori calamità che possano colpire il frequentatore di cinema. Lo spettacolo ne risulta completamente rovinato.

In generale, si tratta di donne. Quasi sempre di donne d'una certa età. Pare che, per un'alta percentuale di signore, una spedizione al cinematografo in due o tre non sia, il più delle volte, che il pretesto per passare un paio d'ore in conversazione. Né è a dire che parlino d'argomenti elevati, di filosofia, o di scienze, o di cose comunque interessanti. Parlano di tutto quello che c'è di meno interessante per orecchi di terzi. S'informano a vicenda dei loro casi passati, presenti e futuri, spettegolano sulle comuni amiche, sviscerano argomenti privi di qualsiasi attrattiva.

A causa della rabbia che fanno, è impossibile non udirle, per il disgraziato che se le sente proprio sul collo. Si finisce, malgrado tutti gli sforzi intesi ad isolarsi spiritualmente, per non perdere una battuta della loro esosa conversazione e per non poter più seguire in pace la proiezione del film. Se la sala è affollata, non c'è via di scampo. Per di più, le conversatrici sono assolutamente insensibili alle brusche voltate della vittima, alle sue occhiate cariche d'odio e di minaccia, ai suoi sbuffamenti. Continuano imperterrite. Alludete fra i denti, ma in modo che possano udirvi, alla buona educazione; non se ne danno per intese. Al massimo, vi guardano con l'aria del candore offeso e riprendono tranquillamente a cicalare. Provate con qualche rabbioso "sss!". Niente. Farle tacere con del danaro, sarebbe pretender troppo dalla vittima. E forse non ci si riuscirebbe. Son persone di cui è vano sperare di comperare il silenzio. Troppo fiere. Viva la faccia dei ricattatori. Almeno con questi si sa come fare per ridurli al silenzio.

Quali i rimedi?

Regolamenti, leggi, minacce, c'è poco da sperare. Costoro hanno il coltello dalla parte del manico. Si fanno forti dal fatto che conversare non è un delitto (il che è vero fino a un certo punto), che tutti hanno il diritto di parlare a bassa voce (il che dà più fastidio che se parlassero forte.) E poi sono protette, come il demonio, dalle tenebre. Parlano col favore delle tenebre. Appena si accende la luce, tacciono.

Dunque?

Dunque, il fatto è che io, che pure non farei male a una mosca, provo istinti sanguinari verso queste conversatrici alle spalle. Ipersensibilità? Non credo. E me ne appello a tutti gli onesti. Così, dopo aver studiato tutti i possibili rimedi, sono – purtroppo per queste signore – venuto nella dolorosa conclusione che non ce n'è che uno, il quale abbia qualche probabilità di riuscita: il duplice colpo di rivoltella. Sì, lo so; lì per lì l'effetto sarebbe il contrario, in quanto che, invece che il silenzio, otterreste un baccano del diavolo. Ma un momento solo: due spari, un grido, un po' di confusione, "luce!" un rantolo; e poi, grazie al cielo, tutto tornerebbe tranquillo e potreste finalmente godervi in pace lo spett...

Il mio vicino di posto era arrivato a questo punto del suo discorso, quando nella penombra del cinema rimbombò sinistramente un colpo di pistola. Seguì un grido e un momento di confusione: uno spettatore della fila davanti a noi aveva sparato al mio vicino troncando, con la sua vita, il suo legittimo sfogo contro quelli che parlano durante la proiezione di un film.

« Luce! » si gridò da più parti. Un rantolo, un affaccendarsi di "maschere" che portavano via il cadavere. Indi tutto tornò tranquillo e potemmo finalmente goderci in pace lo spett...

Post scriptum. Questo il racconto che, durante la proiezione del film, bisbigliò alle mie spalle uno spettatore al suo vicino. Purtroppo, nelle tenebre risuonò a un tratto un colpo di pistola e mi accorsi che il bisbigliatore era stato freddato da uno del pubblico, che non poteva sopportare quelli che fanno conversazione al cinema. Seguì un rantolo con grida di "luce!" scoppiate qua e là. Indi uno scalpiccio confuso. Purtroppo l'uccisione del bisbigliatore, troncando a mezzo la sua ultima parola, m'aveva impedito di afferrare la conclusione dell'interessante discorso. Chi sa che cosa aveva voluto dire quel poverino con la frase: «potemmo finalmente goderci in pace lo spett...».

Comunque al trambusto seguì il silenzio. Dopo qualche minuto tutto era tornato tranquillo e potemmo finalmente goderci in pace lo spettacolo.

Teppista del telefono?

L'ultima volta — dirò meglio: l'unica volta; perché poi non ci rimisi più piede; e anche quella volta non ci sarei andato se non ci fossi stato condotto a viva forza — che visitai le carceri di W..., ebbi occasione di scambiare poche parole con un condannato a morte.

« Un pericoloso teppista del telefono,» mi spiegò a bassa voce il direttore, rispondendo all'occhiata con la quale gli avevo chiesto quali delitti avessero portato costui alla sedia elettrica.

Considerai con sincera pietà lo sciagurato. Egli, che certo lesse nei miei occhi i sentimenti umani che avevo a suo riguardo (ahimè, anch'io qualche volta sono stato un teppista del telefono — e chi non lo è stato almeno una volta nella vita? — ma l'ho fatta sempre franca), mi porse un manoscritto attraverso l'inferriata.

« Lo legga dopo la mia morte » disse.

Non obbedii al desiderio del condannato. Appena solo, volli dare un'occhiata al documento. Chi non l'avrebbe fatto?

Se c'era anche una sola probabilità su mille di salvare lo sventurato, avevo il dovere di leggere subito. Ed ecco quello che lessi.

Oh, no. Io non sono un teppista del telefono. Non bisogna giudicare tanto alla leggera un uomo. Non bisogna con troppa facilità tacciare di teppismo chi forse non è che un sentimentale. Che cos'è un teppista del telefono? Uno che molesta il prossimo anonimamente, per mezzo del telefono. Io no. Io sono un sentimentale. Ogni tanto, per esempio, avevo la nostalgia di riudire la voce di un mio caro amico, Giovannetty. Lo chiamavo al telefono, lo ascoltavo mentre diceva con insistenza: « Pronto? Con chi parlo? »; io, zitto, stavo ad ascoltare per pochi secondi, poi pian pianino riattaccavo il ricevitore. Giovannetty non sospettava nemmeno lontanamente che il suo vecchio amico s'era procurato il piacere di riudir la sua voce. D'altronde, è un attaccabottoni e, se non fossi ricorso a questo sistema, non me ne sarei liberato tanto facilmente. È colpa mia se Giovannetty è un attaccabottoni? È colpa mia se sono nato con un temperamento nostalgico? Perciò, ditemi tutto, ma non mi dite teppista. Ditemi, magari, sentimentale. Incorreggibile sentimentale. Ecco, sentimentale lo accetto, teppista no.

Certe volte, la notte, invece di dormire, pensavo al passato, agli amici d'un tempo, a quelli d'oggi. Mi sentivo tanto solo! Li chiamavo al telefono. Li udivo imprecare con le loro voci care al mio cuore e un po' assonnate, o un po' alterate dall'ira. Se mi fossi palesato, mi avrebbero mandato al diavolo. Perciò, zitto. Pian pianino riattaccavo il ricevitore.

Qualche volta contraffacevo la voce, per non essere riconosciuto. Abilmente li facevo parlare. Poi, l'indomani, se li vedevo di lontano, per istrada, pensavo: « Ieri ho parlato con te e tu non lo sai ».

Altre volte parlavo con uomini illustri. Come avrei potuto parlarci, se non fossi ricorso a questo innocente artifizio? Io sono un uomo qualsiasi. Chi non ambirebbe, almeno una volta nella vita, parlare col tal famoso scrittore, col tale grande scienziato? Volete condannarmi se anch'io ho avuto questa innocente vanità? È un omaggio, in fondo, che ho reso a quegli uomini illustri. Ma non avevo altro mezzo che il telefono. Li chiamavo:

« Parlo con l'illustre professor Tale? ».

« Sissignore ».

Un momento di esitazione. Ero emozionato, non sapevo cosa dire. Alla fine:

« Come va la salute? A casa tutti bene? ».

D'altronde, che altro avrei potuto dire? Sentivo il grande uomo che s'adombrava:

« Ma io con chi parlo? Chi è lei? ».

E io:

« Che ha mangiato di buono, oggi? ».

È offensiva, questa domanda? C'è in essa qualcosa di oltraggioso? Bene, dovevate sentirli! Spesso, i vecchi scienziati, invece di toglier subito la comunicazione, mi facevano una lunga tirata piena di fuoco:

« È una vergogna » gridavano all'apparecchio « usare il telefono per atti che... ».

Oppure:

« Signore, chiunque ella sia... », « Se ella è un gentiluomo deve palesarsi... », ecc. ecc.

Io, zitto, me li godevo in questi scorci della loro vita privata. Eh, se avessero saputo che non ero un mascalzone, ma un loro devoto ammiratore il quale non aveva altri mezzi per conversare con essi, quale altro linguaggio avrebbero usato nei miei riguardi!

Sono anche uno studioso. Sì. Io, il telefono non lo considero semplicemente un mezzo per comunicare a distanza, come l'universale degli uomini. Questa è una concezione troppo semplicistica, troppo unilaterale, che fa torto a quella maravigliosa conquista del progresso che è il telefono. Io lo considero – ormai debbo dire: lo consideravo – anche un mezzo per studiare gli uomini. Una specie di pietra di paragone, una provetta di gabinetto chimico, un acido per ottenere delle reazioni. Studiavo, col telefono, le reazioni umane. Come differentemente reagivano, per esempio, esseri appartenenti a varie categorie sociali, di fronte alla medesima frase. Per esempio, alla frase: « Che tempo fa, oggi? », che rivolgevo a moltissimi sconosciuti scelti nell'elenco del telefono. Commercianti, avvocati, signore, uomini politici, generali, artisti, industriali, operai, banchieri. Ognuno reagiva in modo differente: uno riattaccava il ricevitore senza degnarmi d'una risposta, un altro gridava:

« Imbecille! ».

Un terzo chiedeva:

« Come?... Ma chi è?... Che vuole?... Mi fa perdere tempo ».

Una ragazza rideva, rispondeva a tono e attaccava una conversazione più o meno spiritosa. Certi si vestivano di carattere e, prima di rispondere una cosa qualunque, chiedevano:

« Ma io con chi parlo? Mi dica prima con chi parlo... », ecc.

Spesso la frase che adottavo per i vari tipi su cui studiavo le reazioni era: « Lei è un beccaccione ». Non per impertinenza. Ma si capisce che più l'acido è violento, più è sensibile la reazione.

È colpa mia se sono uno studioso, un indagatore dell'anima umana?

Sono anche un ingenuo. M'illudevo, talvolta, che esistesse tra gli uomini una certa solidarietà, almeno per le piccole cose. Certe volte chiamavo al telefono uno sconosciuto. « Signore, » dicevo « non ho un dizionario. Saprebbe dirmi che significa la parola sineddoche? ». Oppure: « Non sono forte in matematica; quanto fa centotrentacinque diviso per ottantasette? ». Raramente mi si rispondeva a tono. Il più delle volte mi si gridava una mala parola, o mi si chiudeva la comunicazione in faccia. Idem, se chiedevo a uno sconosciuto consigli sul colore di un vestito o sul pranzo da ordinare l'indomani. Ero solo, non avevo con chi consigliarmi in queste piccole cose.

Potevo andare a consultare un avvocato?

E se mi fossi rivolto a persone del mestiere, avrebbero tirato l'acqua al loro mulino. Interrogare sconosciuti per istrada, non avevo coraggio. Mi servivo del telefono. Mi si rispondeva con insulti.

È colpa mia se sono così ingenuo da credere che fra gli uomini possa e debba esserci della solidarietà, anche quando non si conoscono tra loro? Siamo nati per sostenerci l'un l'altro. E, se non fra tutti gli esseri umani, questa solidarietà dovrebbe esistere per lo meno fra gli abbonati al telefono. Apparteniamo tutti a una grande famiglia, in fondo, noi che paghiamo il canone trimestrale. Purtroppo, ci sono i teppisti del telefono, che guastano ogni cosa. E io ho sempre tenuto a non essere scambiato per uno di costoro. Spesso avevo la pazienza di stare per ore e ore al telefono, a chiamare tutta la città, per dire a ognuno: « Sapete, io non sono un teppista del telefono ». Pensate che mi credessero? I "mascalzone!" all'altro capo del filo non si contavano.

Perciò, ripeto, ditemi tutto, ma non teppista del telefono; ditemi piuttosto ingenuo, ditemi illuso, ditemi sognatore, studioso, ammiratore appassionato dei grandi, sentimentale. E se è delitto essere queste cose, condannatemi. Ma condannatemi come sentimentale, non come teppista del telefono.

Ho detto queste cose ai giudici, ma non sono stato creduto. Mi hanno condannato lo stesso. Le ripeto adesso, quando poche ore soltanto mi separano dal momento dell'esecuzione. Fra poco dovrò render conto delle mie azioni davanti a un ben più alto giudice. Che ragione avrei di mentire, almeno con gli uomini? Non aspetto la grazia. Potete credermi, dunque.

Appena ebbi finito di leggere il manoscritto, corsi dal direttore delle carceri. Inutile aggiungere che, mercé questo documento, riuscii a ottenere la grazia per il condannato. Egli, debbo riconoscerlo, mi è rimasto molto grato. Ha per me un grande affetto, una devozione sconfinata. Ma ha paura che io lo mandi al diavolo, se si mostra troppo attaccato. Perciò spesso mi chiama al telefono e, senza palesarsi, sta a sentire la mia voce.

Certe volte gli viene la nostalgia di riudire la voce del suo salvatore nel cuore della notte. Mi chiama, mi sveglia, mi costringe a rispondere al telefono. Non dice mai che è lui. Tace. Ma io lo indovino. D'altronde, che volete farci? È un sentimentale.

La segretaria

Margherita T., la quale si considerava decaduta e in situazione precaria nel posto di cameriera di Ottone Panisperna pur considerando costui un dio, desiderava esser promossa al rango di segretaria e più volte aveva accennato a questo col padrone, pregandolo di elevare i suoi compiti. Ottone non aveva mai avuto una segretaria e le cose se le faceva da sé, anche se non arrivava a tutto (più per pigrizia che per superlavoro). Ma batti batti, un giorno volle provare. Chi sa che non fosse il modo per accrescere la propria attività.

Margherita era una mezza cretina, piena di pretese, ma ignorante. Ottone la istruì: che telefonasse, tanto per cominciare, alla direzione del teatro Nazionale, domandando per quando era fissata la prima rappresentazione della nuova commedia. E Ottone, per dirle come doveva fare a trovare il numero nell'elenco, e a rifarlo se era occupato, e poi chi doveva chiamare, perse molto più tempo che se avesse telefonato di persona. Ma pensava che, impadronitasi della tecnica, la ragazza avrebbe in seguito fatto da sola. Poi gli faceva piacere di darsi un certo tono, facendo vedere che aveva una segretaria; in terzo luogo voleva chiedere un paio di posti ed essendo timido, preferiva che fosse un altro a far la domanda, sia pure a suo nome.

Alla fine la ragazza riuscì a parlare e si volse al padrone per riferire la risposta:

« Domani sera, la prima rappresentazione. »

« Allora, » fece Ottone « digli che preghi da parte mia il direttore del teatro di lasciarmi al botteghino due posti di favore. »

La ragazza richiamò:

« Pronto? La direzione? Il dottor Ottone Panisperna prega il direttore di lasciargli due biglietti di favore per domani sera ».

« Che dice? » bisbigliò Ottone, dissimulando l'ansia, perché voleva darsi un certo tono anche di fronte alla ragazza, darle la misura della propria importanza.

La ragazza staccò il ricevitore dall'orecchio, visibilmente turbata:

« Dice: » disse « dica al dottor Panisperna di non rompere i c. »

Anno nuovo

Luigi Scaldino, professore di matematica alla scuola magistrale femminile "Giuditta Tavani Arquati", non dormiva. Stava a letto al buio nella sua camera in subaffitto, mordendo il freno e divorando la propria bile. Sollevato sul gomito, tendeva il collo e l'orecchio ai rumori della casa. S'udì il brusio d'un passo leggero nel corridoio. Il professore trattenne il respiro. Ma dopo poco il passo tornò indietro.

« Non esce, non esce, non esce » pensò il professore con rabbia. « Che accidente ha, stamattina, la vecchia? »

La vecchia era la padrona di casa. Una vecchina tremolante, piena d'attenzioni per il suo unico inquilino. Costei, le domeniche e le altre feste comandate, soleva uscire di casa alle dieci e mezzo in punto per andare alla Messa. Invariabilmente, con ferrea disciplina, in modo da esser di ritorno per le undici, ora in cui, quando non aveva scuola, il professore usava, con cerimonia quanto mai semplice e senza preavviso, lasciare quelle che egli chiamava le molli piume non senza una punta di malignità verso i bitorzoli del materasso. Anche lui invariabilmente, con ferrea disciplina.

Da queste due discipline pressocché monastiche era nata la regola a cui per nessuna ragione al mondo la vecchia si sarebbe sottratta: al momento in cui il professore faceva la sua uscita dalla camera, farsi trovare davanti alla di lui porta, con la tazzina del caffè in una mano e il pentolino dell'acqua calda per la barba nell'altra. Nei dieci mesi da che era inquilino della casa, non un giorno di festa il professore aveva visto la padrona derogare a queste usanze. Sulla mezz'ora di assenza per la Messa egli aveva fatto assegnamento oggi per poter vestirsi in fretta e sgattaiolare fuori di casa prima che la vecchia rientrasse. Viceversa proprio oggi costei non soltanto non era uscita all'ora solita ma non accennava a levarsi dai piedi.

Da un vicino campanile suonarono le undici e mezzo.

Il professore era sulle spine: a mezzogiorno e mezzo doveva trovarsi in casa del fratello che l'aveva invitato al pranzo di Capodanno.

Per guadagnare tempo, il professore pianissimo scivolò giù dal letto. Senza aprire le impannate né accendere la luce per evitare che la vecchia lo sapesse sveglio, cominciò a vestirsi al buio cercando gli abiti a tentoni.

« Così » pensava « quando lei se ne va, sono pronto per uscire. »

S'infilò anche le scarpe e rimase fermo perché queste non scricchiolassero.

Vestita di tutto punto, col cappellino in testa e i guanti infilati, la vecchia signora Edvige Corallo vedova Pintaguda, stava in cucina accanto al camino su cui si consumava l'acqua a bollore nel pentolino per la barba del suo pensionante e intanto teneva d'occhio la macchinetta del caffè, pronta a scagliarsi su di essa e a versarne il contenuto nella tazzina; al minimo segno di vita che partisse dalla camera tenebrosa.

Da che era in casa sua, mai una domenica o un'altra festa comandata il professore s'era alzato dopo le undici. Oggi, invitata al pranzo di Capodanno dal figlio sposato, la brava vecchina aveva fatto assegnamento su questa abitudine cronome-trica, invece di uscire, come il solito, alle dieci e mezzo, avreb-be aspettato il risveglio del pensionante per assisterlo e alle undici e mezzo sarebbe uscita.

Ma, fatalità, proprio oggi il professor Scaldino continuava a dormire. Certo aveva fatto tardi, la notte, nei bagordi che s'intitolano a San Silvestro. La vecchia era sui carboni ardenti. Per nessuna ragione al mondo avrebbe fatto mancare al pro-fessore, per cui aveva una segreta tenerezza, l'assistenza mattu-tina proprio in questa giornata solenne. L'ora incalzava. Suo-narono le dodici e mezzo. La vecchina prese il coraggio a due mani: con un po' di chiasso il dormiglione si sarebbe svegliato.

Nelle tenebre il professore afferrò la maniglia della porta. Non c'era che da giocare il tutto per tutto. Visto che la vec-chia non usciva, uscire lui pian pianino nel corridoio e scappa-re fuori di casa prima che costei se ne accorgesse. Dischiuse l'uscio.

Ma tosto lo richiuse precipitosamente e rimase immobile trattenendo il respiro, col terrore che gli serrava la gola, pro-prio in quel momento la maledetta vecchia arrivava a cercar qualcosa nel corridoio tossendo rumorosamente e facendo ca-dere una sedia. E non accennava ad andarsene. Ora Scaldino era letteralmente assediato. Dal vicino campanile suonò il toc-co. Amareggiato il professore si tolse il cappotto, deciso a ri-nunciare al pranzo, e rimase nel buio, immobile, trattenendo il respiro.

Nel corridoio la vecchina, sospirando, si tolse il cappelli-no, si sfilò i guanti. Abbandonare il pensionante, nemmeno a pensarci. Pazienza avrebbe fatto a meno del pranzo di Capo-danno in casa del figlio sposato e dei nipotini.

L'idea che la prima persona che si vede il giorno di Capo-danno porti bene se è maschio e male se è femmina è una su-perstizione sciocca, d'accordo. Ma molti ci credono. E Scaldino era uno di questi.

Le bugie bisogna saperle dire

Rincasando dopo essere stato a tradire sua moglie Isabella, Corrado non era tranquillo. Aveva fatto tardi e Isabella poteva sospettare qualche cosa. Occorreva trovare una scusa. Ma una buona scusa. Solida. Sicura. Una bugia inconfutabile. Doveva dire di essere stato a far qualcosa di cui non poteva fare a meno; e in luogo da cui non era potuto venir via prima.

Ma che si scervellava? L'aveva a portata di mano, la scusa. Non era fissata per oggi la conferenza del suo direttore, il comm. Ciclamino? Corrado avrebbe detto d'essere stato alla conferenza di Ciclamino e d'aver dovuto aspettare la fine per congratularsi.

Avvertì una leggera punta di rimorso, mentre architettava la bugia, al pensiero di Isabella, di quella donna fedele e innamorata che era piena di fiducia in lui. Perché ingannarla? Bah, sarebbe stata l'ultima volta.

Messa a tacere la coscienza, Corrado affrettò il passo verso casa, quando due dubbi lo fermarono di botto. Primo: e se la conferenza non ci fosse stata? Secondo: e se alla conferenza fosse andata Isabella?

La prima eventualità era meno probabile ma non impossibile: un'improvvisa indisposizione, un rinvio. Quanto alla seconda, non ci aveva pensato ma era una cosa più che probabile. Occorreva accertarsi circa i due casi e Corrado poteva farlo facilmente per entrambi con un colpo solo, informandosi soltanto sulla seconda circostanza. Si sarebbe rivolto a qualcuno che c'era stato, a qualche comune amico. Stava per entrare in un posto telefonico pubblico nei pressi di casa sua quando si sentì chiamare:

« Corrado! Corrado! ».

Si voltò. Era Carolli, un collega d'ufficio.

« Ciao, » gli disse Corrado « vieni dalla conferenza di Ciclamino? »

« Sì, » fece l'altro; e aggiunse guardandosi attorno: « una barba ».

« Sai se per caso c'era mia moglie? »

« Non c'era. »

« Ne sei sicuro? »

« Sicurissimo. »

Carolli voleva addentrarsi in particolari, ma Corrado non gliene lasciò il tempo e, salutatolo in fretta, si slanciò su per le scale della propria casa.

Trovò Isabella che doveva essere rientrata da poco, a giudicare dal fatto che aveva ancora addosso gli abiti di fuori. Corrado stava per spiattellare la progettata bugia, ma la donna lo prevenne.

« Ho fatto tardi, » disse « perché sono stata alla conferenza del commendator Ciclamino. »

Corrado si morse le labbra. Stava per farla grossa. Fortuna che Isabella, con la sua consueta precipitosità, aveva parlato per prima. Se lui avesse detto subito la sua bugia, la moglie avrebbe scoperto tutto.

Quel Carolli, però, che imbecille! Mettersi ad asserire con

tanta fermezza una cosa di cui evidentemente non era certo. Bisognava trovare subito una bugia di ripiego.

« Anch'io ho fatto tardi, » mormorò Corrado guardando di sottecchi la moglie « sono stato a far visita a Della Pergola, che sta poco bene. »

Era la prima bugia che gli fosse venuto di dire. Della Pergola era un amico di casa. Corrado notò che Isabella aveva corrugato leggermente le sopracciglia. Che avesse indovinato che mentiva? Corrado preferì cambiar discorso e per tutta la sera parlarono d'altro.

L'indomani Corrado trovò il collega d'ufficio.

« Mi stavi mettendo in un bel pasticcio, ieri sera » gli disse.

« Perché? »

« Ma come? Mi assicuri che mia moglie non era alla conferenza di Ciclamino e... »

« E non c'era. »

« Ma forse non l'hai vista tra la folla. Non dovevi assicurarmi una cosa di cui non potevi esser certo. »

« Anzitutto, alla conferenza eravamo quattro gatti, quindi, se tua moglie ci fosse stata, l'avrei vista. In secondo luogo, del fatto che non ci fosse ero ben certo per la semplice ragione che, pochi minuti prima di incontrare te, avevo incontrato lei che mi aveva domandato: "Sa per caso se alla conferenza c'era mio marito?" e le avevo detto che non c'eri. Quindi è chiaro che non c'era nemmeno lei, altrimenti non avrebbe domandato a me... »

Corrado non capiva. Allora era Isabella che aveva detto una bugia a lui. Ma per quale ragione?

« Ma sei sicuro » insisté « che mia moglie abbia voluto sapere se io c'ero? Forse hai capito male. »

« Ma fammi il piacere! Quando me l'ha detto era con lei quel vostro amico di casa, come si chiama... »

Corrado cominciava a capire qualcosa.

« Della Pergola? » suggerì con lo sguardo nel vuoto.

E al « sì » del collega, rimase pensieroso a ricostruire una quantità di piccole circostanze che negli ultimi tempi gli erano sfuggite. E in silenzio corrugò le sopracciglia. Proprio come in silenzio le aveva corrugate sua moglie, quando lui le aveva detto d'essere stato a far visita a Della Pergola.

L'amnesia
del celebre Gambardella

Anzitutto gioverà dire, per l'intelligenza dei lettori, che il celebre Gambardella di cui si parla nel presente racconto, non ha niente a che fare con gli altri Gambardella più o meno celebri, e non sono pochi, che girano per il mondo. Questo è un celebre Gambardella noto a pochi intimi. Anzi, diciamola com'è, perché la sincerità è sempre la miglior cosa: si tratta d'un celebre Gambardella che nessuno conosce. Ed ora, al fatto.

Un giorno, molti anni fa, il celebre Gambardella doveva partire. Affari? Turismo? Scopi galanti? Non s'è mai saputo. Fatto sta che quell'uomo noto in tutto l'orbe terracqueo a pochissimi privilegiati (anzi, diciamola com'è: a nessuno), andò alla stazione e, a causa d'una delle sue frequenti amnesie, la partenza fu funestata da un incidente che avrebbe potuto avere conseguenze ben meno gravi di quelle che sfortunatamente ebbe. Ma procediamo con ordine.

Il celebre Gambardella, dunque, prese posto in uno scompartimento di prima classe del direttissimo Parigi-Zagarolo e ritorno, dispose i bagagli sull'apposita reticella, indi, affacciatosi al finestrio, rimase in attesa che il treno si movesse.

Quand'ecco, vide arrivare lungo il marciapiedi una figura che non gli parve nuova.

Voi già immaginerete che si trattasse del commendator Anselmo (vedi... be', vedi qualche cosa, non so che cosa). Ebbene, signori, ho il dispiacere di dirvi che vi siete sbagliati della grossa. Avete preso un granchio, ma uno di quei granchi! Fenomenale, addirittura. Basta, non v'amareggiate per questo, può capitare a tutti, sono cose che succedono. E non state a scervellarvi per capire chi fosse quel tale, tanto non ci arrivereste. Ve lo dico io: era Filippo Anderson del fu Giuseppe Allocco e di Carlo Rossi.

Filippo Anderson del fu Giuseppe Allocco e di Carlo Rossi era, come certo sapete, il miglior amico del celebre Gambardella, ed era venuto a salutarlo alla stazione. Difatti, s'avvicinò al treno e, rivolto al celebre Gambardella:

« Ciao, » disse « fa buon viaggio. Appena arrivato, scrivi. Domani... »

Che cosa voleva aggiungere?

È rimasto un mistero per tutti. Poiché in quel momento, allontanatosi il ferroviere che, al duplice grido di: « Signori in carrozza! » e « Attenzione alle mani », era andato fino a un momento prima sbatacchiando gli sportelli, il treno si mosse.

Filippo Anderson del fu Giuseppe Allocco e di Carlo Rossi ebbe appena il tempo di tendere la mano all'amico.

« Arrivederci! » gridò.

Il celebre Gambardella prese la mano dell'amico e la strinse con effusione. Senonché, per un'improvvisa amnesia (ci andava soggetto), dimenticò di riaprir la propria mano e, il treno accelerando la corsa, Filippo Anderson con quel che segue fu portato via a volo come una sventolante banderuola.

« Ehi, ehi, » strepitava « lasciami! »

E, credendo che il celebre Gambardella volesse fargli uno scherzo, gridava selvaggiamente che questi sono scherzi da scemi. E francamente non sapremmo dargli torto, ove realmente si fosse trattato d'uno scherzo. Ma noi tutti sappiamo che non era affatto uno scherzo.

« Mi pare » borbottava difatti Gambardella « che dovrei fare qualche cosa, ma non ricordo che cosa. Le solite amnesie! »

« Aprire la mano », gli suggerì un compagno di scompartimento.

« È vero! » esclamò Gambardella « me n'ero dimenticato. »

Ma ora il treno andava molto forte. Filippo Anderson del fu Giuseppe Allocco e di Carlo Rossi aveva cambiato idea.

« Non lasciarmi! » strepitava « tienimi stretto! »

« Ora vuol esser lasciato, dopo un minuto vuole che lo si tenga. Che banderuola al vento! » osservò qualcuno.

Difatti, se c'era qualcosa a cui poteva esser paragonato il nostro personaggio, era proprio una banderuola al vento. E come garriva, nel vento della corsa!

Finalmente il celebre Gambardella si decise.

« Be', » disse all'amico « non voglio trattenerti oltre. Ciao e buona permanenza. »

Aprì la mano e Filippo Anderson andò a sfracellarsi sulla scarpata.

L'uovo

« Caterina, Caterina! »

Geppi il massaro – detto per l'appunto Geppi il massaro – correva a perdifiato verso la fattoria.

« Caterina! » gridò, quando la moglie si fu affacciata alla porta di casa. « Siamo ricchi! »

E agitava qualcosa di bianco in mano.

Quando la moglie s'accorse che quel bianco era un uovo, trasecolò.

« Sei impazzito? » disse.

« Siamo ricchi, » ripeteva Geppi, ansante, « guarda che razza d'uovo ».

« Ebbè? »

« L'ha fatto la nostra gallina. »

Era un uovo di straordinaria grossezza. La moglie non afferrava ancora bene il rapporto tra la ricchezza e la grossezza dell'uovo.

« Ma non capisci? » gridò Geppi. « È un fenomeno. Non s'è mai visto un uovo di queste dimensioni. Ci arricchiremo. »

Gli occhi della vecchia lampeggiarono di cupidigia.

« Ma è certo che l'ha fatto una gallina? » disse ansiosa, temendo di veder sfumare il tesoro.

« E vuoi che l'abbia fatto un leone? » fece Geppi.

« Che so? » disse la vecchia « non sarà di struzzo? »

« Non dire sciocchezze. Com'entrava uno struzzo nel nostro pollaio? E poi fammi il piacere, non metter pulci nell'orecchio della gente. »

L'uovo, Geppi, l'aveva visto uscire. O quasi. L'aveva trovato caldo, sotto la chioccia.

« Intanto, » disse « mettiamolo al sicuro. Poi avvertiremo chi di ragione. »

E, dal tono della sua voce, si sarebbe detto che una commissione di esperti sedesse in permanenza aspettando notizie circa uova d'eccezionale grossezza.

« Ne parleranno i giornali, » aggiunse Geppi nervosamente.

La voce corse. Cominciarono discussioni coi vicini.

« L'avrà fatto la mia gallina » diceva più d'uno.

Quando Geppi sentiva dir questo, vedeva rosso. Perdeva la calma. Diventava una belva. A buon conto aveva chiuso l'uovo a doppio giro di chiave.

Antonio Spasiano, il vicino, giunse a presentarsi alla porta con una brutta faccia, per reclamare, come disse, la "restituzione" dell'uovo, ch'egli sosteneva fosse stato sottratto al proprio pollaio. Intervennero altri contadini a spalleggiare l'uno o l'altro dei contendenti e questa – aggiungiamo precorrendo momentaneamente gli avvenimenti – fu l'unica volta che dell'uovo s'occuparono i giornali, i quali ne parlarono sotto il titolo: « Furibonda rissa a causa d'un uovo ».

Ma l'uovo era custodito, e bene, in casa di Geppi. Ogni tanto sua moglie, a letto, ci ripensava:

« Sei sicuro che non sia di struzzo? ».

Al che Geppi le allungava un calcio.

In realtà, l'aveva fatto la gallina.

« Io direi di stare attenti che non ci rubino la gallina, » diceva la moglie. « È una fonte d'oro. »

Ma Geppi aveva pensato anche alla gallina e ormai non girava pel podere che col fucile. Certe volte la moglie si svegliava di notte:

« Dove hai messo l'uovo? È al sicuro? ».

« Sta' tranquilla, » faceva Geppi « è nell'armadio. »

Ma nonostante l'ostentata sicurezza, ogni tanto s'alzava dal letto e in camicia, scalzo, col fucile imbracciato, andava ad accertarsi che l'uovo fosse al suo posto. Tornava a letto:

« C'è, » bisbigliava nel buio.

I giorni passavano.

« E le autorità non vengono » ringhiava Geppi che aveva avvertito il sindaco e aveva scritto anche al Prefetto, in proposito. « Se ne disinteressano. Pezzi di mascalzoni. »

Aveva fatto fotografare l'uovo, sotto i propri occhi, con le debite precauzioni. Aveva speso quattrini. Era andato fino in città a portar lettere e documenti fotografici. Per consiglio del farmacista, aveva scritto ai giornali. Ormai non lavorava più ai campi, non s'occupava che dell'uovo.

« Poi ci rifaremo di tutto, » diceva alla moglie, con una straordinaria tranquillità.

Ma eran tempi di complicazioni internazionali e nessuno gli dava retta.

« Furfanti » ringhiava Geppi, che aveva soltanto l'uovo in testa.

« Ma come ci arricchiremo? » gli domandava ogni tanto la moglie, vedendo i campi in abbandono.

La brava donna ancora non aveva capito il rapporto tra dimensioni dell'uovo e ricchezza. Quasi quasi pensava, senza dirlo, che la ricchezza dovesse venire dallo schiudersi dell'uovo; chi sa, per la nascita di qualche favoloso pollo da vendere al mercato per un milione o due.

E Geppi, tranquillo, fiducioso, come chi la sa lunga:

« Eh, aspetta. Ci sono i musei. Gli studiosi. Gli speculatori. Gli amatori ».

Gli amatori di uova, anche sua moglie li conosceva. Ma

questi cercavano uova fresche e di normali dimensioni. Tuttavia, Geppi non s'arrendeva.

« Potrebbe servire come mostra d'un magazzino d'uova » diceva, a corto d'argomenti.

Egli stesso non sapeva bene come e da che parte gli sarebbe venuta la ricchezza in relazione all'uovo. Ma aveva una cieca fiducia che la ricchezza sarebbe venuta.

La moglie si limitava a mormorare:

« Tu le sai queste cose, Geppi mio ».

Tuttavia ella avrebbe mentito, a sostenere che si sentiva tranquilla vedendo scemare il gruzzolo messo da parte in anni di lavoro. Geppi s'era fatta venire anche, contro assegno, qualche pubblicazione relativa a fenomeni di uova d'eccezionale grandezza. Ormai conosceva dati precisi e fatti incontrovertibili, a questo proposito. Era diventato un competente. La mattina si vestiva di tutto punto per occuparsi dell'uovo.

« Vado in città » diceva.

E le zappe restavano appoggiate al muro, con un'aria scontrosa e negletta.

Andava in Prefettura. Chiedeva d'esser ricevuto dal Prefetto. Faceva lunghe anticamere, infliggendo agli uscieri interminabili descrizioni dell'uovo. Ormai lo conoscevano tutti, lì.

« Ecco quello dell'uovo », dicevano, vedendolo arrivare. E si divertivano a stuzzicarlo:

« È davvero grosso? Quanto pesa? »

Geppi tirava fuori fotografie, dichiarazioni giurate di testimoni, che portava in un rigonfio e consunto portafogli legato da spaghi complicati. Aveva speso per far venire un notaro a stendere un rogito, a constatare la grossezza dell'uovo e le condizioni di salute della gallina. Aveva pagato anche un veterinario per una perizia. Si rovinava a furia di carta bollata. Perché l'argomento gli pareva talmente importante da non potersi trattare che su carta bollata. Quando riusciva ad esser ricevuto da qualche funzionario, questi lo accoglieva con un:

« Da capo? Ma si può sapere che volete? ».

E Geppi gli attaccava un bottone sul fatto che l'uovo era

un fenomeno e che questo non si poteva negare. L'altro lo lasciava dire.

« Ma noi che c'entriamo? » gli diceva, poi.

« È un fenomeno, » insisteva Geppi.

« Va bene, è un fenomeno, ma è un fenomeno che non c'interessa. »

Qualche volta, dopo una lunga anticamera, lo ricevevano ridendo.

« Be', » gridavano « e quest'uovo? Ci facciamo o non ci facciamo la frittata? »

Al che Geppi faceva un risolino agro di chi non ammette scherzi sulle cose serie.

Una volta un tale gli disse:

« Offritelo a qualche ricco amatore, a qualche collezionista ».

Geppi spese gli ultimi risparmi per cercare un ricco amatore, un collezionista di grosse uova. Non era facile. Non lo trovò. Il brav'uomo cominciava ad essere molto amareggiato. Ormai gli arnesi del lavoro arrugginiti, sempre appoggiati al muro, avevan preso un aspetto sinistro.

« Ci vorrebbe un miliardario americano » gli disse un amico una sera, vedendolo più che mai fosco sull'aia.

Costui ancora credeva ai miliardari americani. Geppi scrisse in America, accludendo fotografie e attestati in carta da bollo. Ci voleva un patrimonio per i duplicati di tutti quei documenti e per le autenticazioni. Geppi aveva ricavato un po' di quattrini dalla vendita di mezzo podere.

« Tanto, » aveva detto alla moglie « ci rifaremo di tutto poi, con l'uovo ».

La moglie ormai non parlava più.

Un Museo di Storia Naturale rispose. E ci volle il bello e il buono per trovare uno che traducesse la lettera. Laggiù volevano esser certi che l'uovo non fosse di struzzo. Geppi sapeva bene di averlo preso nel pollaio, dove struzzi non potevano entrare; dato pure che struzzi girassero da quelle parti. Ma nel primo momento non aveva pensato di chiamare testimoni a constatare la cosa. E poi, constatare che? l'uovo poteva sempre averlo messo lui e poi aver chiamato testimoni a vedere. Quel giorno sarebbe dovuto capitare nel pollaio coi testimoni bell'e pronti. Ma anche in questo caso si poteva sospettare ch'egli fosse andato prima a metter l'uovo. Doveva capitare coi testimoni al momento della deposizione dell'uovo. La maledetta gallina, dopo quello, non ne aveva fatti altri di simili dimensioni. Per aver proprio la certezza, si sarebbe dovuto far covare l'uovo e vedere che cosa ne usciva. Oppure, romperlo. Ma in tutt'e due i casi, buonanotte al fenomeno. Geppi, piuttosto che far rompere l'uovo, si sarebbe fatto romper la testa.

Qualcuno consigliò un'analisi chimica del guscio, all'esterno, beninteso, e coi dovuti riguardi. Geppi spese un patrimonio per far venire un chimico. Non si fidava di spedire l'uovo, per tema che si rompesse o, peggio, che non tornasse indietro e arricchisse altri invece che lui. Venne un chimico che, sotto gli occhi di Geppi, provò a esaminare l'uovo. Ma c'era poco da fare. Ogni volta che s'arrischiava a grattare il guscio con una lametta o a colarvi sopra un acido, Geppi saltava come una belva:

« Che fate? Fermo con quella lama! Macellaio! ».

« Così non si conclude niente » diceva il chimico seccato.

La moglie nella stanza accanto sospirava, pensando al resto del podere ipotecato.

E in realtà ben poco poté concludere il chimico, con gli scarsi esami che Geppi gli permise – e Geppi non gli permise quasi nemmeno di sfiorare con un dito il prezioso oggetto – costui rilasciò una dichiarazione in cui era detto che poteva essere un uovo di gallina, ma poteva essere anche un uovo d'anitra o d'altro. Peggio che andar di notte. Vennero altri competenti e sentenziarono la stessa cosa. Alla fine il Museo riscrisse, dopo molte insistenze di Geppi, dicendo che avrebbe forse accettato l'uovo in regalo, per esporlo con una targhetta in cui al massimo poteva esser detto: « Dono del signor Geppi Giriola »; ma le spese di spedizione, a carico del donatore. Figurarsi Geppi! Regalare l'uovo. Dopo tutte le spese che ci aveva fatto. La moglie proponeva di venderlo puramente e semplicemente al mercato e per poco Geppi non le cavava gli occhi. Del resto, che venderlo al mercato? Ormai l'uovo era stantìo. Antonio Spasiano aveva già gridato loro più d'una volta:

« Ve lo fate fritto, adesso ».

Quando furono sfrattati dal podere, con le poche masserizie salvate, Geppi portava l'uovo in una cassettina di noce, quella che un tempo serviva a custodire il gruzzolo, i libretti della banca. La moglie recriminava:

« Te lo dicevo, io ».

Geppi prese l'uovo e glielo gettò in faccia. Poi, mentre la brava vecchia s'asciugava di dosso il tuorlo e il bianco, Geppi afferrò la famosa gallina e gliene dié tante ma tante, da ridurla più morta che viva.

Padre ignoto

Di più d'uno avevo sentito dire:

« Figlio di padre Ignoto ».

Le prime volte pensavo:

« Strano. È un religioso e ha pubblicamente un figlio... due figli... tre... ».

Vero è che si poteva trattare d'un pastore protestante. Ma le cautele con cui gl'interessati cercavano di nascondere questa circostanza, e le reticenze con cui a bassa voce ne parlavano gli estranei, mi fecero escludere questa ipotesi.

A poco a poco, giudicando dagli accenni che ne sentii fare in diverse circostanze, salimmo a una trentina di figli. E notate che di ognuno lo venni a sapere per caso.

« All'anima! » pensavo. « Complimenti, padre Ignoto. »

E avevo una gran curiosità di conoscere questo prolifico ecclesiastico.

Sicché quando un giorno il direttore del giornale mi disse: « Vorrei che lei mi facesse un'inchiesta sui figli di padre

Ignoto », fui molto contento di dedicarmi anima e corpo a quest'indagine.

Un altro si sarebbe rivolto direttamente ai figli. Io no. C'era da suscitare un vespaio in una faccenda così delicata. E poi come documentarsi su fatti che le persone interrogate non hanno nessuna voglia di sbandierare? Perciò decisi di puntare direttamente sul genitore.

C'era la difficoltà di scovarlo, ma per questo mi rivolsi a uno dei suoi numerosi rampolli. Conoscevo per l'appunto un povero diavolo che mi aveva confidato il proprio segreto. Andai a visitarlo.

« Scusi l'indiscrezione » gli dissi « ma avrei bisogno d'un indirizzo. »

« Dica pure. »

« Vorrei sapere dov'è reperibile il reverendo. »

« Quale reverendo? »

« Suo padre. »

« Mio padre? Ma chi le ha detto che sia reverendo? »

« Andiamo, lei lo sa benissimo. »

L'altro appariva emozionato.

« Le giuro che non ne so niente » balbettava, mentre una luce di speranza gli brillava negli occhi. « Un alto prelato, forse? Talvolta si parla di casi simili. Sa, un passo falso. Siamo uomini. »

Mi accorsi che il poverino sperava, chi sa perché, in un'imprevista eredità, ma non potei cavargli altro di bocca. Anzi era lui a chiedermi l'indirizzo del proprio padre. E niente di più riuscii a sapere da altri figli di padre Ignoto. Talché non mi rimase che puntare direttamente su quest'ultimo. E come? Rivolgendomi ai conventi. Mi presentavo alla porta:

« Scusate, c'è qui un certo padre Ignoto? ».

« No, qui sono tutti noti. »

Alla fine, gira gira, potei scovare un convento in cui mi fu assicurato ci fosse un tal padre Ignoto. Il convento stava in cima a una montagna del Tibet e il padre era un "lama". Mentre mi dirigevo verso il monastero buddista, pensavo:

« L'avranno sospeso *a divinis* ».

Era il meno che potesse capitare a un uomo simile.

Arrivo, suono la campanella.

« C'è un certo padre Ignoto? » domandai al padre guardiano.

« È uscito, ma non può tardare. »

« Scommetto » dico « che ne sta facendo qualcuna delle sue. »

C'era un bosco intorno al convento buddista che si prestava alle scappatelle. E il bosco era tutto un fruscìo, tutto uno zirlìo, uno stormir di fronde.

Intanto, aspettando, conobbi padre Putativo. Poi entrò padre Nobile. Era un aristocratico che aveva abbandonato il secolo in seguito a trascorsi giovanili. Un duello, pare. Indi vidi il famoso padre Zappata.

Quando arrivò padre Ignoto, mi alzai in piedi. Era un pezzo d'uomo con due occhi lampeggianti. Vedendolo, si capiva tutto. L'unica cosa che non si capiva era: perché si fosse fatto monaco.

Nel primo momento dovette equivocare sull'esser mio, perché mi disse benevolmente:

« Figlio mio ».

« Piano, » feci « adesso non esageri. Capisco che con tanti figli le capiti di confondere qualche volta, ma io non ho niente a che vedere con lei. »

Parve addolorato. Cercai di sapere qualcosa della sua vita e dei suoi precedenti, ma su questo si chiuse nel più assoluto mutismo. Ne domandai anche agli altri "lama".

« Da dove viene? »

« Non ne sappiamo niente. »

« Che faceva prima? »

« Non parla. Non lo dice. Non conosciamo nemmeno il suo casato. »

« Come mai? »

« È figlio di Ignoto. »

« Allora il suo casato è Ignoto. »

« Precisamente, figlio di padre Ignoto. »

« Anche lui? »

Era il colmo. Non m'era mai capitato d'incontrare un figlio di se stesso. A meno che non si trattasse d'una generazione di padri ignoti.

Oggi il nostro è vecchio e forse sarà l'ultimo. Ho sentito dire infatti che non ci sono più figli di padre Ignoto. Meglio così. Quei poverini non erano felici.

Una persona gentile

Lieto di vivere, Giorgio uscì di casa e s'avviò tra la folla come un'allodola che vola nel cielo. Quando un giovinottone rumoroso gli piombò alle spalle.

« Mi sbaglio o sei proprio tu? » gridò.

« Non ti sbagli, » fece Giorgio riscotendosi dalle proprie fantasticherie.

Aveva riconosciuto un tale che non vedeva da anni.

« Bene, » gli disse dopo qualche convenevole « ora debbo salutarti, ho un appuntamento. Ciao. »

« T'accompagno, » fece l'altro, cortesemente.

Presolo sottobraccio, cominciò a raccontargli la lunga storia d'uno scherzo che, con la sua astuzia, aveva fatto a un collega d'ufficio, obbligandolo a pagare un vermut per sette persone.

Giunti all'altro capo della città, Giorgio l'interruppe:

« Sono arrivato » disse.

« È qui il tuo appuntamento? »

« Sì. Fra poco deve venire un tale. »

« Ti faccio compagnia. »

« Non ti disturbare. »

« Anzi mi fa piacere. »

« Ma non posso farmi trovare con un altro. »

« Ah, brigante, è una donna! Del resto, fai bene. Approvo. Però, voglio vederla. Poi ti dirò il mio giudizio. Guarda, mi metto laggiù, così non s'accorge della mia presenza. »

L'amico se ne andò all'angolo opposto e rimase a guardare Giorgio ammiccando. In capo a mezz'ora si avvicinò.

« Be'? » disse. « Non viene più? »

« Pare di no. Ciao. »

« T'ha tradito, eh? Scherzo. Ah, le donne! Ti voglio raccontare quella che è capitata a me giorni fa. Un'avventura, sai, da Don Giovanni. In tram. Da leccarsi i baffi. »

Lo prese a braccetto e, camminando, raccontò l'avventura con copia di particolari.

« Mi dispiace di doverti lasciare, » disse Giorgio davanti a un portone « ma ho da fare una visita. »

« T'aspetto » gridò l'altro.

« Debbo trattenermi molto. »

« Non fa niente. Non ho nulla da fare. »

Giorgio entrò nel portone. Fece le scale fino all'ultimo piano, lentamente; poi lentamente scese, fermandosi a ogni pianerottolo. Tornò all'aperto. « Sai che ho fatto un'invenzione? » gli gridò l'amico appena lo vide.

« Me la dirai un'altra volta. Debbo rincasare, perché non mi sento bene. Arrivederci. »

« Non ti senti bene? Allora sei pazzo ch'io ti lasci andare solo. Invece adesso, subito, un buon caffè. Pago io. »

« Grazie. Ecco. Sto meglio, non t'incomodare. Non mi sento più male. »

« Allora un gelato. Con paste. »

« Lascia andare. »

« Non sento storie. Lo sai che i complimenti non mi piacciono. »

« Non è per complimento, ma vedi, un impegno... »

« Cammina. »

Lo spinse in un caffè. Fu splendido e gli espose la sua invenzione nei minimi particolari.

« Pare anche a te? » domandò a un tratto.

« Sì » disse Giorgio, riscotendosi dai suoi pensieri.

« Allora tu sostieni un punto di vista opposto » gridò l'amico, che s'aspettava un no, perché la domanda si riferiva alla teoria d'un avversario.

Giorgio non sosteneva niente. S'alzò per uscire. L'altro lo seguì e per convincerlo ripeté la spiegazione. Poi disse:

« A maggio vado a Londra ».

E gli espose tutti i suoi progetti. Per la strada dimostrò di possedere una vista d'aquila e un'agilità di camoscio nell'eseguire difficili evoluzioni, senza mai interrompere i propri discorsi, per non perdere Giorgio, il quale di quando in quando tentava di smarrirsi tra la folla.

« Lasciamoci, ormai, » disse questi a un tratto « si fa tardi. »

« Che?! » gridò l'altro. « Ceni con me, stasera. Non ti lascio mica andare. E poi si va al cinema. »

« Non ho appetito. »

« Cominceremo con un aperitivo. Vieni, conosco un posticino in una stradetta solitaria... »

Lo trascinò per strade oscure, raccontandogli come mai non fosse riuscito a laurearsi. A un certo punto si fermò in mezzo alla strada.

« Ed ora senti questa » disse.

Giorgio si guardò intorno. Non passava nessuno nella via semibuia e d'aspetto sinistro. Guardò l'amico che gli sorrideva alla birba, preparandosi a fargli un altro racconto. Disse:

« C'è un'ombra laggiù o mi sbaglio? ».

Mentre l'amico si voltava, Giorgio alzò il bastone e con un colpo secco e preciso sulla nuca l'uccise.

La gita a Farfa

Mentre eravamo ancora a tavola, mio cognato disse brusco:

« Se vogliamo fare questa gita a Farfa, bisogna non mettersi a dormire. Niente, nemmeno cinque minuti, altrimenti si fa tardi ».

In verità nessuno aveva parlato d'una gita a Farfa e io avrei preferito riposare un po', dopo mangiato. Credo che della stessa opinione fossero anche la zia Jole sofferente d'asma e le mie sorelle, a giudicare dal silenzio che accolse la frase.

Ma mio cognato ha un cuor d'oro ed è tutto felice quando ha la casa invasa d'ospiti e soprattutto quando può caricare tutti nella sua macchina e scarrozzarli per le montagne della Sabina, che fanno corona a Nerola, il paese di cui è medico condotto. Del resto pensai che mi avrebbe giovato scuotere le mia pigrizia. Era un sereno pomeriggio d'inverno e conveniva meglio impiegarlo con una gita all'antico paesetto distante una quarantina di chilometri, piuttosto che con un abbrutente sonno pomeridiano, che mi avrebbe lasciato scontento e infreddolito, quando mi fossi risvegliato col buio. Tanto più che la sera dovevo pigliare la corriera per tornare a Roma.

Mio padre, che già s'era steso per un sonnellino pomeridiano, fu svegliato perché dicesse se voleva partecipare o no alla gita. Per un poco nicchiò. Era infreddolito e il pensiero della rigidezza esterna lo preoccupava. Ma è stato sempre appassionato di turismo e la prospettiva di visitare l'antico monastero, il chiostro e i palinsesti dei Benedettini di Farfa, e d'una corsa in automobile sotto il sole decembrino, finì per scuotere il suo torpore. Si vive una volta sola.

Così, dopo cinque minuti, spronati da mio cognato che andava di camera in camera scovando i restii e i pigri col ribadire che bisognava rinunziare al riposo pomeridiano, se si voleva far questa gita a Farfa – di cui peraltro nessuno, ripeto, aveva parlato – ci trovammo tutti incappottati, infagottati nelle sciarpe e stretti come sardelle nella sua macchina.

Adesso mio cognato ha una bellissima automobile, ma allora ne aveva una vecchia e scassatissima, dove non ho mai capito come potesse entrare tanta gente. Basta, sistematici alla meglio un po' l'uno sulle ginocchia dell'altro, coi bimbi in grembo – ricordo che mio cognato manovrava la leva del cambio fra i miei polpacci e più d'una volta afferrò uno d'essi anziché l'asta metallica – la macchina s'avviò giù per la scesa.

S'era dovuta fare una piccola commedia acciocché la donna di servizio non capisse che uscivamo per diporto. Perché di solito ella partecipava alle gite e l'esserne esclusa l'avrebbe amareggiata e soprattutto offesa. Vi partecipava non tanto per il piacere dei padroni di portarsi dietro quell'essere selvatico e antiestetico, quanto perché mia sorella, superstiziosa, sosteneva che, in caso di esclusione, ella soleva mandare accidenti. Il che per gente che va in auto, è pericolosissimo. Ma proprio non c'era posto nella macchina. Non ce n'era quasi per noi, figurarsi per lei.

Così le fu detto che i bimbi erano invitati da non so che famiglia vicina e che noi dovevamo visitare certi amici che avevano un malato grave, o un lutto, non ricordo bene; insomma che la nostra meta era vicina e tutt'altro che lieta. In sostanza, l'uscita di casa in punta di piedi per non esser visti dalla donna, e uno dopo l'altro per dar meno nell'occhio, somigliò piuttosto a una fuga che alla partenza per una piacevole gita.

Ma quel tipo selvatico aveva una pratica straordinaria, per queste cose, quasi un sesto senso; lavando i piatti era stata con le orecchie tese all'armeggìo sospetto che si faceva in casa e aveva sentito nell'aria che si complottava una gita senza di lei.

Certo dové mangiare la foglia perché, mentre la macchina stracarica e scassatissima s'avviava giù per la strada scoscesa, si fece sulla porta a seguirci con uno sguardo di profondo accoramento e, col tono pieno d'amarezza d'una che resta a lavare i piatti di quelli che vanno a fare una gita, gridò: « Buona passeggiata! » mentre mia sorella, per sventare possibili accidenti, faceva ripetutamente le corna sotto la coltre che le copriva i ginocchi.

Nerola è in cima a una montagna e per andare a ¹arfa occorre per prima cosa raggiungere al piano la via Salaria e di qui inerpicarsi per altre montagne fino a quell'antico paesetto, che possiede un illustre monastero. C'era giusto il tempo di far la gita e poi io sarei stato lasciato a piè della montagna di Nerola, dove la sera passa la corriera per Roma, che avrei potuto prendere.

La discesa fu fatta a motore spento e s'andava ch'era una bellezza, traballando per quelle svolte rudi, le quali in men che non si dica ci portarono al piano.

Qui mio cognato ingranò la marcia per accendere il motore utilizzando il movimento della macchina. Ma il motore non si accese.

A noi tutti erano note le caratteristiche di quella macchina, che voleva speciali accorgimenti perché il motore s'avviasse. Perciò nessuno s'allarmò quando mio cognato, dopo avere più volte a lungo premuto il bottone, e prima che la batteria si scaricasse, scese, aprì il cofano, addentò non so che tubetto metallico e gonfiò le gote, soffiandovi dentro. Ciò fatto richiuse il cofano, riprese posto al volante e nuovamente premé il bottone della messa in marcia.

S'udì il fruscio del motorino di avviamento ma non ancora lo scoppiettio vivace nei cilindri, che ci avrebbe detto chiaro come l'esperimento della soffiatura nel tubetto metallico avesse sortito il risultato chiesto.

Anche a questo eravamo abituati, perciò nella macchina si continuò a parlare del più e del meno mentre mio cognato, nuovamente sceso e aperto il cofano, aveva ripreso ad armeggiar fra i congegni. Dopo qualche minuto, egli riprese il posto di guida e tentò la messa in marcia. Ma di nuovo il gemere a vuoto del motorino non accompagnato da scoppi ci avvertì che non ancora gli sforzi erano seguiti dall'esito richiesto. Gli ultimi metri della scesa – pochi e morenti nell'incipiente piano – furono consumati con tentativi di accendere il motore in movimento. Tentativi che ci lasciarono sull'inesorabile asfalto della strada pianeggiante. Fu allora che mio cognato disse:

« Proviamo a spingerla ».

Anche a questo eravamo abituati. Sicché bastò la frase perché tutti raggiungessimo i rispettivi posti: come l'equipaggio d'una nave all'ordine di manovra, chi dietro, chi abbrancato a un parafango, chi a un altro, chi a un finestrino, chi alle ruote di scorta. Nella macchina non restavano che le donne e mio cognato che doveva, quando la macchina avesse raggiunto una conveniente velocità, innestar la marcia per fare quella che si chiama una partenza all'americana. Spinger la macchina era un invitar a nozze i ragazzi, che ci si mettevano di buzzo buono.

A un segnale di mio cognato, partimmo di corsa. Ma ogni volta ch'egli ingranava la marcia, lungi dal sentire gli allegri scoppi del motore, sentivamo soltanto la frenata brusca dei congegni legati. Il tentativo fu ripetuto una trentina di volte, con il risultato di farci guadagnare un cento metri di strada a sola forza di braccia, ma il motore non volle saperne d'osservare le norme consacrate dall'uso della partenza all'americana. Sicché ci fermammo anche per riprender fiato.

Nella macchina le donne, abituatissime a queste manovre, continuavano a far conversazione aspettando che, come soleva in questi casi, il motore a un certo punto si mettesse, quasi per se stesso mosso e senza apparente ragione, a scoppiettare allegramente, come avendo deciso improvvisamente di desistere dall'ostruzionismo e dai capricci, e la macchina cominciasse a tremare, dando l'annunzio del vero e maggiore inizio della gita.

Ma questa volta la macchina resisteva più del solito. Fu giocoforza reiterare i tentativi d'una partenza all'americana. Per prima cosa, poiché lungo la via nazionale Salaria c'era un continuo andirivieni d'automobili e torpedoni velocissimi che minacciavano di travolgere la macchina spinta a mano e rendevano pericolose le nostre mosse, ci convenne cercare un posto un po' appartato per attender con tutta calma agli esperimenti.

A mio cognato era nota una stradetta poco lontana fra i boschi e lì spingemmo a forza di braccia la macchina. Qui i tentativi di partenza all'americana furono ripetuti innumeri volte sempre col solo risultato di farci sudare quattro camicie. La macchina, benché di modeste dimensioni, pareva tra l'altro diventata pesantissima e legata al suolo.

Per alleviare i nostri sforzi le donne, quando, in una pausa della conversazione, si furono accorte che, lungi dall'essere arrivati a Farfa, stavamo ancora a piè della montagna di Nerola, scesero. La zia Jole sedé sul ciglio della strada, le mie sorelle le fecero corona. Mio padre, il bavero del cappotto alzato, seguiva con un evidente interesse, più che altro scientifico, i tentativi di partenza all'americana, non lesinando consigli dettati più dal buon senso che dalla pratica.

Quando la partenza all'americana si rivelò inattuabile, mio cognato tornò ai tentativi di una partenza all'europea. Cioè, premendo il bottone d'avviamento. Ma il fruscio del motorino a vuoto diventava sempre più fievole. Talché a un certo punto un mio lontano parente, ch'era della partita e aveva, come noi tutti del resto, una certa pratica di motori, disse:

« Non si scaricherà mica la batteria? ».

La cosa era più che probabile. Ormai il motorino rispondeva in ritardo e stancamente alle sollecitazioni del bottone. Mio cognato, desistendo da ulteriori tentativi in questo senso, si dedicò a un attento esame dei congegni interni. Lo sentivo borbottare:

« Quell'asino del meccanico deve aver dimenticato qualche ingranaggio ».

Pare difatti che la macchina fosse uscita fresca fresca dalle cure d'un meccanico locale.

Intanto, la sera cominciava a scendere fra i monti. La zia Jole, sofferente d'asma e seduta sul ciglio della strada, era diventata cianotica. Le mie sorelle cercavano di distrarla con chiacchiere, ma era chiaro ch'ella temeva che da un momento all'altro le sopravvenisse quella sincope che da tempo paventava.

I bimbi, dopo aver partecipato col massimo entusiasmo ai tentativi di partenza all'americana, avevano finito per disinteressarsi della faccenda. Ormai si rincorrevano per la strada col risultato di rendere più che mai difficili i nostri sforzi. Alle sollecitazioni del bottone il motorino rispondeva con voce sempre più fievole e illanguidivano quasi per asfissia le lampadine del cruscotto.

Alla luce incerta del rapido crepuscolo, la macchina, poco visibile in mezzo alla strada, correva pericolo d'essere investita da certe automobilacce di campagna, che di quando in quando apparivano alla svolta.

Io pensavo al riposo pomeridiano andato in fumo. A un ciclista di passaggio fu affidato l'S.O.S.; nel caso nostro, la richiesta d'intervento di certo Alcide, ch'era per l'appunto il meccanico locale alle cui cure si doveva il mancato funzionamento del motore. Ma non c'era altri a cui rivolgersi.

Fra le ombre che scendevano gelide e rapide, a occuparsi della macchina non era rimasto che mio cognato, il quale ormai pareva animato più da una curiosità di studioso avido di rendersi conto di fenomeni strani, che da una reale speranza d'ottenere un qualche risultato. Di quando in quando egli ci chiamava per un nuovo tentativo. Allora si ricominciava a spingere la macchina. Ma a ogni ingranamento della marcia rispondeva al solito un appesantirsi della macchina, senza alcuno scoppio di motore acceso. Mio cognato parlava di puntine platinate, di massa.

Quanto a mio padre, se ne stava col bavero alzato nel freddo della sera, spettatore scettico dei nostri tentativi. E la sua espressione rivelava più che altro il fondato timore di una polmonite doppia e il rimpianto per il pisolino pomeridiano, al quale era stato brutalmente strappato con lusinghe turistiche.

Mia sorella, tra i denti, insisteva nel far risalire la mancata accensione del motore al "buona passeggiata" della serva. Cosa ingiusta, in quanto era chiaro che al motore mancava addirittura qualche organo essenziale. Alcuni fra i partecipanti alla gita s'eran dati poeticamente alla ricerca dei ciclamini a piè dei vecchi castagni e mio cognato continuava a occuparsi del motore, forse ormai soltanto per onor di bandiera. Essendo domenica, Alcide doveva essere in giro per quei paesi a far baldoria, come solevano quasi tutti di questa giornata, e il ciclista dové penare un pezzo per ritrovarlo, visto che arrivò soltanto dopo alcune ore dalla montagna, con una macchina chiusa e coi fari accesi, perché ormai era buio. E pioveva. Egli, che evidentemente aveva qualche ragione per indovinare da che cosa dipendesse il guasto, aveva portato non so che complesso di congegni da sostituire di peso. Il che fu fatto. E, col nuovo organo, la macchina di mio cognato si mise subito in marcia tra l'allegrezza grande del proprietario e delle donne, che si affrettarono a rioccupare i propri posti.

Ormai era notte, e a me non restò che pigliar posto nella corriera per la città, che, affollata e vociferante, passò di lì a qualche minuto, mentre l'automobile di mio cognato riprendeva la via del ritorno su per la salita che alcune ore avanti, scendendo, aveva percorso baldanzosamente a motore spento.

Gli scherzi di cattivo genere

Ci sono molti manuali e raccolte di giuochi di società e scherzi da fare in famiglia, ma finora manca una trattazione esauriente dei cosiddetti scherzi di cattivo genere, chiamati anche scherzi da soldato, benché nulla abbiano a che fare con essi la milizia e l'esercizio delle armi, e anche scherzi da prete, benché tanto meno contengano alcunché di ecclesiastico.

Non è da credere che questi scherzi non possano riuscire più divertenti di quelli che fanno le persone educate. Anzi. La presente trattazione intende per l'appunto colmare questa lacuna a beneficio di coloro che si pongono il problema del come passare le serate con qualche onesto svago.

Lo scherzo di togliere la sedia di sotto a uno che sta sedendosi è vecchio e grossolano, se pure non manca d'un certo effetto. Idem quello di reggere il cappotto a uno che deve infilarlo, avendo avuto cura di rovesciarne le maniche. Roba di poco conto e che ha soprattutto il torto di denunciare troppo apertamente il carattere di scherzo. No. Lo scherzo di cattivo genere, per riuscire, deve celare con cura il proprio carattere burlesco; occorre che la vittima non sospetti nemmeno alla lontana che si tratta d'uno scherzo.

Cominceremo con un graziosissimo passatempo di famiglia detto « scherzo dell'invito a pranzo ». Oggetto: invitare uno a pranzo e farlo restare digiuno.

Ci sono due edizioni di questo scherzo. La più semplice è invitare uno a pranzo, farsi trovare già a tavola e far dire dalla cameriera all'invitato, con l'aria di chi sa che questi è stato invitato per dopo cena: « I signori sono ancora a tavola e la pregano di aspettare qualche minuto in salotto ».

È assai improbabile che l'invitato (se si tratta di persona educata e un po' timida, e non in confidenza con gli invitanti; e tale deve essere, per la riuscita dello scherzo) dica: « Ma guardi che io ero invitato a pranzo ».

Novantanove volte su cento penserà che gli ospiti abbiano dimenticato l'invito, o che lui abbia capito male, e resterà ad aspettare digiuno in salotto. Tanto meglio se il salotto è adiacente alla sala da pranzo, dalla quale avrete cura di far giungere all'orecchio dell'invitato un allegro acciottolio di stoviglie ed entusiastici commenti sulla qualità e quantità dei cibi.

La seconda edizione dello scherzo è più completa. Perché riesca occorre che la vittima designata sia persona anche un po' più educata e un po' più timida di quella dello scherzo precedente. E che anche meno di quella sia in confidenza con .a famiglia che fa l'invito. Per esempio, lo scherzo potrebbe essere fatto da un generale molto severo e dalla sua famiglia a un giovine sottotenente timido e segretamente innamorato di una delle figlie del generale medesimo. O da un grande industriale a un giovinetto che spera di essere assunto nella costui azienda. O da un capufficio a un suo impiegato novellino.

Quando questi arriverà, gl'invitanti e gli altri invitati (che sono informati dello scherzo e avranno già pranzato) converseranno in salotto per un bel pezzo, *quasi aspettassero un invitato ritardatario*. Indi, a un segnale della padrona di casa, passeranno nella sala da pranzo, dove la tavola sarà apparecchiata e intatta; prenderanno posto e converseranno, *come se si aspettasse che i camerieri comincino a servire.* Dopo una mezz'ora o un'ora di conversazione senza che si sia vista l'ombra d'una pietanza, la padrona di casa s'alzerà dicendo: « Il caffè lo prendiamo in salotto ».

Nota bene: gli altri invitati e tutti i presenti dovranno fingere di trovare tutto questo naturalissimo e di non capire le occhiate interrogative del giovane timido. La riuscita dello scherzo è affidata alla serietà e alla disinvoltura con cui verrà fatto.

Al momento dei commiati, la padrona di casa dirà all'ospite con la massima serietà. « Speriamo di riaverla ancora a pranzo da noi ».

S'intende che l'invitato, scendendo le scale, potrà dire anche, volendo, con un certo risentimento: « Non mi ci becchi più ».

« Scherzo del bicchierino di liquore. » Il giuoco, che da tutti può essere imparato con un po' di pazienza e applicazione, consiste in questo: riempire d'olio la bottiglia d'un qualche rinomato liquore giallo e offrirne un bicchierino a un visitatore, senza dirgli che si tratta di olio.

Il divertimento consiste soprattutto nel vedere la faccia che fa il visitatore dopo il primo sorso del presunto liquore. Tanto meglio se egli – magari esortato da tendenziose istruzioni del padrone di casa – tracanna il contenuto del bicchierino d'un sol colpo.

In tal caso la smorfia sarà anche più d'effetto.

È consigliabile che uno dei presenti tenga una macchina fotografica nascosta, pronto a farne scattare l'obbiettivo dopo il primo sorso di liquore. Si potrà così anche riempire a poco a poco un album di fotografie d'amici e visitatori, tutti colti mentre fanno orribili smorfie di disgusto. E l'esame dell'album potrà completare il divertimento della serata.

Naturalmente, ci può essere il caso che il visitatore designato per subire lo scherzo sia un po' più mattacchione del padrone di casa; e che perciò, afferrato di colpo il carattere giocoso della cosa, dopo il primo sorso non mostri alcuna sorpresa e anzi, tracannato il falso liquore, dica:

« Buono. Ne vorrei un altro bicchierino ».

In tal caso il divertimento dei circostanti, lungi dal diminuire o scomparire, si sposta: spettatori imparziali potranno godersi, invece che quella del visitatore, la faccia del padrone di casa. Il visitatore, vittima dello scherzo, resterà impassibile e l'autore dello scherzo non saprà che cosa pensare ed avrà un'espressione comicamente delusa, sorpresa, sconcertata (vedi figura I, se ti riesce).

Dopo un certo numero di bicchierini, padrone di casa e visitatore potranno fare anche una gara a chi è più cretino.

Il visitatore ha anche un altro mezzo per far che lo scherzo non riesca: dopo il primo sorso, lungi dal fare smorfie, o mostrare sorpresa, afferrerà la bottiglia e la darà sulla testa all'autore dello scherzo. Ed ora, signori, gradite un bicchierino?

Solo per l'eternità. E bestia

Il terrore di Piero quando, dopo morto, si trovò in presenza di colui ch'egli aveva sentito dire dovess'essere il suo giudice — il terrore, per intenderci, che provò quando vide con indicibile sorpresa chi era questo giudice (e la cosa gli parve nello stesso tempo incredibile e naturalissima, come cosa *che non poteva essere che così*) — superò qualsiasi immaginazione. Non tanto per il fatto in se stesso, quanto per l'incredibilità e la semplicità di esso. Mentre uno sbalordito terrore l'invadeva e un brivido lo percorreva tutto — se così possiamo esprimerci, trattandosi d'un essere ormai immateriale —, egli pensò subito:

« Non poteva essere che così. Come non averci pensato prima? Come non averlo mai immaginato, neppure lontanamente? ».

Era l'uovo di Colombo, ma non gli era mai balenata, in vita, l'idea d'una soluzione così semplice e terribile.

In verità egli non aveva mai creduto troppo a fondo nell'altra vita. Credeva e non credeva. Credeva vagamente. Non aveva mai approfondito. Comunque, anche credendo all'altra vita, non credeva in quella storia del giudizio, della pena, dell'espiazione. Ché, a crederci fermamente, c'è da diventare pazzi se non si riesce ad esser Santi, o almeno a regolarsi in conformità di ciò a cui si crede. E, poi, s'era spesso detto:

« Perché dovrebbe esserci un giudizio, una pena? Ho forse chiesto io d'esser messo al mondo? È un esame a cui siamo sottoposti? un tranello per farci cadere? Non sono stato io a farmi come sono. Se mi si voleva diverso, potevano farmi diverso. Non siamo bambini ».

E con questi argomenti gli pareva di aver risolto il problema.

Quando invece vide come stavano le cose, capì che il giudizio, la pena, c'erano, ed era giusto e logico che ci fossero.

Anzitutto, quando, morto, s'accorse che c'è *l'altra vita*, invece della gioia che immaginava provò subito un senso di preoccupazione immensa, di irrimediabilità, di tempo sprecato in tutta la vita.

S'era trovato improvvisamente in un luogo che gli parve volgare, addirittura repellente. C'era gran gente indaffarata intorno, pareva un luogo di smistamento, come una grande stazione sporca (naturalmente non c'erano né treni né altro di ferroviario; si trattava d'un'impressione), dove quelli che arrivavano venivano in gran fretta convogliati in tutte le direzioni. Era stato lasciato ad aspettare e sentiva un'inquietudine straordinaria, con una vaga idea di « dover rendere conto ». Non sapeva a chi e di che cosa, ma l'impressione l'aveva. E in essa fu confermato da un tale che gli capitò vicino. « Un dannato », pensò Piero. Lo intuiva dall'improntitudine che rendeva quel tale addirittura ripugnante. Costui lo guardava sogghignando·malignamente e facendo di sì, di sì col capo, come a dirgli che non s'ingannava, che tra poco sarebbe venuto il suo giudice.

« Chi sarà questo giudice? » pensava Piero.

Per un attimo gli balenò alla mente un ricordo scolastico del dantesco Minosse che con la coda si cingeva tante volte « quantunque gradi, ecc. »; e suo malgrado e malgrado la gravità del momento non poté a meno di sorridere, per quanto anche questa espressione possa adattarsi a un essere ormai incorporeo. Comunque, aveva su questo punto idee confuse, le quali non facevano che accrescere il suo scetticismo.

Provò a domandare con un sorriso ironico al dannato sfacciato:

« Minosse? ».

Quegli alzò le spalle e continuò a guardarlo malignamente, con l'aria d'uno che si prepari a divertirsi della sorpresa che l'altro avrebbe avuto.

« L'Eterno? » balbettò Piero.

Il dannato fece di no col capo e ghignava.

« Qualche Santo? qualche Angelo? Il diavolo, se c'è? »

Il dannato continuava a far di no col capo, sogghignando con gioia maligna e pareva volesse dire: « Peggio. Non te l'immagini nemmeno ».

« O chi accidente può essere? » pensava Piero. « Qualche mio nemico, qualcuno a cui ho fatto del male? »

Provò a dire il nome di qualche persona a cui nella vita aveva fatto del male — del resto non gli pareva di aver fatto gran male a nessuno — ma subito pensò che era una sciocchezza. Di molti non sapeva nemmeno se fossero morti o ancora in vita. Del resto il dannato ripugnante continuava a far cenno di no e a dire:

« Peggio ».

« Una donna? » domandò Piero.

E si mise a pensare alle donne che aveva incontrato, ma contemporaneamente pensava che in fondo anche esse, o molte di esse, avevano fatto del male a lui. E il dannato continuava a far cenno di no col capo, ridendo maligno e ripetendo: « Peggio ».

Piero non sapeva che cos'altro immaginare. Mormorò:

« Un parente? O forse una persona qualsiasi presa a caso? ».

Ormai pensava le cose più strane. Per un attimo gli balenò in mente l'idea di qualche bambino non conosciuto, e perfino quella assurda di qualche bambino non nato. Ce ne doveva essere qualcuno anche nella sua vita, magari senza che egli lo sapesse.

Ma l'altro seguitava a fare no, a ridere e a dire:

« Peggio. Peggio ».

A un tratto parve ascoltare qualcosa lontana e disse:

« Eccolo ».

Balzò via come un gatto in fuga e Piero rimase solo ad aspettare il "giudice". Sentiva un'inquietudine angosciosa, ma anche una certa curiosità e forse, chi sa?, con questo giudice che non era nessuna delle persone immaginate, una certa speranza di cavarsela. Del resto, questa speranza non l'aveva mai abbandonato. Non si considerava un gran peccatore. Per quel che lo riguardava, trovava attenuanti e giustificazioni in tutto.

Con sorpresa vide arrivare e farglisi davanti un ragazzo. Un ragazzo un po' dimesso, pareva uno studente, e prima ancora di vederlo bene gli parve di conoscerlo.

Ora, quale non fu il suo stupore e diciamolo pure, il suo terrore, e l'impressione che si trattava di cosa serissima e alla quale non era possibile sfuggire, quando un tuffo al cuore, prima ancora d'un preciso riconoscimento, l'avvertì che il suo giudice era lui stesso. Il "lui stesso" di molti anni prima, il "lui stesso" ragazzo. S'era dimenticato di quel "lui stesso". Ma era la soluzione più semplice, in fondo, la più logica e anche la più tremenda. Ecco un giudice a cui non era assolutamente possibile nasconder nulla. Stava lì, davanti a lui e gli chiedeva conto di tutto. *E sapeva tutto.* Ma come gli era estraneo, ormai! Possibile che fosse diventato così severo con lui? Non c'era modo di sfuggirgli. Vedete, a tutti avrebbe potuto nascondere qualcosa, darla ad intendere, ma a se stesso no; questa era la trovata diabolica.

Con qualsiasi altro giudice ci sarebbe stata forse la possibilità di nascondere qualche cosa, di far passare per buona qualche scusa, qualche attenuante, ma con questo no. Questo sapeva tutto di lui, conosceva i più intimi recessi dell'anima sua, tutte le pieghe; aveva assistito attimo per attimo al suo modo d'agire, di pensare, sapeva quello che egli aveva fatto e quel che non aveva fatto, e perché l'aveva fatto e perché non fatto, e anche quello che aveva pensato di fare, senza farlo.

Eppure, quel giudice che lo condannava gli era perfino caro. Era lui, gli venivano le lagrime soltanto a vederlo.

Ma perché non averglielo detto che un giorno sarebbe stato giudicato da questo se stesso così severo, inflessibile?

Un giorno? Ma se ci pensava s'accorgeva che quel se stesso in fondo l'aveva giudicato sempre, momento per momento, passo per passo, gli era stato sempre vicino. Lui l'aveva ascoltato sempre meno, fino a non udirlo più.

Si era dimenticato di sé.

Adesso era un se stesso – lo sentiva – che stava a momenti per separarsi da lui per sempre e abbandonarlo diventando non so che cosa. Quello – lo sentiva – era l'ultimo colloquio con se stesso. Terminato il quale, presentiva la possibilità, quasi la certezza ormai, che quel terribile personaggio senza macchia che l'aveva accompagnato per tutta la vita e che era un lui accanto al lui peccatore ignominioso – che era poi il vero se stesso così com'egli l'aveva ridotto – se ne andasse ormai per sempre, scomparisse e lo lasciasse solo. Era spaventoso. Che dolore perderlo, distruggerlo!

Sentiva, dietro quel colloquio, la possibilità dell'annientamento, del non esser più lui. E di se stesso gli vennero a un tratto insieme il terrore e una tenerezza, un rispetto infinito, che non aveva mai avuto.

Ora capiva. Se egli avesse avuto per se stesso i sentimenti che provava ora, la sua sarebbe stata la vita eroica d'un santo.

Provava ora per quel se stesso giudice un ingiusto rancore e un disperato amore.

Era il se stesso di quando era bambino, fino alla vigilia dei primi errori.

Pareva che avesse pianto. Certo doveva aver molto sofferto. Aveva l'aspetto un po' in disordine, quasi dimesso. Col suo sguardo limpido, triste e straordinariamente serio, pareva dirgli: «Perché mi hai tradito? Perché non sei stato quello che promettevi di essere? Perché non hai mantenuto la promessa? Hai sciupato tutto, hai sprecato tutto. Perché ti sei staccato da me? ti sei allontanato da me, giorno per giorno, sempre più, fino a dimenticarmi? ».

Con sua grande sorpresa, quando il ragazzo l'ebbe condotto agli archivi, Piero si sentì contestare:

« Uccisione di quattro persone ».

L'uccisione d'un suo simile non era mai entrata nelle possibili azioni di Piero. Tutto, meno che questo. Figurarsi il suo sbalordimento nel sentirsi addebitare non uno ma quattro omicidi. Lui che non aveva mai in vita sua maneggiato un'arma.

« Questo » disse « è assolutamente escluso. Sono sicurissimo di non aver mai ammazzato nessuno. Mi sono sempre sentito incapace di uccidere, su questo non ho il minimo dubbio.

Non era stato nemmeno in guerra. E aveva sempre pensato che, se fosse andato a combattere, non avrebbe sparato contro nessuno, non avrebbe ucciso nessuno, a costo di lasciarsi uccidere. Non aveva mai ucciso nemmeno un insetto. Era di quelli di cui si dice: incapaci di uccidere una mosca. Quindi guardò tranquillo l'archivista con la certezza che ci fosse un equivoco.

L'archivista non si scompose. Guardò nel registro e disse:

« La prima vittima è una vecchia signora. Guardi, qui c'è il ritratto ».

Mise il dito sul ritratto d'una vecchia vestita alla foggia di quaranta o cinquant'anni prima: un abito con trine, l'ombrellino, un velo per tenere fermi i capelli evidentemente gonfi di "ripieni".

« Mia nonna! » esclamò Piero al colmo della sorpresa.

Ricordava perfettamente che sua nonna era morta di morte naturale quand'egli era ancora ragazzo. Come lo si poteva, non diciamo accusare, ma anche soltanto sospettare di così efferato delitto? Tanto più ch'era anche da escludere ch'egli l'avesse uccisa coi maltrattamenti o dandole dispiaceri: la nonna paterna era un tipo d'aspetto marmoreo, sempre impassibile, chiusa in se stessa. Vedeva i nipoti di rado, quasi soltanto in villeggiatura e non scambiava una parola con essi, che avevano per lei un rispetto e un timore reverenziale. E nemmeno era un tipo tenero. Al contrario, era di carattere duro e autoritario. Ancora a settant'anni passati esigeva dai figli, ormai adulti, un'obbedienza come fossero ragazzini. Era sempre accigliata, immusonita. Come si poteva accusare un ragazzo di aver ucciso una donna simile?

L'archivista porse il fascicolo a Piero, che lo scorse incuriosito e già certo di potere subito identificare l'errore.

Ma, dopo le prime righe, Piero cominciò a ricordarsi di certi fatti e circostanze che gli erano uscite di mente.

Era il tempo della prima guerra mondiale. Piero era un ragazzo e tra i molti discorsi catastrofici che aveva udito in giro ce n'era stato uno relativo alla "moratoria" delle banche.

« Ci sarà la moratoria » aveva sentito dire.

« Che cos'è la moratoria? »

« Le banche per un certo tempo non restituiscono i denari avuti in deposito. »

« E quando li restituiranno? »

« Passato il periodo eccezionale, se le cose si accomodano. E se le cose precipitano al peggio, non restituiranno più niente perché andremo tutti a catafascio. »

Piero era con la famiglia in villeggiatura. Da tempo si sapeva in casa che la nonna aveva un po' di denari alla banca. Piero aveva spesso sentito alludere in famiglia – specie in momenti di ristrettezze – a questo segreto della vecchia signora, che era terribilmente avara.

Il giorno che aveva sentito fuori di casa il discorso della moratoria, Piero, senza voler far proprio una cattiveria, ma soltanto per vedere che faccia faceva alla notizia la nonna che sedeva di fronte a lui, a tavola disse a un certo punto con indifferenza:

« Ho sentito dire che ci sarà la moratoria alle banche ».

Per un attimo vide la nonna che lo guardava con occhi quasi terrorizzati, come stesse col volto sospeso su di lui, ma soltanto per un attimo. Poi il discorso tornò alle notizie dal fronte e la nonna stava tutta orecchi ad ascoltare, ma non pareva che pensasse più a quella notizia della moratoria. Comunque, non ne parlò, non chiese particolari. Non parlava mai, di solito, e del resto non avrebbe mai fatto il minimo cenno a un argomento che facesse sospettare l'esistenza di suoi denari in banca o altrove. Con lo sguardo passava dall'uno all'altro di quelli che parlavano, come ansiosa di afferrare qualche particolare.

Fu dopo pranzo che la nonna a un certo punto fu vista col capo abbandonato sul petto, come se si fosse assopita. Lì per lì nessuno ci fece caso. Ma dopo poco la mamma avvertì qualcosa che non andava, chiamò la nonna, la scosse; il capo ciondolava, la vecchia signora respirava a fatica con la bava alla bocca. Dopo qualche giorno era morta. A Piero non venne mai in mente di collegare la paralisi con la sua frase della moratoria. Egli stesso, appena detta la frase, se n'era dimenticato e probabilmente in tutta la vita non pronunziò più la parola moratoria né più s'occupò di cose bancarie.

Ora dagli atti dell'incartamento risultava che la nonna l'aveva uccisa lui con quella frase pronunciata a tavola, procurando alla vecchia una forte scossa psichica proprio nel momento della digestione.

« Però » obbiettò « a me pare piuttosto un caso di malignità infantile, sia pure grave, sia pure con conseguenze letali, ma involontarie. »

Il ragazzo scoteva il capo con tristezza. L'archivista si curvò verso di lui e bisbigliò:

« La vittima ha un precedente: uccisione del marito ».

Anche questo giungeva nuovo a Piero. Sapeva benissimo che il nonno paterno era morto di trombosi alcuni anni prima ch'egli nascesse. Sapeva pure ch'era un uomo estremamente mite e che la moglie l'aveva sempre trattato con straordinaria durezza, ma non pensava che così lo avesse addirittura ucciso.

« Siamo come cristalli, » spiegò il ragazzo con bontà « un niente ci incrina. E ci diamo botte tremende l'un l'altro. »

Piero era allibito.

« E gli altri miei omicidi? » domandò.

Ora s'aspettava tutto o, visto il criterio, quasi quasi s'immaginava di vedersi attribuire l'uccisione di centinaia di persone, magari ch'egli non conosceva o conosceva appena.

L'archivista dette una scorsa all'elenco.

« Seconda vittima, » disse « Andrea d'Avenza, 73 anni. » Suo padre. Il figlio della nonna che egli aveva ucciso. Piero aveva dunque quasi sterminato una famiglia, la propria; una madre e un figlio, che erano rispettivamente sua nonna e suo padre. Ma come aveva ucciso anche suo padre?

L'archivista gli porse il fascicolo.

Vi si parlava di certe interminabili discussioni in cui lui contraddiceva sistematicamente il padre, trattando le idee di lui come antiquate e d'una passata generazione. Anche in questo caso per una strana forma di malignità non dovuta a sentimenti ostili. Anzi. Se si fosse trattato d'un suo nemico, o d'un estraneo, non l'avrebbe contraddetto così accanitamente. Godeva a vedere il disorientamento del padre dovuto al fatto ch'egli, con la massima naturalezza e semplicità – come si trattasse di cosa ormai pacifica – dichiarava superate o assurde certe idee che il padre credeva incrollabili. Il padre discuteva, ma di fronte all'ostinazione del figlio restava quasi sbalordito e non sapeva come reagire.

Ma la parte più importante di questo fascicolo era costituita dal settore "donne" e questo stupì molto Piero. Qui non c'entrava la malignità. Piero aveva avuto una relazione con una donna cattiva, è vero, ma costei le sue cattiverie le aveva fatte a lui e non al padre di lui.

« Appunto per questo » spiegò l'archivista. « Suo padre è stato ucciso dal dolore di vedere il figlio nelle spire d'una donna che lo rendeva infelice ».

« Ma allora » esclamò Piero risentito « l'omicidio va addebitato non a me ma a quella donna. È lei che ha ucciso mio padre trattando male me.»

«No» precisò l'archivista. «Suo padre è stato ucciso dal rovello di vedere il figlio così debole, che si lasciava dominare dalla donna malvagia; dalla rabbia di non poter lui scacciare a pedate costei. Così si fece il sangue cattivo.»

«In sostanza» obbiettò Piero «io avrei ucciso mio padre non perché gli abbia procurato delle sofferenze con la mia cattiveria, ma perché queste sofferenze gliele procurai, direi quasi, con la mia bontà, remissività e pazienza di fronte a quella donna. Sapere che io soffrivo, l'uccise.»

«Precisamente» disse il ragazzo. «Tu facevi male a te stesso e con ciò facesti male anche a lui che ti amava e che aveva un carattere ben più forte del tuo.»

«Anche perché si è forti quando non si è presi in una situazione,» osservò Piero con amarezza.

E aggiunse:

«Potrei parlargli?».

«A chi?» domandò il ragazzo.

«A mio padre.»

Il ragazzo fé cenno che non si poteva.

«Anch'io» proseguì Piero. «Certe volte mi sarei sentito di prendere a calci la donna di qualcun altro perché questa era tiranna e malvagia col proprio uomo e dicevo a lui: "Ma perché non te ne liberi? Io, se fossi in te, farei questo, farei quest'altro...". Invece, se fossi stato in lui avrei fatto come lui perché lui non poteva fare altrimenti, essendo preso nella situazione. Ognuno è fortissimo con alcuni e debolissimo con altri.»

«Ma tante volte» osservò il ragazzo «la imperdonabile debolezza d'un uomo che subisce una situazione intollerabile fa una gran rabbia ai terzi, che vedono le cose dal di fuori, specie se gli vogliono bene; essi vorrebbero intervenire e in qualche modo sfogano la loro rabbia. Ma figurarsi come una cosa simile faccia rabbia a un padre amoroso il quale non può nemmeno intervenire, sfogarsi in qualche modo, perché si tratta di suo figlio e non vuol dargli un dolore. Questo rovello uccise tuo padre. »

« Ma era un male che facevo a me stesso. »

« Non vuol dire. Tu lo facevi a una persona (te stesso) che era cara a tuo padre, e così uccidesti tuo padre. »

« Che modo di ragionare? Così ci viene addebitato anche il male che facciamo a noi stessi. »

« Questo si sa; indipendentemente dalle conseguenze che una cosa simile può avere sulle persone che ci amano. »

Il ragazzo guardò Piero con tristezza e aggiunse:

« Il maggior male tu lo hai fatto a me (che poi sono te stesso) e vedi bene che nessuno te lo addebita. In questo caso, tanto peggio per me, cioè per te, per noi ».

Del resto, quanto a suo padre, Piero sentiva, in fondo, che la cosa era giusta e si sentiva colpevole, come s'era sentito a suo tempo. Avrebbe dovuto esser forte e anche duro verso quella donna che lo faceva soffrire; avrebbe dovuto esserlo per bontà verso suo padre, il quale soffriva per le sofferenze e per la debolezza imperdonabile del figlio. Domandò:

« Mio padre ha saputo che dopo la sua morte mi sono staccato da quella donna? ».

Il ragazzo fece un cenno evasivo.

« Passiamo alla terza vittima » disse Piero confuso.

La terza era Anna Paula.

« Avrei dovuto immaginarlo » disse Piero con amarezza. « Dio com'è difficile vivere! »

Ricordava perfettamente il lontano amore per questa donna ch'egli abbandonò; ricordava anche di aver sofferto nell'abbandonarla per un'altra donna. Ché non sono senza dolore per noi le cattiverie che facciamo agli altri. Ma sono poi cattiverie? In certi casi è fatale, non si può fare altrimenti. Oppure bisognerebbe essere eroi. Ma anche fingere? Disse:

« Ma allora io sono omicida se faccio soffrire gli altri; lo sono se gli altri fanno soffrire me. In ogni caso ».

A un certo punto il ragazzo gli disse:

« Guarda, guarda, guarda ».

All'improvviso tutto era cambiato, intorno. Stavano ora in una strada di città, di sera. A Piero pareva di conoscere questa strada. Gli ricordava qualcosa. Ma sì, era proprio una certa strada del centro dov'egli era passato un'infinità di volte. Le botteghe — sartorie per signora e antiquari di lusso — erano già chiuse e la strada, spazzata dalla tramontana, era quasi deserta perché la gente era già andata a cenare. Era d'inverno e i fanali davano poca luce giallastra. La strada era come molti anni avanti, prima che si trasformasse come il resto della città.

Tic, tic, tic, lungo il marciapiedi opposto si vide trotterellare una donna giovane, un po' buffa, con un cappellino, con grossi guanti alla moschettiera e un bastoncino, la quale sgambettava allegramente.

Piero la riconobbe subito: Giulia!

Era Giulia da giovine.

« Ho ucciso anche lei? » domandò Piero stupefatto.

Il ragazzo gli fece cenno di no e che stesse a guardare.

Giulia, da giovine, come tanti anni fa, passava proprio a quel medesimo angolo dove egli l'aveva vista per la prima volta una sera, molti anni prima: le stesse stravaganze nel vestire, la stessa età, il medesimo aspetto.

Così lui l'aveva incontrata.

Donna sola. Abbandonata da un marito. Viveva col suo bambino in subaffitto, felice di combinarsi quei cappellini buffi, di brillare in una sua piccola cerchia di ammiratori e di corteggiatori, per la propria eleganza un po' stravagante e per il proprio spirito. Una sera Piero era stato nella sua camera, il bambino già dormiva e gli aveva fatto tenerezza vedere in un angolo accatastata l'armatura di latta d'un piccolo guerriero, qualche sciaboletta, qualche automobilina. L'aveva intenerito anche il fatto di vedere Giulia in veste di mamma (e, come mamma, era eroica). A poco a poco Piero l'aveva strappata alla cerchia in cui ella brillava, ai suoi corteggiatori, ai suoi cappellini ridicoli, al suo bastoncino da uomo, alle sue inoffensive stravaganze; l'aveva fatta prima normale e poi triste, vecchia. L'aveva tradita, l'aveva fatta diventare — da allegra com'era — cattiva, rabbiosa, velenosa, le aveva guastato il carattere, come lei diceva, e quand'ella fu irrimediabilmente vecchia, quand'ebbe perduto alcuni visibili denti, l'aveva lasciata.

Oh, a quell'angolo, una sera, tanti anni prima, se l'avesse lasciata andare! Invece l'aveva fermata, l'aveva accompagnata e per quella sera le aveva fatto cambiar mèta. Da allora Giulia non aveva più sgambettato verso i circoletti di amici nei quali brillava per le sue innocenti stravaganze, per le sue pose sia pure un poco artificiose. Era la sua vita. Povera Giulia, perché toglierla alla sua innocente tranquillità? A vederla passare così, tal quale come quella sera, Piero sentiva un dolore forte nella strozza. Avrebbe voluto correrle dietro, chiamarla, chiederle perdono del male che le aveva fatto. Ma Giulia sgambettava lieta e non s'era accorta di lui.

« È un fantasma » gli disse il ragazzo. « Era dentro di te e tu non lo sapevi, non te n'eri mai accorto. Ora lo vedi. »

Quel che più gli faceva male e lo inteneriva, era che Giulia appariva buffa come allora. Ma nel suo innocente ridicolo, come allora, era felice e non faceva male a nessuno.

Subito dopo passò Giulia vecchia, come Piero l'aveva vista ultimamente un giorno per istrada e aveva finto di non vederla. Incredibilmente trasandata nel vestito, imbruttita, con qualche dente finto, vestita di nero; questa era opera sua, così l'aveva ridotta lui, in fondo.

« Sarebbe invecchiata lo stesso » obbiettò Piero.

« Forse avrebbe trovato uno che le sarebbe rimasto affianco anche invecchiata. Forse poteva capitare anche peggio, d'accordo. Ma tu lasciala andare, se non ti senti di tenerla anche vecchia e brutta. Non le hai dato nulla. Lascia che altri se la governi. Lascia ad altri la gatta da pelare, visto che volevi soltanto prenderle la giovinezza. Con le tue bugie, coi tuoi inganni, ne hai fatto una specie di strega rabbiosa. Per debolezza, dici. Credevi d'esser pietoso a ingannarla. Ma lascia che altri si metta nei pasticci. Eccola lì, povera Giulia. Guarda che differenza dall'altra, dei cappellini buffi. »

Questa passava curva, vestita di nero, piena di amarezza,

proprio come quella volta che era passata sotto il naso di Piero, per strada, senza vederlo, e Piero aveva finto di non vederla, sia perché era ridotta in quello stato, sia perché lui aveva un appuntamento con un'altra. Adesso Piero le mosse incontro per dirle una parola buona.

« È inutile » disse il ragazzo. « È un fantasma. Perché non le parlasti quando la incontrasti laggiù? Invece quel giorno fingesti di non vederla, perché ti seccava. Giulia era sempre travolgente, ti voleva bene ancora e a te dava fastidio quella sua irruenza cordiale e generosa. E poi eri aspettato da un'altra donna giovane e bella. »

« Dio, Dio, che rimorso e che dolore! » piangeva Piero.

Vide passare un vecchietto.

« Papà! » gridò.

Piero lo inseguiva. Il dannato, affacciatosi, rideva a vedere che Piero credeva di poter parlare coi fantasmi, di poter regolarsi con i fantasmi come se fossero esseri materiali, ancora vivi.

« Ma io ho bisogno di parlargli, di dirgli tante cose, » disse Piero al ragazzo, che lo tratteneva.

« Perché non l'hai fatto quando eri in tempo? Adesso non è possibile. Non per cattiveria d'altri, ma perché tu ti sei messo in questa situazione. Per te, lui non è più, è un fantasma dentro di te. Tu ignoravi che in te ci fossero questi fantasmi, ma ci sono. Lui è altrove. Dovevi profittare, per parlargli, di quando ti era vicino. Avesti occasioni d'oro e le lasciasti cadere. »

« Ma questa è la strada dei fantasmi? » mormorava Piero.

« Non è la strada, » disse il ragazzo « sei tu. Anche la strada è dentro di te. Non esiste mica, fuori. »

Il dannato continuava a far capolino e a ridere.

« Ti ricordi » disse il ragazzo a Piero, lagrimando (e anche Piero lagrimava) « quel giorno in cui... »

Il ragazzo si ricordava di tutto. Di certe mattine fresche dell'infanzia. Di certi slanci, di certi abbandoni, di certe felicità senza ragione e di certe ingenuità. Parlò, parlò a lungo.

« E la quarta vittima? » domandò Piero.

« Sono io. A me hai fatto più male che a qualsiasi altra persona. »

« E la punizione? Tu sei buono, non sarai troppo severo. »

« Non dipende da me, » fece il ragazzo con tristezza « e la punizione sarà, mio malgrado, la più crudele per te. Non la tua morte... »

Piero respirò. Benché fosse già morto alla vita terrena, l'idea dell'annientamento totale lo spaventava.

« Ma peggio, » proseguì l'altro. « Non hai voluto portarmi con te fino al porto estremo. Hai voluto fare il tuo viaggio senza di me e io sono rimasto fuori. Addio. Addio. »

Cadde. Era diventato come uno straccetto senza vita, un cencio senza moto, bianco come un bimbo morto. Quasi un nulla. Come un pipistrello caduto. Era morto.

Vennero gl'inservienti col secchio della spazzatura a raccoglierlo e a portarlo via.

Piero rimase muto, con un dolore forte nella strozza.

« Io l'ho ucciso! » mormorò.

Si guardò intorno. Greve d'errori, di peccati, si sentiva ora infinitamente solo, irrimediabilmente solo e sentiva che lo sarebbe stato ormai per sempre.

Ora davvero aveva perso tutto.

Solo per l'eternità. E bestia.

La rivolta delle sette

La cosa più strana, circa l'avvenimento di cui hanno parlato i giornali e che va sotto il nome di rivolta delle sette, è che essa era stata fissata per le sei. Ma in realtà poteva esser fissata per un'ora qualsiasi, poiché per sette s'intendeva non l'ora, ma le associazioni segrete che pullulano in quel paese. Sette, plurale di setta.

Purtroppo, finché c'è una sola setta, tutta va liscio; ma, quando esse cominciano a moltiplicarsi, si salvi chi può. E questa fu causa non ultima dei guai a cui andò incontro il moto insurrezionale.

Difatti gli organizzatori fissarono la sommossa, come detto, per le sei del pomeriggio. Ora comoda, né troppo presto né troppo tardi, che permetteva a tutti di parteciparvi senza scombussolare né l'orario d'ufficio né quello della cena. I congiurati si passarono la voce, come è buon uso nelle congiure; e del resto non si può fare diversamente in questi casi, e bisogna farlo con le dovute cautele. Un congiurato, passando accanto a un altro, mormorava in fretta, senza guardarlo, per non dar nell'occhio agli altri passanti:

« Ci vediamo alla rivolta delle sette ».

L'altro credeva che alludesse non alle associazioni, ma alle ore. Né, del resto, poteva stare a domandare spiegazioni, anzi doveva filar via come niente fosse. Così pure, si svolgevano dialoghi di questo genere:

« Anche tu fai parte della rivolta... ».

« ... delle sette, sì. »

E i capi facevano circolare l'ordine: « Domani, tutti alla rivolta delle sette! Nessuno manchi ».

Conclusione: la maggior parte dei congiurati si presentò alle sette invece che alle sei. Voi capite che, in una faccenda di questo genere, un ritardo può esser fatale. Determinò il fallimento. Fu per questo che, in un successivo tentativo, l'ora della rivolta fu fissata, a scanso d'equivoci, per le sette. Col che gli organizzatori ottennero che, nominando soltanto il moto sedizioso, si diceva contemporaneamente anche l'ora per cui era fissato e, d'altro canto, dicendo l'ora, si indicava anche a quale moto si alludeva, con evidente risparmio di tempo e di spesa, per tutto quello che si riferisce a stampati, circolari, ecc. Alcuni più pignoli dicevano:

« La rivolta delle sette delle sette ».

Ora bisogna sapere che le sette, in quel paese, erano una ventina, ma alla rivolta partecipavano soltanto sette di esse, e non fra le più importanti. Quindi fu necessario dire: « La rivolta delle sette sette », oppure: « La rivolta delle sette sette delle sette ».

Ciò anche quando, prevalendo la tendenza unificatrice, le sette si ridussero a sette.

Ogni setta era composta di sette membri, i quali erano chiamati i sette delle sette sette, e il loro moto sovversivo si chiamò la rivolta dei sette delle sette sette delle sette.

La cosa grave è che c'era un'altra rivolta, o meglio una controrivolta, un movimento reazionario, insomma, i cui promotori nulla avevano a che fare con la prima e anzi erano contro di essa e contro ogni setta.

Disgraziatamente questi, ignorando che l'altra rivolta era fissata per le sette, fissarono per la stessa ora anche la loro. Non vi dico quello che successe fra i congiurati delle due parti, che fecero confusioni tremende, sicché gli antisette finirono fra le sette, verso le sette e mezzo, e le sette, fra gli antisette alle sette.

La controrivolta si chiamò la rivolta delle sette degli antisette contro la rivolta dei sette delle sette sette delle sette.

In attesa che essa scoppiasse, i congiurati giocavano a tressette. E questi giuochi passarono alla storia come i tressette della rivolta antisette delle sette, contro quella dei sette delle sette sette delle sette.

Un caso curioso avvenne quando uno dei sette congiurati della rivolta delle sette contro quella dei sette delle sette sette, giocando al tressette verso le sette, si fece un sette ai pantaloni: e questo si dovette chiamarlo il sette del tressette d'uno dei sette della rivolta antisette delle sette contro quella dei sette delle sette sette delle sette.

L'orrenda parola

Nella sera di giugno, gli alberi ai lati della strada erano in fiore e c'era un profumo, nell'aria, e un brusìo. Conoscete, signori, quest'ora? Non è più giorno e ancora non è notte, la luce comincia a languire (chi di noi non si fermò una sera tra gli oleandri? Gli occhi di lei diventarono improvvisamente fondi, grandi e scuri nel crepuscolo). La città, ronzante e fervida come un alveare, è percorsa in tutti i sensi da automobili all'impazzata.

Goffredo camminava in silenzio al fianco di Silvia, accompagnandola, per la ventesima sera consecutiva, verso la casa di lei.

« Ho pensato... » disse improvvisamente al momento di separarsi decidendosi a parlare.

Silvia drizzò le orecchie; una voce interna le aveva detto: « Ci siamo ».

« Ho pensato... »

Fermi all'angolo, Goffredo fissava intensamente un pezzo del marciapiedi, tracciandovi sopra ghirigori con la punta della scarpa. Disse in fretta, con una voce sorda e arrossendo tutto, che ormai aveva deciso di parlare al proprio padre.

« Gli ho già accennato qualcosa » aggiunse, « e del resto, papà deve aver indovinato da un pezzo. Ma stasera gli dirò tutto ».

Poi Goffredo disse, sempre in fretta, che, non appena parlato al proprio padre, intendeva presentarsi con lui ai genitori di lei; e disse a Silvia che li prevenisse e fissassero la data per un giorno della prossima settimana.

Era fuor di dubbio che il padre di Goffredo, vedovo da alcuni anni e con quell'unico figlio, avrebbe fatto tutto ciò che questi desiderava. Dopo aver parlato, Goffredo fissò per un attimo la ragazza negli occhi e scappò. Allora tutti gli alberi in fiore si misero a girare intorno a Silvia.

Poi, mentre da sola lei stava facendo di corsa gli ultimi cinquanta metri verso casa, e ancora gli alberi le giravano intorno, Silvia sentì a un tratto quasi una puntura nel cuore, come chi improvvisamente avverta il dolore d'una ferita di cui s'era un momento dimenticato, ma che è sempre lì, presente.

Suo padre! Goffredo e il padre di lui l'avrebbero avvicinato, avrebbero parlato con lui. Silvia sentì come una mazzata sulla testa.

Il cavalier Odoardo era il miglior uomo del mondo, tutto cuore, incapace di far male a una mosca. Padre esemplare, insomma, benché ancora in vita. E non è nemmeno a dire che fosse poco presentabile, anzi! Giovanile, curato, addirittura elegante. Era un padre da andarne fieri. Ma una negra nube oscurava il roseo di questo cielo: il cavalier Odoardo aveva l'abitudine, in famiglia e talvolta anche fuori, di punteggiare i propri discorsi con un'esclamazione orrenda.

Egli non annetteva alcun significato sconveniente alla parola, che gli usciva di bocca, per così dire, contro la sua volontà, specie quando lui s'accalorava nel discorso. Era per lui quasi un intercalare inteso a dar forza al suo dire. Perché, quel ch'è peggio, egli non soltanto usava la parola come esclamazione nei momenti di foga, ma spesso la impiegava come rafforzativo generico, del tutto pleonastico, in quanto se ne sarebbe potuto benissimo fare a meno.

Per darvene l'idea: ammettendo che la parola, che mi rifiuto di trascrivere, sia *cribbio*, egli, oltre ad usarla a proposito e a sproposito come interiezione e, quel ch'è più strano, sia nei momenti di stizza, sia in quelli di buon umore, la usava anche nei momenti di calma, in costruzioni del genere di: quel *cribbio* del cavalier Tale; o: che *cribbio* dici? che *cribbio* fai? e perfino: con tanti *cribbi* di guai che abbiamo; o: gli dò tanti *cribbi* di calci nel sedere, eccetera.

Questo avveniva specialmente a tavola, anche se c'erano estranei, e pareva che né essi né il cavalier Odoardo dessero la minima importanza alla cosa. E avveniva anche solitamente in conversazione. In sostanza, avveniva sempre.

Per Silvia, fin da bambina, questo era stato un serio motivo d'angoscia. Un tempo ella si considerava addirittura condannata a restar zitella, perché mai avrebbe avuto il coraggio di mettere il fidanzato a parte d'un così atroce segreto. Non era possibile sposarsi, senza che l'uomo prescelto entrasse in casa e avvicinasse il genitore. Sarebbe stata anche una cosa crudele per Silvia, che amava teneramente suo padre; e lo sarebbe stata anche per suo padre, che, a parte questo difetto, non aveva alcun torto verso la famiglia. Ma, se il fidanzato l'avesse avvicinato, era fuor di dubbio che, dopo pochi minuti, avrebbe udito dalle sue labbra l'orrenda parola. E Silvia preferiva piuttosto morire. E si vedeva suora, votata per la vita a un'esistenza claustrale, fuori del mondo, piuttosto che costretta a far sapere all'uomo amato che in casa sua si usava abitualmente una simile parola.

Ora il nodo era venuto al pettine, il paventato momento si profilava all'orizzonte, s'avvicinava come un drago dalle fauci spalancate, che avrebbe ingoiato la felicità della ragazza. Poiché la parola scappava fuori con maggior frequenza nei momenti d'espansività e di buon umore, era più che certo che, superato quel cortese imbarazzo che suole accompagnare il primo incontro col futuro marito della figlia, l'esuberante e cordiale cavalier Odoardo si sarebbe presto sentito a proprio agio e, quel ch'è peggio, a causa della viva simpatia e addirittura dell'affetto ch'egli non avrebbe mancato di provare subito per l'uomo che aspirava a impalmare la cara figliola, si sarebbe sentito d'ottimo umore, e quindi nella disposizione d'animo più favorevole per lo sganciamento, alla prima occasione, d'una ben nutrita sfilza di quelle che abbiamo sostituito con la parola *cribbio*. E allora a che servivano i collettini di pizzo inamidati, le mani curate, i pallori e i rossori di lei, quando papà con un *cribbio* avrebbe tutto cancellato?

Silvia, annunziando con molti rossori la prossima visita dell'innamorato e del padre di lui, confidò le proprie apprensioni alla mamma, che le divideva pienamente e che s'incaricò di parlarne al marito; e il primo risultato del colloquio con lui fu un formidalissimo *cribbio* uscito di bocca al brav'uomo suo malgrado, alle prime parole della consorte, e che quasi fece svenire Silvia, che origliava tremebonda dietro la porta.

« Papà, ti scongiuro! », disse poi la ragazza, appena si fu rimessa dal colpo, facendo irruzione nella stanza e gettandosi ai piedi del genitore. E tutti fecero coro, mentre Odoardo, confuso e commosso suo malgrado, andava balbettando: « E che *cribbio!*, manco fossi un imbecille », e frasi del genere, in cui, per quanto egli facesse attenzione e si sforzasse, e forse proprio per questo, l'orrenda parola finiva sempre per venir fuori, sia pure mugolata; al che egli, accorgendosi d'averla detta, la ripeteva con stizza a gran voce, in segno di protesta contro se stesso.

Perfino la vecchia fantesca, di solito ammessa a presenziare con semplice voto consultivo ai consigli di famiglia, imprevedutamente trovò accenti d'un'eloquenza che stupì tutti. È sempre antipatico, disse in sostanza, sapere che la persona amata vive in un ambiente, diciamolo pure, poco fine, o poco castigato, almeno quanto al linguaggio; tuttavia, passi per l'uomo; ma la fidanzata! questa fanciulla che l'innamorato considera un essere quasi angelico, questo giglio, questa creatura di sogno (e tale, in realtà, era Silvia); con che cuore si può farla immaginare dall'innamorato come nata e cresciuta in un'atmosfera irta di quell'odiosa esclamazione?

Bisogna anche dire che Silvia, per non esser da meno di Goffredo, unico delicato germoglio d'un padre oltremodo raffinato, gli aveva fin dai primi giorni descritto il proprio genitore come la quintessenza della raffinatezza. Dunque, era assolutamente necessario che Odoardo si controllasse, almeno nei primi incontri. Poi si sarebbe visto. Magari, evitando contatti troppo frequenti.

In pigiama, seduto sulla sponda del letto, Odoardo stava a sentire tutti quei discorsi a capo chino come un colpevole, con le lagrime agli occhi, pentito e addolorato sinceramente, e ogni tanto si grattava con rabbia l'arruffata capigliatura e si mordeva le labbra, perché stava per uscirgli con un sospiro la maledetta parola.

Promise drammaticamente.

Ma nessuno si fidava delle sue assicurazioni e si studiò qualcosa di più efficace. Che egli restasse zitto per tutta la durata della visita, non era né possibile né desiderabile. E non sarebbe stato nemmeno umano. Ettore, il maggiore dei figli, propose di sostituire il termine con altro, magari inventato, che non avesse nessun significato, visto che il significato non entrava per niente nell'esclamazione. Ma, dopo aver provato con *lara, tero, tosi* e altri neologismi, si capì che essi, oltre a non essere un efficace surrogato per Odoardo (era come dare uno stuzzicadenti a un fumatore accanito, per sostituire le sigarette che ha a portata di mano), avrebbero imposto al poverino un troppo grande sforzo mnemonico e d'attenzione.

Fu deciso allora d'usare un qualsiasi mezzo per ricordargli, nei momenti pericolosi, di non usare l'esecrata parola. Ma nemmeno questo era facile, poiché essa veniva fuori, per così dire, a tradimento, anche senza apparente giustificazione, e quindi era assai difficile, per non dire impossibile, avvertirne l'approssimarsi e correre in tempo ai ripari.

Tuttavia, poiché gli usciva di bocca soprattutto quand'egli

s'infervorava, si pensò a un mezzo meccanico. Qualcuno propose un campanello. C'era per l'appunto in casa un vecchio campanello da tavola e si fece una prova. La quale, però, non dette risultati soddisfacenti, perché Odoardo era talmente avvilito che, per tutta la durata dell'esperimento, non disse che poche parole scialbe, le quali non reclamarono mai l'uso del campanello. E poi tutti furono concordi nel riconoscere che l'impiego di esso, anche se efficace, cosa molto problematica, avrebbe dato alla riunione un carattere d'assemblea parlamentare, odioso quanto enigmatico.

Anche l'impiego di normali mezzi di prevenzione e repressione (tirare Odoardo per la giacca, dargli di gomito o un piccolo calcio sotto la tavola quando si stesse infervorando), a un attento esame si manifestò pieno d'incognite, soprattutto per una ragione; la parola soleva uscire fulminea, quindi il piccolo calcio, la gomitata o che so io, sarebbero arrivati dopo o, nella migliore ipotesi, insieme con l'esclamazione da reprimere, aggravando la situazione.

Occorreva un sistema acciocché Odoardo si ricordasse in ogni momento che non doveva per nessuna ragione usare la parola. Qualcosa come un metronomo che col suo tic-tac ripetesse incessantemente al brav'uomo: "bada, bada, bada", "non la dire, non la dire, non la dire", senza destar l'attenzione di estranei. Ma anche questo era difficile e inefficace, anzi pericoloso: di fronte a uno strumento del genere, o, che so io, a una lampadina di colore speciale costantemente accesa, o a un ventilatore in moto, o a un turibolo fumante, Odoardo avrebbe finito col non prestarvi attenzione, o più probabilmente con l'esplodere proprio nella paventata esclamazione nei riguardi del petulante congegnino.

Si concluse per l'uso di fazzoletti: a turno, ognuno avrebbe tirato fuori un fazzoletto e l'avrebbe agitato discretamente verso Odoardo, fingendo di volersi soffiare il naso, ma per rammentargli ciò che stava a cuore a tutti, in modo ch'egli fosse costantemente presente a se stesso.

Così s'arrivò al temuto e agognato pomeriggio. Da una

settimana la casa era sottoposta a una toletta spettacolosa e quel giorno, fin dalla mattina, non si pensò che all'attesa visita e non si lavorò che per essa. La vecchia fantesca fu quasi mascherata. Si sarebbe detto che dovesse andare a un ipotetico veglione. Malgrado le sue proteste e anche un abbozzo di resistenza, dovette mettersi i guanti di filo bianco e la crestina che le andava continuamente per traverso, contribuendo, col palese malumore per aver dovuto sottostare alla sopraffazione ch'era per lei l'insolita toletta, a darle un'espressione stravolta.

Tutti parevano essere stati strigliati a dovere ed erano un po' abbacchiati, le rispettive personalità essendo compresse. Ma più abbacchiato di tutti, addirittura avvilito, benché tentasse di galvanizzare gli altri con frasi d'incoraggiamento, era proprio Odoardo, che avvertiva nettamente un complesso di colpa. Sicché l'arrivo dei due visitatori avvenne in un'atmosfera di timidezza generale.

La prima a tirar fuori il fazzoletto, più che altro a titolo di preavviso, fu Silvia. Ne aveva presi due e li teneva bene in vista, uno per mano.

« Sei raffreddata? » le domandò Goffredo, timidissimo, a bassa voce, con premura.

Il vecchio padre di lui, professor Giuliano Masti d'Arena, era un tipo di studioso coi capelli grigi e un po' lunghi e le spalle curve. Piccolo di statura, pareva un tapiro e faceva tenerezza. I ragazzi, in anticamera, s'eran divertiti per un pezzo a provarsi il suo cappello di foggia antiquata, sbellicandosi alla vista dei guanti gialli che vi aveva depositato dentro. E soltanto un paio di scapaccioni di Silvia li aveva messi in fuga. Anche quel cappello e quei guanti facevano un po' tenerezza, soprattutto pensando che il proprietario s'era messo in ghingheri per venire a chieder la mano d'una ragazza per il suo unico figlio e che probabilmente non sapeva molto disimpegnarsi, quanto ad abbigliamento per l'occasione, perché era vedovo. Chi sa quanto avevano parlottato, padre e figlio, nella casa deserta, prima d'uscire per la difficile spedizione. I ritratti della mamma guardavano dalle pareti, senza poter intervenire con un consiglio. E forse, se i ritratti sapessero sorridere, più d'una volta avrebbero sorriso, divertiti, oltre che allarmati, all'impaccio dei due.

In salotto, nel primo momento, c'era stato un po' di gelo. Tutti si sentivano a disagio. Il professor Giuliano Masti d'Arena parlava poco. A un "ma che..." di Odoardo, si videro quattro o cinque fazzoletti venir fuori dalle tasche, ma i visitatori non ci fecero caso.

Era un falso allarme. Lo stesso Odoardo rassicurò i familiari, di lontano, con un'occhiata un poco infastidita, e completò la frase con un "ma che diancine", che sulle sue labbra suonò maledettamente stonato dandogli il carattere d'uno di quegli ufficiali di fureria che nelle barzellette d'una volta si stizzivano contro la recluta testona. E dovette essere stato tale lo sforzo per pronunziarlo, che la frase si fermò lì, mentre era partita come esordio.

Nessuno trovava un argomento che appassionasse – ma non troppo, per carità, quanto a Odoardo – tutti. Il professor Masti d'Arena, che già i ragazzi, a bassa voce chiamavano "il tapiro", accennò con una voce d'oboe al caldo. Odoardo faceva di sì col capo, a labbra strette, compitissimo con sul volto un sorriso forzato, che somigliava a una smorfia; e ogni tanto, con qualche ammiccamento impercettibile, pareva rispondere: « Niente paura », a certi sguardi imploranti o allarmati che di lontano gli rivolgeva la figlia.

S'era messo l'abito scuro. In verità, non era molto tagliato per queste occasioni, ma si comportava egregiamente, anche se l'emozione per la circostanza e le raccomandazioni avute gravavano sulla sua abituale disinvoltura. Il professor Masti d'Arena passò al tema "figli in genere, anni che passano e vecchiaia".

Preceduti da uno scambio d'occhiate e occhiatacce attraverso la porta e da qualche mossa controtempo della fantesca, arrivarono i gelati e le bevande ghiacce, e questo scaldò un po' l'ambiente.

Oltre a tutte le precauzioni prese, i fratellini piccoli di Silvia si tenevano pronti, come da accordi segreti intervenuti con la mamma e la sorella, a elevare clamori festosi per sopraffare l'eventuale esclamazione, ove questa fosse sfuggita al padre. Ma questi continuava diplomaticamente a lasciar parlare il professor Masti d'Arena e pareva quasi intimidito dall'aspetto pensoso di costui. Ogni pericolo sembrando dissolto, tutti presero a conversare un poco più animatamente, mentre i ragazzi lavoravano a vuotare i vassoi tra risatine e piccoli litigi.

A un certo punto ci fu una di quelle pause generali, consuete nelle conversazioni e che fanno dire poi: è passato un Angelo.

Allora, nel silenzio, s'udì una frase pronunciata energicamente: « e tutto il santo giorno non fanno un amato *cribbio* ».

L'orrenda parola era risuonata a mezz'aria, percepibile da tutti, solo per l'improvviso silenzio.

E a dirla non era stato il padre della ragazza, ma il futuro suocero. Il professor Masti d'Arena. Il "tapiro". Il raffinatissimo, concludendo un discorso rivolto a Odoardo e relativo ai disonesti guadagni di giovani fannulloni d'oggigiorno.

Tutti erano rimasti come pietrificati: Silvia a bocca aperta, la donna di servizio con un piatto in mano e con un piede alzato, la mamma col capo quasi immerso in una torta alla crema, i ragazzi con le orbite sgranate, incerti se dovessero innalzare anche in questo caso, non preveduto, i clamori di mascheramento; Odoardo, gli occhi sbarrati nel vuoto, lo sguardo àtono, il capo eretto, pareva la statua del "Trionfo dell'Innocenza".

Seguì un tonfo, che fece voltar tutti: Goffredo, il fidanzato, era caduto svenuto sul pavimento.

Quando si riebbe mediante spruzzi d'acqua sul volto – e tutti attribuirono il leggero deliquio all'emozione dell'innamorato, e al caldo – la conversazione riprese come la musica al Circo dopo un esercizio difficile, e Silvia trasse il giovane sul balcone. Goffredo taceva, tetro. La ragazza bisbigliò teneramente: « Anche papà... ».

« Perché non me l'avevi detto? » mormorò il giovane

guardandola negli occhi con amore e riconoscenza infiniti, e anche con una punta d'affettuoso rimprovero, « se sapessi quanto ho sofferto in questi giorni! »

« E io? » sussurrò Silvia, « pensavo che tuo padre, invece... »

« Tubano i due colombi » fece, guardandoli di lontano il vecchio pensoso dall'aspetto di tapiro, al quale era del tutto sfuggito il significato del dramma.

Ora, nel salotto, come per l'arrivo d'una buona notizia, tutti parevano sollevati. La mamma di Silvia, raggiante, piena d'indulgenza e di disinvoltura, cicalava perdutamente, i ragazzi erano in uno stato d'euforìa rumorosa. Odoardo sembrava ringiovanito di dieci anni e conversava gridando, per sopraffare il festoso chiasso circostante, col vecchio pensoso, il quale approvava calorosamente, mentre i due sorbivano gelati e, di quando in quando, pareva s'abbracciassero, nella foga della discussione.

E, mentre nella stanza svolazzavano, ormai pacificati, innocenti *cribbi*, come notturne farfalle dalle ali silenziose, sul balcone Silvia e Goffredo continuavano a bisbigliare parole affettuose e nel cielo chiaro della sera s'accendevano le prime stelle.

Indice

Finito di stampare nel giugno 2007 presso
il Nuovo Istituto Italiano d'Arti Grafiche - Bergamo
Printed in Italy

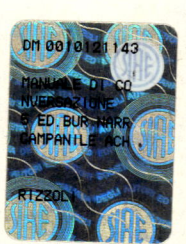

RCS Libri

ISBN 978-88-17-68042-4